CATÉCHISME

DES INDUSTRIELS.

IMPRIMERIE DE SÉTIER,

Cour des Fontaines, N.° 7.

CATÉCHISME
DES INDUSTRIELS.

PREMIER CAHIER.

D. *Qu'est-ce qu'un industriel ?*

R. Un industriel est un homme qui travaille
à produire ou à mettre à la portée des différents
membres de la société, un ou plusieurs moyens
matériels de satisfaire leurs besoins ou leurs goûts
physiques ; ainsi, un cultivateur qui sème du
blé, qui élève des volailles, des bestiaux, est un
industriel ; un charron, un maréchal, un ser-
rurier, un menuisier, sont des industriels ; un
fabricant de souliers, de chapeaux, de toiles,
de draps, de cachemires, est également un industriel ; un négociant, un roulier, un marin
employé sur des vaisseaux marchands, sont des
industriels. Tous les industriels réunis travaillent à produire et à mettre à la portée de
tous les membres de la société, tous les moyens
matériels de satisfaire leurs besoins ou leurs
goûts physiques, et ils forment trois grandes

*I*ᵉʳ. *Cah.*   1

classes qu'on appelle les cultivateurs , les fabri-
cants et les négociants.

D. *Quel rang les industriels doivent-ils
occuper dans la société ?*

R. La classe industrielle doit occuper le premier rang, parce qu'elle est la plus importante
de toutes; parce qu'elle peut se passer de toutes
les autres , et qu'aucune autre ne peut se passer
d'elle ; parce qu'elle subsiste par ses propres
forces , par ses travaux personnels. Les autres
classes doivent travailler pour elle, parce qu'elles
sont ses créatures, et qu'elle entretient leur existence; en un mot , tout se faisant par l'industrie ,
tout doit se faire pour elle.

D. *Quel rang les industriels occupent-ils
dans la société ?*

R. La classe industrielle est constituée , par
l'organisation sociale actuelle , la dernière de
toutes. L'ordre social accorde encore plus de
considération et de pouvoir aux travaux secondaires et même au désœuvrement , qu'aux travaux les plus importants, qu'à ceux de l'utilité
la plus directe.

D. *Pourquoi la classe industrielle, qui doit
occuper le premier rang , se trouve-t-elle
placée au dernier? pourquoi ceux qui, par*

le fait, sont les premiers, sont-ils classés comme les derniers ?

R. Nous expliquerons cela dans le courant de ce catéchisme.

D. Comment les industriels peuvent-ils faire pour passer du rang inférieur où ils sont placés, au rang supérieur qu'ils ont le droit d'occuper ?

R. Nous dirons, dans ce catéchisme, la manière dont ils doivent s'y prendre pour opérer cette amélioration dans leur existence sociale.

D. Quelle est donc la nature du travail que vous entreprenez ? en un mot, quel but vous proposez-vous, en faisant ce catéchisme ?

R. Nous nous proposons d'indiquer aux industriels les moyens d'augmenter le plus possible leur bien-être ; nous nous proposons de leur faire connaître les moyens généraux qu'ils doivent employer pour accroître leur importance sociale.

D. De quelle manière vous y prendrez-vous pour atteindre à ce but ?

R. D'une part, nous présenterons aux industriels le tableau de leur véritable situation sociale ; nous leur ferons voir qu'elle est tout-à-fait subalterne, et par conséquent très-inférieure à ce qu'elle doit être, puisqu'ils sont la classe la plus capable et la plus utile de la société.

D'une autre part, nous leur tracerons la marche qu'ils doivent suivre pour se placer au premier rang, sous le rapport de la considération et du pouvoir.

D. Vous prêcherez donc, dans ce catéchisme, l'insurrection et la révolte ? car les classes qui se trouvent spécialement investies du pouvoir et de la considération, ne sont certainement pas disposées à renoncer volontairement aux avantages dont elles jouissent.

R. Loin de prêcher l'insurrection et la révolte, nous présenterons le seul moyen d'empêcher les actes de violence dont la société pourrait être menacée, et auxquels elle échapperait difficilement, si la puissance industrielle continuait à rester passive au milieu des factions qui se disputent le pouvoir.

La tranquillité publique ne saurait être stable tant que les industriels les plus importants ne seront pas chargés de diriger l'administration de la fortune publique.

D. Expliquez-nous cela, et dites-nous pourquoi la tranquillité publique sera menacée si les industriels les plus importants ne sont point chargés de diriger l'administration de la fortune publique.

R. La raison en est bien simple : la tendance politique générale de l'immense majorité de la société est d'être gouvernée au meilleur marché possible ; d'être gouvernée le moins possible, d'être gouvernée par les hommes les plus capables et d'une manière qui assure complètement la tranquillité publique. Or, le seul moyen de satisfaire, sous ces différents rapports, les désirs de la majorité, consiste à charger les industriels les plus importants de diriger la fortune publique ; car les industriels les plus importants sont les plus intéressés au maintien de la tranquillité ; ils sont les plus intéressés à l'économie dans les dépenses publiques ; ils sont aussi les plus intéressés à la limitation de l'arbitraire : enfin ils sont, de tous les membres de la société, ceux qui ont fait preuve de la plus grande capacité en administration positive, les succès qu'ils ont obtenus dans leurs entreprises particulières ayant constaté leur capacité dans ce genre.

Dans l'état présent des choses, la tranquillité publique est menacée par la raison que l'allure du gouvernement se trouve en opposition directe avec les intentions les plus positives de la nation. Ce que la nation désire principalement, c'est d'être gouvernée au meilleur marché possible, et jamais son gouvernement ne lui a coûté aussi cher; il lui coûte beaucoup plus qu'avant la révolution. Avant la révolution, la nation était partagée en trois classes, savoir : les nobles, les bourgeois et les industriels. Les nobles gouvernaient, les bourgeois et les industriels les payaient.

Aujourd'hui, la nation n'est plus partagée qu'en deux classes : les bourgeois, qui ont fait la révolution et qui l'ont dirigée dans leur intérêt, ont anéanti le privilége exclusif des nobles d'exploiter la fortune publique; ils se sont fait admettre dans la classe des gouvernants, de manière que les industriels doivent aujourd'hui payer les nobles et les bourgeois. Avant la révolution, la nation payait 500 millions de contributions; aujourd'hui elle paie un milliard, et le milliard ne suffit pas; le gouvernement fait fréquemment des emprunts considérables.

La tranquillité publique sera de plus en plus menacée, parce que les charges iront nécessairement toujours en augmentant. Le seul moyen d'empêcher les insurrections qui pourraient arriver, consiste à charger les industriels les plus importants du soin de diriger l'administration de la fortune publique, c'est-à-dire, du soin de faire le budjet.

(7)

D. *Ce que vous venez de dire est très-bon, fort intéressant et de la plus grande importance ; mais cela ne nous instruit pas directement de ce que nous désirons savoir. Le point que nous vous prions d'éclaircir est celui-ci : Est-il possible de faire sortir la haute direction des intérêts pécuniaires de la société des mains des nobles, des militaires, des légistes et des rentiers, en un mot, des classes qui ne sont pas industrielles, pour la faire passer dans les mains des industriels, sans employer des moyens violents ?*

R. Les moyens violents sont bons pour renverser, pour détruire, mais ils ne sont bons que pour cela. Les moyens pacifiques sont les seuls qui puissent être employés pour édifier, pour construire, en un mot, pour établir des constitutions solides. Or, l'acte d'investir les industriels les plus importants de la direction suprême des intérêts pécuniaires de la nation, est un acte de construction ; c'est la disposition politique la plus importante qui puisse être admise ; cette disposition servira de base à tout le nouvel édifice social ; cette disposition terminera la révolution, elle mettra la nation à l'abri de toute nouvelle secousse. Les industriels les plus importants rempliront gratuitement la fonction de

faire le budjet, et il en résultera que cette fonction ne sera que faiblement désirée. Les industriels qui feront le budjet, se proposeront pour
but l'économie dans l'administration des affaires publiques; ainsi, ils n'accorderont aux
fonctionnaires que des traitemens modérés. Les
places n'étant que médiocrement recherchées,
le nombre en sera considérablement diminué,
de manière que celui des prétendants dimi-
nuera également, et il s'établira nécessairement
un ordre dans lequel un grand nombre de places
seront exercées gratuitement, parce que les
riches oisifs ne trouveront pas d'autre moyen
de se procurer de la considération.

Quand on étudie le caractère des industriels
et la conduite qu'ils ont tenue pendant la révolution, on reconnaît qu'ils sont essentiellement
pacifiques. Ce ne sont point les industriels qui
ont fait la révolution, ce sont les bourgeois,
c'est-à-dire, ce sont les militaires qui n'étaient
pas nobles, les légistes qui étaient roturiers,
les rentiers qui n'étaient pas privilégiés. Encore
aujourd'hui, les industriels ne jouent qu'un
rôle secondaire dans les partis politiques existants, et ils n'ont point d'opinion ni de parti
politique qui leur soit propre. Ils portent plus
d'intérêt au côté gauche qu'au côté droit, parce
que les prétentions des bourgeois choquent

moins les idées d'égalité que celles des nobles ;
mais ils ne s'abandonnent point aux idées des
libéraux : c'est la tranquillité qu'ils désirent par-
dessus tout. Les meneurs des libéraux , au-
dedans et au-dehors de la Chambre , sont des
généraux , des légistes et des rentiers. Les nobles et les bourgeois désirent être chargés de
l'administration de la fortune publique , principalement pour l'exploiter à leur profit. Les
principaux industriels désireraient en être chargés , au contraire, pour y mettre la plus grande
économie possible.

Les industriels sentent bien qu'ils sont les plus
capables de bien diriger les intérêts pécuniaires
de la nation , mais ils ne mettent point cette
idée en avant par la crainte de troubler momentanément la tranquillité; ils attendent pa-
tiemment que l'opinion se forme à ce sujet, et
qu'une doctrine vraiment sociale les appelle au
timon des affaires.

De ce que nous venons de dire , nous concluons que les moyens pacifiques ; c'est-à-dire,
que les moyens de discussion , de démonstration et de persuasion seront les seuls que les
industriels emploieront ou appuieront pour
faire sortir la haute direction de la fortune publique des mains des nobles , des militaires, des
légistes , des rentiers et des fonctionnaires pu-

blics , pour les faire passer dans celles des plus importants d'entre eux.

D. Nous admettons provisoirement que les industriels ne chercheront point à employer la violence pour faire sortir des mains des nobles et des bourgeois la haute direction des intérêts pécuniaires de la société , et pour la faire passer dans celles des plus importants d'entre eux ; mais des intentions pacifiques des industriels , il ne résulte pas la preuve que cette classe de la société soit en mesure de se placer au premier rang ; nous vous prions donc de nous dire quels sont les moyens des industriels pour opérer , dans la société , le changement radical dont il est question.

R. Les industriels composent plus des vingt-quatre vingt-cinquièmes de la nation ; ainsi, ils possèdent la supériorité sous le rapport de la force physique.

Ce sont eux qui produisent toutes les richesses , ainsi ils possèdent la force pécuniaire.

Ils possèdent la supériorité sous le rapport d'intelligence ; car ce sont leurs combinaisons qui contribuent le plus directement à la prospérité publique.

Enfin , puisqu'ils sont les plus capables de

bien administrer les intérêts pécuniaires de la nation, la morale humaine, ainsi que la morale divine, appelle les plus importants d'entre eux à la direction des finances.

Les industriels sont donc investis de tous les moyens nécessaires; ils sont investis de moyens irrésistibles pour opérer la transition dans l'organisation sociale qui doit les faire passer de la classe des gouvernés dans celle des gouvernants.

D. *C'est l'union qui fait la force ; c'est par la raison que les industriels ne sont point unis qu'ils sont dominés par les nobles, par les militaires, par les légistes, par les rentiers et par les fonctionnaires publics. Il n'y a pas de doute que leur supériorité, sous tous les rapports importants, ne soit telle que, s'ils étaient unis, ils se trouveraient d'emblée investis de la direction suprême des affaires communes ; il n'y a pas de doute qu'ils ne seraient point obligés d'user de violence pour faire reconnaître leur supériorité par les autres classes, parce que chacune d'elles, et même toutes réunies, sont trop inférieures en force à leur égard, pour qu'elles puissent entreprendre de leur disputer le pouvoir. Mais n'existe-t-il pas, par la nature même des choses, un obstacle radi-*

cat à l'union des industriels ? Nous serions portés à le croire, et nous fondons cette croyance sur ce seul fait que, malgré l'intérêt que les industriels ont eu à s'unir depuis l'origine de la société, ils se sont constamment laissé dominer par les classes non industrielles.

R. Lorsque les Francs eurent conquis les Gaules et qu'ils s'en furent partagé le territoire, ils se trouvèrent, en même temps, les chefs industriels et les chefs militaires du pays. Ce n'est que successivement que la classe industrielle s'est séparée de la classe militaire, qu'elle a acquis de l'importance, qu'elle s'est donné des chefs distincts des chefs militaires, et c'est seulement aujourd'hui qu'elle possède la force et les moyens suffisans pour se constituer première classe de la société; ainsi vous auriez tort de conclure du fait que les industriels forment depuis 1400 ans la classe inférieure de la nation française, qu'ils aient été destinés à rester toujours au dernier rang, et qu'ils ne puissent pas s'élever aujourd'hui au premier degré de pouvoir et de considération. La récapitulation rapide des progrès politiques de l'industrie et des industriels, depuis l'origine de notre société française jusqu'à ce jour, rendra cela parfaitement clair.

D. L'examen que nous allons faire est de la plus grande importance : son importance est telle qu'il doit changer totalement la face des choses en politique, qu'il doit imprimer à la politique un caractère entièrement neuf, qu'il doit changer la nature de cette branche de nos connaissances. Jusqu'à ce jour, la politique n'a été qu'une science conjecturale, ou plutôt on n'a agi et parlé en politique que par routine.

Quand cet examen sera terminé, on pourra appuyer ses raisonnemens sur des faits observés, sur une série de quatorze cents années d'observations. Il est donc extrêmement désirable que cet examen soit facile à saisir, à juger et à retenir. Pour atteindre à ce but, nous vous proposons de diviser votre récapitulation en quatre parties ou époques, savoir :

Depuis l'établissement des Francs dans les Gaules jusqu'à la première croisade ;

Depuis la première croisade jusqu'à Louis XI ;

Depuis Louis XI jusques et compris le règne de Louis XIV ;

Depuis le règne de Louis XIV jusqu'à l'établissement du système de crédit.

Vous conclurez ensuite de cette grande

série de faits ce qui doit arriver à la classe industrielle.

Et nous vous demandons d'abord quels ont été les progrès faits par l'industrie, et l'importance acquise par les industriels, depuis l'établissement des Francs dans les Gaules jusqu'à la première croisade.

R. Depuis l'établissement des Francs dans les Gaules jusqu'à la première croisade, il s'est effectué une opération politique de la plus grande importance, une opération qui a préparé tous les progrès qui ont eu lieu depuis cette époque en civilisation, et par conséquent tous les progrès de l'industrie; car les progrès de l'industrie sont les plus positifs de tous. Cette opération a consisté dans l'amalgame des vainqueurs et des vaincus, dans la formation de la nation française composée des Francs et des Gaulois.

Les progrès postérieurs de l'industrie se sont préparés pendant cette époque, mais il ne s'en est effectué aucun qui mérite d'être cité.

Les Francs, qui étaient les chefs militaires de la Nation, étaient en même temps les directeurs des travaux industriels : presque toutes les terres leur appartenaient; ils s'étaient également emparés du mobilier de la culture, en tête duquel figuraient les Gaulois qui étaient attachés à la glèbe, et qui formaient, par cette raison, la première classe des bestiaux.

Les fabricans des grossiers instrumens aratoires étaient aussi dans l'esclavage, et par conséquent sous la direction des Francs ; enfin, la fabrication des étoffes avec lesquelles on se vêtissait, était dirigée par les femmes des Francs, qui les faisaient exécuter sous leurs yeux dans leurs châteaux. Pendant ce laps de temps, les artisans, quoique toujours dans l'esclavage, acquirent de l'importance et parvinrent à se former un pécule qu'ils cachèrent avec soin.

D. *Que s'est-il passé depuis la première croisade jusqu'au règne de Louis XI ? quels ont été les progrès de l'industrie ? quelles sont les causes qui ont déterminé ces progrès ?*

R. Les croisades occasionnèrent des dépenses très-considérables aux aristocrates, c'est-à-dire, aux Francs : leurs revenus ne furent pas suffisans pour les acquitter. Ils furent obligés, pour se procurer les sommes dont ils avaient besoin, de vendre des franchises aux Gaulois qui se trouvèrent en état de les payer.

Les Gaulois qui firent acquisition de la plus grande partie de ces franchises, furent les artisans qui avaient eu, plus que les autres, les occasions et les moyens de se faire un pécule.

Les Francs vendirent aussi des terres aux Gaulois, qui, par des moyens quelconques, étaient venus à bout de se procurer de l'argent; ainsi ce furent les croisades qui déterminèrent la formation de la classe industrielle comme classe distincte de la classe militaire.

L'économie et l'activité de cette classe accrurent ensuite son importance depuis la dernière croisade jusqu'à l'avènement de Louis XI.

Ce furent aussi les croisades qui déterminèrent le perfectionnement et l'accroissement en étendue et en multiplicité des travaux industriels. Les nobles qui avaient été se ruiner dans leurs expéditions asiatiques, rapportèrent en France le goût du luxe, celui de la galantérie, particulièrement le désir très-vif de posséder de belles armes.

La galanterie des hommes développa la coquetterie des femmes; et les femmes, en devenant coquettes, prirent le goût de la parure. Les échantillons des belles étoffes fabriquées en Asie inspirèrent au beau sexe le désir d'en posséder de pareilles; de là l'origine du commerce extérieur, de là l'origine de la fabrication des armes de luxe ; de là enfin l'origine de la fabrication de tous les objets *confortables* pour une population devenue apte à savourer des jouissances délicates.

En résumé, à l'époque de l'avènement au trône de Louis XI, la classe industrielle se trouvait bien distincte de la classe militaire. Cette classe se composait de trois sections, savoir :

Des Gaulois propriétaires de terres, cultivateurs de ces terres, et qui n'étaient point militaires ;

Des artisans devenus libres, et qui s'étaient réunis dans les villes ;

Des négocians qui importaient en France les étoffes fabriquées en Asie, et qui faisaient circuler dans le pays les objets de fabrication française.

D. Quels ont été les développemens de l'industrie depuis Louis XI jusques et compris le règne de Louis XIV ? Quelles ont été les causes de la marche et de l'importance acquise par les industriels ?

R. Au quinzième siècle, la royauté avait déjà acquis beaucoup de force en comparaison de ce qu'elle était à l'époque de la conquête des Gaules par les Francs ; époque où elle n'était que le généralat de l'armée des Francs, généralat nommé par les chieftains dont les troupes composaient cette armée.

I.er Cahier. 2

Louis XI, en montant sur le trône, reconnut
que la royauté n'était encore qu'une institution
politique très-précaire, qu'elle n'avait point encore un caractère positif et stable ; il reconnut
que le pouvoir souverain se trouvait encore appartenir collectivement aux barons ; il reconnut
que le roi n'était, dans la réalité, que le baron
le plus important, et que la tradition s'était
conservée chez les descendans des chieftains
transformés en barons; que le roi n'était, pour
eux, qu'un *primus inter pares*, éligible et
destituable à leur volonté : il reconnut enfin
que le fait qui devait fixer son attention était
celui que les barons réunis étaient plus forts et
plus puissants en France que le roi, et que la
royauté n'avait, dans la constitution féodale ,
d'autre moyen de conserver sa suprématie, que
de maintenir la division entre les barons, et
d'en attacher quelques-uns des plus puissants à
son parti.

Louis XI conçut le hardi projet de concen-
trer toute la puissance souveraine dans les mains
de la royauté, d'anéantir la suprématie des
Francs sur les Gaulois , de détruire le système
féodal, d'annuler l'institution de la noblesse ,
et de se constituer roi des Gaulois au lieu de
chef des Francs.

Pour réussir dans ce projet, il lui était né-

cessaire de combiner son autorité avec les intérêts d'une classe assez forte pour le soutenir et
pour lui assurer le succès de son entreprise. Il
se combina avec les industriels.

Les industriels désiraient que le pouvoir souverain fût concentré dans les mains de la royauté,
parce que c'était le seul moyen d'anéantir les entraves qu'éprouvait le commerce dans l'intérieur
de la France, par l'effet de la division de la puissance souveraine ; ils désiraient aussi devenir
première classe de la société, tant pour la satisfaction de leur amour-propre, que pour les
avantages matériels qui résultent du travail de
faire la loi, la loi favorisant toujours ceux qui
la font. En conséquence, les industriels accep-
tèrent l'alliance qui leur fut proposée par la
royauté, et ils sont, depuis cette époque, restés constamment ligués avec elle.

Louis XI doit donc être considéré comme le
fondateur de la ligue qui s'est formée au quinzième siècle entre la royauté et l'industrie contre la noblesse, entre le roi de France et les
Gaulois contre les descendans des Francs.

Cette lutte entre le roi et les grands vassaux,
entre les chefs des travaux industriels et les
nobles, dura plus de deux cents ans avant que
tous les pouvoirs souverains fussent concentrés
dans les mains de la royauté, avant que les no-

bles eussent cessé complètement de diriger les travaux industriels. Mais enfin Louis XIV vit affluer dans ses antichambres les descendans ou les successeurs des chieftains les plus importants, métamorphosés ensuite en barons, pour y solliciter des places de domesticité dans sa maison ; mais enfin la nombreuse classe des ouvriers n'eut plus d'autres chefs, dans ses travaux, que des hommes sortis de leurs rangs, et que leur capacité ou leur fortune avait mis en état de se constituer entrepreneurs de quelque opération industrielle.

Il est curieux d'observer quelle fut, dans cette lutte, l'action directe des industriels à l'égard des nobles, et les moyens qu'ils employèrent pour leur faire perdre toute l'influence qu'ils exerçaient sur les travaux pacifiques. Cette observation fera connaître la différence radicale qui existe entre le caractère politique des nobles et celui des industriels, entre l'allure civile des Francs et celle des Gaulois.

Les industriels, les Gaulois adonnés à la culture, allèrent trouver les gentilshommes dans leurs châteaux, et ils leur tinrent à peu près ce langage : Vous menez une vie très-triste dans l'état d'isolement où vous êtes à la campagne ; le soin de diriger la culture de vos propriétés n'est pas une occupation digne de votre haute

naissance; affermez-nous vos terres, vous pourrez passer l'hiver dans les villes et l'été à la campagne, sans avoir jamais à vous occuper que de
vos plaisirs ; dans les villes, nos confrères les
fabricans s'empresseront à vous faire les meu-
bles les plus riches et les plus commodes; nos
confrères les marchands vous étaleront dans
leurs magasins les étoffes les plus convenables
pour faire valoir les charmes de vos épouses,
et nos confrères les capitalistes vous prêteront
de l'argent quand vous en aurez besoin. L'été,
quand vous viendrez dans vos châteaux, vous
n'aurez à vous occuper que du plaisir de la
chasse, tandis que vos femmes s'amuseront à
faire cultiver des fleurs dans leurs parterres.

Les nobles furent séduits par cette proposition ; ils l'adoptèrent, et dès ce moment ils cessèrent d'avoir aucune importance positive dans
l'état, puisqu'ils cessèrent d'être les chefs du
peuple dans ses travaux journaliers.

Ce qui est à remarquer, disons-nous, dans
ce changement déterminé par les industriels,
ce fut le caractère de leur conduite, qui fut
tout-à-fait distincte de la manière de procéder
qui existait dans la société avant la formation
de leur classe.

Avant la formation de la corporation des industriels, il n'existait dans la nation que deux

classes, savoir : celle qui commandait, et celle qui obéissait. Les industriels se présentèrent avec un caractère neuf : dès l'origine de leur existence politique, ils ne cherchèrent point à commander, ils ne voulurent point obéir ; ils introduisirent la manière de procéder de gré à gré, soit avec leurs supérieurs, soit avec leurs inférieurs ; ils ne reconnurent d'autres maîtres que les combinaisons qui conciliaient les intérêts des parties contractantes.

Nous passerons maintenant, si vous voulez, à l'examen de ce qui s'est passé depuis le siècle de Louis XIV jusqu'à l'établissement du système de crédit.

D. Vous allez trop vite ; il y a un point très-important à éclaircir. Il paraît que Louis XIV, après avoir recueilli les avantages qui étaient résultés de son alliance avec les industriels, après avoir réduit les grands vassaux à lui passer sa chemise et à le servir à table, a tout-à-fait abandonné les industriels ; qu'il ne s'est occupé que d'acquérir une grande réputation comme militaire et comme conquérant ; que de se construire des palais superbes, et de faire dévorer, par ses courtisans, tous les produits des travaux industriels. Qu'avez-vous à nous dire à ce sujet ?

R. Certainement Louis XIV a été trop dépen-
sier ; il a trop aimé la guerre ; mais on n'a pas
le droit d'en conclure qu'il n'a pas rendu de
grands services à l'industrie : c'est d'après ses
ordres que Colbert a donné des fonds aux manufacturiers pour établir de grands ateliers de
fabrication ; c'est avec les fonds de son trésor
que s'est élevée la belle manufacture des Van-
Robais, qui a donné l'impulsion à tous les travaux en beaux tissus de laine.

Enfin, c'est lui qui a combiné l'alliance entre
la capacité scientifique positive et la capacité
manufacturière. Il a créé l'Académie des Sciences, et il lui a donné, pour occupation spéciale,
le soin d'éclairer et de seconder les travaux industriels.

Permettez-nous de vous faire observer que cette
récapitulation doit être la plus rapide possible.
Nous vous invitons en conséquence à ne pas
nous faire entrer dans de plus grands détails, et
à passer immédiatement à l'examen des progrès
de l'industrie, et de l'importance acquise par
les industriels depuis le règne de Louis XIV
jusques et compris l'établissement du système
de crédit.

D. Pour acquiescer à votre désir, nous
vous prions de nous dire comment les in-
dustriels ont pu s'élever, de la position sociale

très-subalterne dans laquelle ils se trouvaient
encore sous Louis XIV à l'égard de la no-
blesse, à l'attitude de rivalité qu'ils ont
prise relativement à toutes les classes qui
ne sont pas industrielles : en un mot, nous
vous prions de nous dire comment il se fait
qu'aujourd'hui la Chaussée d'Antin ose
lutter avec le faubourg Saint-Germain.

R. Avant le dix-huitième siècle, les cultivateurs, les fabricans et les négocians, ne formaient encore que des corporations séparées.
C'est depuis la fin du règne de Louis XIV que
les industriels de ces trois grandes branches de
l'industrie se sont liés financièrement et politi-
quement, au moyen de la création d'un nouveau genre d'industrie, dont les intérêts particuliers sont en accord parfait avec les intérêts
communs à tous les industriels. C'est la formation de cette nouvelle branche d'industrie qui
a donné aux industriels le moyen d'établir le
système de crédit.

Il est extrêmement important d'observer avec
la plus grande attention la marche qu'a suivie
l'organisation du corps des industriels sous le
rapport financier et politique ; car c'est seulement par la connaissance de la manière dont
cette organisation s'est opérée qu'il est possible
de concevoir, d'une manière nette et ferme,

ce que les industriels doivent faire aujourd'hui pour améliorer leur existence sociale : nous vous prions donc de suivre avec beaucoup d'attention ce que nous allons vous dire.

La protection accordée par Louis XIV à la fabrication et au commerce, avait fait prendre un grand essor à ces deux branches de l'industrie ; mais, de ce grand bien, il était résulté un inconvénient; c'est que les manufacturiers et les négocians, ayant multiplié leurs opérations, avaient à faire des paiemens et des recettes dans beaucoup d'endroits différents, d'où il résultait que le travail pour solder réciproquement leurs comptes, employait une grande partie de leur temps.

Les besoins font naître les ressources : il ne tarda pas à se former une nouvelle branche d'industrie, l'industrie banquière. Ces nouveaux industriels allèrent trouver les fabricans et les négocians ; ils leur dirent :

« Vous employez beaucoup de temps et vous « faites de grands sacrifices pour opérer vos « rentrées et pour faire vos paiements. Nous « vous proposons de nous charger de ce tra- « vail. Attendu que nous en ferons notre unique « occupation, et que toutes les opérations de « ce genre seront faites par nous, il nous « sera possible de faire vos paiemens et vos

« rentrées à beaucoup meilleur marché que
« vous ne pouvez les effectuer vous-mêmes,
« les transports matériels d'argent devant, par
« ce moyen, être considérablement dimi-
« nués, etc. »

La proposition des banquiers fut acceptée
par tous les négocians et les fabricans, de manière qu'à partir de cette époque, tous les
mouvements d'argent se sont effectués par les
banquiers.

Les banquiers ne tardèrent pas à obtenir un
grand crédit, ce qui devait nécessairement résulter du fait que tous les mouvemens d'argent s'effectuaient par eux.

Pour tirer parti de leur crédit, les banquiers
le prêtèrent à intérêt aux négocians et aux fabricans.

Les négocians et fabricans, jouissant d'un
plus grand crédit, purent étendre leurs opérations et produire une plus grande masse de richesses.

Enfin, le résultat général pour l'industrie et
pour la société de l'établissement de la banque, fut que la masse, ainsi que le goût des
choses confortables, reçut un très - grand
accroissement, et que la classe industrielle
commença, dès ce moment, à posséder une
force pécuniaire beaucoup plus grande que

toutes les autres classes réunies , et même que le gouvernement.

Pendant que les industriels avaient fait de grands progrès en capacité , en importance et en puissance réelle, les classes non industrielles avaient rétrogradé sous tous les rapports ; et c'était cependant dans ces classes que la royauté avait continué de choisir les administrateurs de la fortune publique.

La mauvaise administration de la fortune publique fait naître un déficit qui s'était toujours augmenté , et définitivement en 1817, le trésor public se trouvait dans un embarras tel, que ses administrateurs non industriels ne concevaient plus aucun moyen de le tirer d'embarras , et de remplir les engagemens qui avaient été contractés par le roi à l'égard des étrangers, toujours par suite des mauvaises opérations financières qui avaient occasionné la révolution , et ensuite l'anarchie dans le royaume , et qui avaient fini par mettre la nation française dans la dépendance des nations étrangères.

Dans ces circonstances , les banquiers proposèrent au gouvernement tout l'argent dont il avait besoin ; mais ils y mirent pour condition :

1.° Que le gouvernement abandonnerait

complètement l'allure barbare qu'il avait eue
jusqu'alors en finance ; qu'il renoncerait à
tout jamais à faire des banqueroutes ; qu'il
adopterait la marche industrielle , c'est-à-dire
loyale ; qu'il paierait intégralement tous ses
créanciers , quelle que fût l'origine de leur
créance.

2.° Que cette affaire serait traitée de gré à
gré entre eux , banquiers et le gouvernement;
que les conditions de l'emprunt séraient dé-
battues entre eux et les ministres , comme une
affaire entre simples particuliers.

La proposition des banquiers fut acceptée.
On vit alors naître le crédit public , et le crédit
public donna à l'institution de la royauté plus
de solidité qu'elle n'en avait jamais eu.

Ici se termine la récapitulation que nous
avions promise des progrès faits par l'industrie,
et de l'importance acquise par les industriels
depuis l'établissement des Francs dans les
Gaules jusqu'à ce jour.

D. *Maintenant il vous reste à nous dire
ce que vous concluez de cette récapitulation pour l'avenir. Il vous reste à nous
faire connaître quel est le sort futur des
industriels ; ou plutôt, pour nous expliquer
clairement, il vous reste à tracer la marche
que les industriels doivent suivre pour s'é-*

tablir première classe de la société, et pour
déterminer la royauté à confier, aux plus
importans d'entre eux, le soin de diriger
l'administration de la fortune publique.
Expliquez-vous clairement à ce sujet.

R. Permettez-nous de vous faire observer que,
si nous satisfaisions immédiatement le désir que
vous nous témoignez, que, si nous passions
immédiatement des considérations sur le passé
à celles sur l'avenir, nous procéderions d'une
manière qui ne serait pas méthodique. Le grand
ordre de choses a intercallé le présent entre le
passé et l'avenir, et nous devons, par cette
raison, nous arrêter un moment sur le présent
avant de nous lancer dans l'avenir.

Voici en peu de mots l'état présent des choses
en politique :

Les descendans des Gaulois sont parvenus à
détruire complètement l'état d'esclavage individuel qui pesait sur eux ; ils se sont activés
dans la direction des travaux pacifiques ; ils se
sont organisés d'une manière industrielle ; ils
n'ont conservé d'énergie militaire que celle nécessaire pour repousser les invasions, et maintenir, dans l'intérieur, l'ordre, c'est-à-dire le
respect aux propriétés. Les descendans des
Gaulois, c'est-à-dire les industriels, ont constitué la force pécuniaire, force dominatrice,

et ce sont eux qui possèdent cette force; car non-seulement il y a plus d'écus dans leurs coffres que dans ceux des descendans des Francs, mais encore, par le moyen de leur crédit, ils peuvent disposer de la presque totalité de l'argent qui se trouve en France: ainsi les Gaulois sont devenus les plus forts.

Mais le gouvernement est resté dans les mains des descendans des Francs : ce sont les descendans des Francs qui administrent la fortune publique, et les descendans des Francs ont conservé la direction qu'ils ont reçue de leurs ancêtres; de manière que la société présente aujourd'hui ce phénomène extraordinaire : *Une nation qui est essentiellement industrielle, et dont le gouvernement est essentiellement féodal.*

D. *Nous trouvons qu'il existe une grande exagération dans le tableau que vous nous présentez. Certainement le gouvernement est plus féodal que le corps de la nation, mais l'esprit féodal du gouvernement s'est tellement modifié, qu'il se trouve en accord avec l'esprit, les mœurs et les habitudes de la classe industrielle, qui forme effectivement aujourd'hui le corps de la nation, ou, si vous l'aimez mieux, la nation : voilà notre opinion; quelle est la vôtre ?*

R. Vous commettez une grande erreur en vous imaginant que les classes gouvernantes se sont mises en accord avec la nation : cet accord est impossible à établir , parce qu'il est contre la nature des choses. Les institutions , de même que les hommes qui les créent , sont modifiables ; mais elles ne sont point dénaturables : leur caractère primitif ne peut pas s'effacer entièrement. Or toute société , dans la constitution de laquelle il se trouve des institutions de nature différente , toute société , quelque petite ou quelque nombreuse qu'elle soit , dans laquelle deux principes antagonistes se trouvent admis , est constituée dans un état de désordre : tel est l'état présent de la population qui habite le territoire français. Les administrés , les gouvernés , dans cette population , ont adopté , pour principe qui sert de guide à leurs actions , le principe industriel ; ils ne veulent obéir qu'aux combinaisons qui concilient les intérêts des parties contractantes ; ils pensent que la fortune publique doit être administrée dans l'intérêt de la majorité ; ils ont en horreur les priviléges et les droits de naissance , la royauté seule exceptée : en un mot , ils tendent à l'établissement de la plus grande égalité possible , tandis que les descendans des Francs , qui forment aujourd'hui la tête du gouvernement , ont toujours présents à l'esprit leurs droits résultant de la conquête , tandis que la nation leur paraît devoir être gouvernée dans leur intérêt , et que leurs idées en politique se bornent à la conception , admirable par sa simplicité , de la division en deux classes : l'une qui commande et l'autre qui obéit.

D. *Il y a une chose que vous n'avez point remarquée : c'est qu'il existe une classe intermédiaire entre les nobles et les industriels ; c'est cette classe précieuse qui est le véritable lien social ; c'est elle qui concilie les principes féodaux avec les principes industriels. Que pensez-vous de cette classe ?*

R. Là division que vous venez d'établir est très-belle en métaphysique; mais ce n'est point de la métaphysique que nous voulons faire; nous voulons au contraire la combattre. Le but de notre travail est de mettre des faits à la place des raisonnemens des métaphysiciens ; nous allons en conséquence récapituler la formation, l'existence et les derniers travaux de la classe intermédiaire qui vous paraît si précieuse.

Pendant long-temps les Francs rendirent la justice à leurs vassaux, personnellement, seuls, et sans le secours d'aucun érudit. Mais, quand les relations sociales se multiplièrent et se compliquèrent, quand la loi écrite fut introduite, les descendans des Francs, qui tenaient à honneur de ne pas savoir signer leurs noms, ne purent plus suffire aux travaux judiciaires : il se forma une corporation de légistes. Les barons prirent ces légistes pour conseillers ; à l'audience, ils les plaçaient entre leurs jambes et les consultaient sur les questions judiciaires qu'il fallait résoudre. Plus tard, ils se déchargèrent entièrement du soin de juger les différends qui survenaient entre leurs vassaux : les légistes tinrent seuls les audiences, et ils rendirent la justice au nom des descendans des Francs. Voilà l'origine d'une des sections de la classe intermédiaire.

Jusqu'à la découverte de la poudre à canon, les hommes d'armes, c'est-à-dire, les descendans des Francs, composèrent le corps de l'armée. Après la découverte de la poudre à canon, les fusiliers et les artilleurs devinrent la force de l'armée ; ce furent principalement les descendans des Gaulois qui devinrent ingénieurs, artilleurs et fusiliers, le commandement des troupes restant toujours entre les mains des descendans des Francs. Voilà l'o-

rigine d'une autre section de la classe intermédiaire.

La totalité du territoire avait été primitivement partagée entre les Francs. La puissance
souveraine était attachée alors à la propriété
territoriale. Quand les descendans des Francs
se croisèrent et furent obligés de vendre une
partie de leurs terres pour se procurer l'argent dont ils avaient besoin, ils se trouvèrent
aliéner, en même temps, une portion de leur
souveraineté ; car, quelque effort qu'ils fissent
pour dépouiller les terres qu'ils vendaient des
droits de souveraineté, tout le territoire se trouvait tellement imbu de féodalité, que les nouveaux propriétaires, quoique roturiers d'origine, devinrent des nobles au petit pied. Voilà
l'origine de la troisième section de la classe intermédiaire.

On voit que ces trois sections, qui composent
la classe intermédiaire, ont été créées et engendrées par les descendans des Francs. Nous
verrons plus bas qu'elles ont agi conformément
à leur nature primitive, dès qu'elles sont parvenues à s'emparer du pouvoir. Mais examinons
d'abord quelle a été leur conduite depuis leur
origine jusqu'en 1789.

Les légistes, les militaires roturiers et les

propriétaires de terres, qui n'étaient ni nobles,
ni cultivateurs, ont joué, le plus ordinairement, le rôle de protecteurs du peuple contre
les prétentions et les priviléges des descendans
des Francs.

S'étant jugée, en 1789, suffisamment forte
pour se débarrasser de la suprématie exercée
sur elle par les descendans des Francs, la
classe intermédiaire détermina la masse du
peuple à s'insurger contre les nobles. Au moyen
de la force populaire, elle parvint à faire massacrer une partie des descendans des Francs,
et elle força ceux qu'elle ne fit point massacrer
à fuir en pays étranger. La classe intermédiaire
devint alors la première classe, et il est très-
curieux d'observer la conduite qu'elle tint quand
elle se fut emparé du pouvoir suprême; la
voici.

Elle choisit dans ses rangs un bourgeois
qu'elle fit roi; elle donna à ceux de ses membres
qui avaient joué le principal rôle dans la révolution, les titres de princes, ducs, comtes,
barons, chevaliers, etc.; elle créa des ma-
jorats en faveur des nouveaux nobles : en un
mot, elle reconstitua la féodalité à son profit.

Voilà la conduite qu'a tenue la classe intermédiaire dont vous présentez l'existence comme
étant si utile aux industriels. Certainement les

bourgeois ont rendu des services aux industriels; mais, aujourd'hui, la classe bourgeoise
pèse avec la classe noble sur la classe industrielle. Les bourgeois n'ont plus d'existence sociale que celle de nobles au petit pied, et les
industriels sont intéressés à se débarrasser en
même temps de la suprématie exercée sur eux
par les descendans des Francs et par la classe
intermédiaire, qui a été créée et engendrée par
les nobles, et qui, par conséquent, aura toujours pour tendance de constituer la féodalité
dans ses intérêts. La classe industrielle ne doit
pas former d'autre alliance que celle qu'elle a
contractée sous Louis XI avec la royauté; elle
doit combiner ses efforts avec la royauté pour
établir le régime industriel, c'est-à-dire, le régime sous lequel les industriels les plus importans formeront la première classe de l'état, et
seront chargés de diriger l'administration de
la fortune publique.

D. *Vous êtes trop tranchant, trop absolu,
trop exclusif : vous voudriez qu'il n'y eût
qu'une seule classe, celle des industriels;
cela est absolument impraticable; car les
industriels, eux-mêmes, ont besoin de militaires, de légistes, etc. Pouvez-vous vous
justifier du reproche que nous vous adressons?*

R. Produire un système, c'est produire une

opinion qui est, par sa nature, tranchante, absolue et exclusive : voilà notre réponse à la première partie de votre objection. Vous dites ensuite que nous voulons qu'il n'existe plus qu'une seule classe dans la société, celle des industriels ; vous vous trompez : ce que nous voulons, ou plutôt ce que les progrès de la civilisation veulent, c'est que la classe industrielle soit constituée la première de toutes les classes ; c'est que les autres classes lui soient subordonnées.

Dans les temps d'ignorance, la direction d'activité nationale a été principalement militaire, et secondairement industrielle ; à cette époque, toutes les classes de la société ont dû être subordonnées à la classe militaire : telle a été effectivement l'organisation sociale de cette époque, et elle aurait été mauvaise si elle n'avait pas eu ce caractère tranchant, exclusif, absolu. Les progrès de la civilisation ont amené un état de choses dans lequel la direction de la population en France est essentiellement industrielle ; donc la classe industrielle doit être constituée la première de toutes ; donc les autres classes doivent lui être subordonnées. Certainement les industriels ont besoin d'une armée ; certainement ils ont besoin de tribunaux ; certainement les propriétaires ne doivent point

être forcés à engager leurs capitaux dans l'industrie ; mais c'est une chose monstrueuse que
ce soient les militaires, les légistes et les propriétaires oisifs qui soient les principaux directeurs de la fortune publique dans l'état présent de la civilisation.

D. *Arrêtez-vous ; vous vous étendez beaucoup trop pour le moment ; vous entrez dans
la discussion du fond de la question, et vous
perdez de vue que le point d'examen qui nous
occupe présentement, a pour objet de préciser le caractère de l'état présent des choses
en politique. Donnez-nous donc votre résumé
à cet égard.*

R. Voici, en deux mots, le résumé que vous
nous demandez : L'ÉPOQUE ACTUELLE EST UNE
ÉPOQUE DE TRANSITION.

D. *Passons à la considération de l'avenir,
et dites-nous clairement quel sera, en définitif, le sort politique des industriels ?*

R. Les industriels se constitueront première
classe de la société ; les industriels les plus importants se chargeront gratuitement de diriger
l'administration de la fortune publique : ce sont
eux qui feront la loi, ce sont eux qui fixeront
le rang que les autres classes occuperont entre
elles ; ils accorderont à chacune d'elles une im-

portance proportionnée aux services que chacune d'elles rendra à l'industrie ; tel sera inévitablement le résultat final de la révolution actuelle ; et, quand ce résultat sera obtenu, la
tranquillité sera complètement assurée, la prospérité publique marchera avec toute la rapidité
possible, et la société jouira de tout le bonheur
individuel et collectif auquel la nature humaine
pourrait prétendre.

Voilà notre opinion sur l'avenir des industriels, et sur celui de la société ; voici les considérations sur lesquelles cette opinion est fondée :

1.° La récapitulation du passé de la société
nous a prouvé que la classe industrielle avait
continuellement acquis de l'importance, tandis
que les autres en avaient toujours perdu ; et
nous devons conclure de là que la classe industrielle doit finir par se constituer la plus importante de toutes.

2.° Le simple bon sens a placé, dans tous les
individus, le raisonnement suivant : les hommes
ayant toujours travaillé à l'amélioration de leur
sort, le but vers lequel ils ont toujours tendu a
été celui de l'établissement d'un ordre social
dans lequel la classe occupée des travaux les
plus utiles soit la plus considérée, et c'est à ce
but que la société finira nécessairement par atteindre.

3.º Le travail est la source de toutes les vertus; les travaux les plus utiles sont ceux qui doivent être les plus considérés; ainsi la morale divine et la morale humaine appellent également la classe industrielle à jouer le premier rôle dans la société.

4.º La société se compose d'individus; le développement de l'intelligence sociale ne peut être que celui de l'intelligence individuelle sur une plus grande échelle. Si l'on observe la marche que suit l'éducation des individus, on remarque, dans les écoles primaires, l'action de gouverner comme étant la plus forte; et, dans les écoles d'un rang plus élevé, on voit l'action de gouverner les enfans diminuer toujours d'intensité, tandis que l'enseignement joue un rôle de plus en plus important : il en a été de même pour l'éducation de la société; l'action militaire, c'est-à-dire, l'action féodale, a dû être la plus forte à son origine; elle a toujours dû décroître, tandis que l'action administrative a toujours dû acquérir de l'importance, et le pouvoir administratif doit nécessairement finir par dominer le pouvoir militaire.

Les militaires et les légistes doivent finir par être aux ordres des hommes les plus capables en administration; car une société éclairée n'a besoin que d'être administrée; car, dans une

société éclairée, la force des lois et celle des militaires pour faire obéir à la loi, ne doivent être
employées que contre ceux qui entreprendraient
de troubler l'administration. Les conceptions
directrices de la force sociale doivent être produites par les hommes les plus capables en administration. Or, les industriels les plus importants étant ceux qui ont fait preuve de la plus
grande capacité en administration, puisque
c'est à leur capacité dans ce genre qu'ils doivent
l'importance qu'ils ont acquise, ce sont eux qui,
en définitif, seront nécessairement chargés de
la direction des intérêts sociaux.

D. *Nous trouvons votre démonstration
suffisante, nous admettons votre opinion
sur l'avenir politique des industriels, et nous
allons entamer immédiatement l'examen
de la grande question, de celle à l'égard de
laquelle tout ce que nous avons dit précédemment n'a été que préliminaire, que
préparatoire, de la question après laquelle
nous n'aurons plus que des questions secondaires à traiter, de celle enfin qui intéresse
le plus directement les industriels.*

*Dites-nous comment s'opérera le change-
ment radical que vous nous avez prouvé devoir s'effectuer; dites-nous ce que les industriels doivent faire pour s'élever au premier*

rang social; dites-nous comment se fera l'en-
treprise qui doit les conduire à ce résultat;
dites-nous comment cette entreprise sera
conduite : dites-nous surtout quels seront
les hommes assez audacieux pour faire une
pareille entreprise.

R. Notre réponse à la demande que vous venez de nous faire; sera la plus claire et la plus
positive; nous sommes les mortels audacieux
qui faisons cette entreprise : NOUS ENTREPRE-
NONS D'ÉLEVER LES INDUSTRIELS AU PREMIER DEGRÉ
DE CONSIDÉRATION ET DE POUVOIR.

Nous vous dirons plus : nous vous dirons
que cette entreprise se trouve commencée par
le fait de la production de ce premier cahier
du Catéchisme des Industriels.

D. Votre réponse est très - positive, sous
ce rapport que c'est vous qui entreprenez
d'opérer le changement qui doit placer
les industriels en tête de la société; mais
elle n'est positive que sous ce rapport : il
nous reste maintenant à examiner si votre
entreprise est bien conçue, si vous êtes capa-
ble de diriger une entreprise aussi vaste;
il vous reste à nous faire connaître votre
combinaison, la marche que vous comptez
suivre, et surtout quels sont les moyens pé-

cuniaires que vous possédez pour fournir aux dépenses de l'entreprise ; car les industriels ne sont susceptibles d'éprouver aucun intérêt pour une entreprise dont la partie financière a été mal conçue, mal combinée.

Au surplus, nous vous avouerons que nous sommes fort satisfaits de voir que vous fassiez de cette entreprise une affaire qui vous soit personnelle : il est certain que les choses qui sont l'affaire de tout le monde finissent par n'être l'affaire de personne ; il est certain que l'intérêt personnel est le seul agent qui puisse diriger l'intérêt public. La difficulté est de trouver la combinaison qui fait coïncider l'intérêt personnel avec l'intérêt public. Nous ne croyons pas devoir nous étendre davantage au sujet du principe, puisque l'examen se trouve réduit à celui d'un fait particulier, du fait de votre entreprise. Nous vous prions donc de répondre aux questions que nous vous avons faites en tête de cette demande.

R. Nous commencerons par nous faire connaître ; car le public aime à savoir positivement quelles sont les personnes qui prennent la liberté d'appeler son attention sur leur pensée ; nous vous faisons en conséquence les déclarations suivantes, qui portent d'abord sur notre conduite politique, et ensuite sur nos travaux.

1.° Nous n'avons joué que le rôle d'observateur pendant tout le cours de la révolution; nous n'avons rempli aucune fonction publique, nous n'avons pas même été notable de village, et nous ne nous sommes liés à aucun des partis politiques qui ont divisé la France depuis 1789. En un mot, l'opinion que nous produisons est *vierge.*

2.° Ce n'est pas légèrement que nous avons fait cette entreprise; nous avons employé quarante-cinq ans à la méditer et à la préparer.

En résultat de nos méditations et de nos travaux, nous avons reconnu que, pour passer du régime dans lequel les industriels sont soumis à la direction des militaires, des légistes et des rentiers, à l'ordre social qui doit placer la direction des intérêts généraux dans les mains des industriels, il y avait une condition indispensable à remplir, c'était de concevoir, d'une manière bien nette, le régime industriel, et de le faire concevoir aux industriels les plus importants, c'est-à-dire, nous avons reconnu qu'il fallait faire concevoir aux industriels les plus importants, de quelle manière ils pouvaient et devaient employer toutes les capacités utiles, pour le service de l'industrie et pour l'intérêt des producteurs ; nous avons reconnu enfin que l'entreprise dont la société avait besoin, et que nous nous sommes déterminés à faire, n'offrait qu'une seule difficulté, celle de concevoir, d'une manière claire, le système industriel; que la difficulté consistait à trouver le moyen de mettre en accord le système scientifique, le système d'éducation publique, le système religieux, le système des beaux-arts, et le système des lois avec le système des industriels ; qu'elle consistait à trouver le moyen de faire concourir les savans, les théologiens, les artistes, les légistes, les militaires et les rentiers les plus capables, à l'établissement du système social le plus avantageux à la production, et le plus satisfaisant pour les producteurs.

Nous vous déclarons enfin que nous sommes venus à bout de vaincre cette difficulté; nous vous déclarons que nous indiquerons aux industriels, dans ce Catéchisme, d'une manière claire et suffisamment développée, les moyens qu'ils doivent employer pour faire concourir toutes les capacités utiles à l'établissement de l'organisation sociale qui peut leur procurer le plus de satisfaction.

D. *Nous ne convenons pas que la difficulté que vous prétendez avoir surmontée, soit la seule qui s'oppose au succès de votre entre-*

prise ; mais nous avouons qu'elle nous paraît la plus grande de toutes, et nous vous prions de nous dire positivement où vous en êtes relativement à ce travail. Nous vous prions de nous dire si ce travail n'existe encore dans votre tête qu'en aperçu, ou s'il est sur le papier.

R. Nous joindrons au troisième cahier du Catéchisme, un volume sur le système scientifique et sur le système d'éducation.

Ce travail, dont nous avons jeté les bases, et dont nous avons confié l'exécution à notre élève Auguste Comte, exposera le système industriel à *priori* pendant que nous continuerons dans ce catéchisme son exposition à *postériori*.

D. *Nous admettons, pour le moment, que vous êtes parvenu à concevoir clairement la marche que les industriels doivent suivre pour s'élever au premier degré d'importance sociale; mais nous vous dirons que, cette première difficulté vaincue, il s'en présente une seconde.*

Comment ferez-vous entendre aux industriels le plan que vous avez conçu?

R. On exprime facilement ce qu'on conçoit clairement : les premières pages de ce Caté-

chisme suffisent pour vous prouver que nous
nous trouvons en mesure , en résultat de quarante-cinq ans de travaux , d'exposer nos idées
d'une manière claire et facile à saisir.

D. *Après que ces deux difficultés seront
vaincues , il s'en présentera une troisième
qui sera peut-être plus difficile à surmonter
que les deux premières. Nous admettons que
vous avez bien conçu , c'est-à-dire , bien inventé le système industriel ; nous admettons
que vous l'avez clairement exposé : nous admettons enfin qu'il est bien compris par les
industriels ; et, tout cela admis, nous vous demandons quel moyen les industriels pourront employer pour l'établir.*

R. Il a fallu une immense quantité de pierres
et beaucoup de temps pour construire le dôme
de Saint-Pierre de Rome ; mais , après l'exécution d'un grand nombre de travaux , il est enfin
arrivé un moment où la pose d'une seule pierre
a fermé la coupole et terminé l'édifice.

Depuis le quinzième siècle , le système féodal
s'est successivement désorganisé ; le système industriel s'est successivement organisé. Une conduite convenable de la part des principaux
chefs de l'industrie, bien unis entre eux, suffira
pour établir le système industriel, et pour faire

abandonner par la société les ruines de l'édifice-
féodal que nos ancêtres ont habité.

*D. Précisez davantage votre idée, et don-
nez-lui plus de développement.*

R. Le moment n'est pas convenable pour discuter cette question ; nous ne devons développer nos idées relativement aux moyens d'exécution qu'après avoir terminé l'exposition de
notre système, qu'après avoir réfuté les objections qui nous seront faites. Cependant pour
satisfaire, par anticipation, par aperçu, et autant qu'il est possible actuellement, le désir
que vous nous témoignez, nous vous dirons :
les intérêts politiques de l'Europe se discutent
dans la France, et les intérêts sociaux des
Français se discutent à Paris. Or, la classe industrielle se trouvant dans la population parisienne, plus nombreuse et plus importante que
toutes les autres classes réunies, les industriels
parisiens peuvent s'organiser en parti politique ; une fois les industriels parisiens organisés,
l'organisation de tous les Français, et ensuite
de tous les Européens industriels occidentaux,
deviendra facile, et il résultera nécessairement
de l'organisation des Européens industriels,
en parti politique, l'établissement du système
industriel en Europe, et l'anéantissement du
système féodal.

D. *Mais le gouvernement s'opposera à la formation de la classe industrielle parisienne en parti politique.*

R. Vous vous trompez, et votre erreur provient de ce que vous confondez toujours le parti libéral avec le parti industriel.

Le parti libéral a toujours eu et aura toujours pour directeurs les classes intermédiaires. Or, ces classes ayant été engendrées par la classe féodale, tiennent de la nature de la féodalité; ainsi elles doivent nécessairement tendre à réorganiser la féodalité à leur profit. La véritable devise des chefs de ce parti est, ôte-toi de là, que je m'y mette: leur but apparent est la suppression des abus; leur but réel est de les exploiter pour leur propre avantage. Ainsi le gouvernement a dû et il doit employer toutes ses forces pour empêcher l'accroissement d'importance du parti libéral.

Le gouvernement, au contraire, ne devra point, ne voudra point, ne pourrait point empêcher la formation du parti industriel, parce que ce parti est essentiellement pacifique, essentiellement moral ; parce qu'il ne tend à exercer d'action que par la force de l'opinion publique, et que le gouvernement ne peut point empêcher la formation de l'opinion publique.

En un mot, la classe industrielle forme les

I.ᵉʳ*Cahier*.   4

vingt-quatre vingt-cinquièmes de la nation ;
ainsi, quand les industriels auront une opinion
politique qui leur sera propre, cette opinion
sera l'opinion publique, et l'opinion publique
est, comme dit le proverbe, la reine du monde.
Aucune force ne peut lui résister : si la tranquillité n'est pas encore complètement assurée,
c'est que l'opinion publique ne s'est pas encore
prononcée.

D. *Vous devriez présenter votre travail au
Roi.* — *Pour que ce grand changement social
s'opère d'une manière pacifique, il faudrait
qu'il fût provoqué et dirigé par la royauté.
Que pensez-vous de cette idée ?*

R. Certainement nous adressons ce travail à
M. le président du conseil des ministres, en le
priant de le mettre sous les yeux de S. M.; mais
il ne faut pas vous figurer que le roi puisse travailler immédiatement à opérer ce changement.
Pour que ce changement soit praticable, il faut
qu'il ait été préparé par les écrivains. Le pouvoir royal est beaucoup plus limité qu'on ne le
croit en général; il est limité par le grand ordre
de choses. Un souverain qui veut améliorer
l'organisation sociale de ses peuples plus que
l'état de leurs lumières et de leur civilisation ne
le comporte, échoue nécessairement dans son

entreprise. Nous avons eu de cette importante
vérité un exemple contemporain dans les malheurs, arrivés en Autriche à Joseph II, qui
avait entrepris de vendre les biens du clergé,
et de diminuer les priviléges des nobles.

Il faut que la doctrine industrielle ait été
propagée ; il faut que les industriels les plus importants aient acquis une idée bien claire de la
manière dont ils doivent employer les savans,
les artistes, les légistes, les militaires et les
rentiers, pour la plus grande prospérité de
l'industrie, avant que le Roi puisse employer
utilement son autorité pour placer les industriels au premier rang social.

Examinez l'état présent de la conscience des
industriels, et vous reconnaîtrez qu'ils n'éprouvent point le sentiment de la supériorité de
leur classe : presque tous désirent en sortir
pour passer dans la classe des nobles. Les uns
sollicitent un brevet de baron ; d'autres, en
plus grand nombre, s'empressent d'offrir aux
descendans des Francs la fortune qu'ils ont acquise dans l'industrie, à condition qu'ils voudront bien prendre leur fille. Loin de se soutenir les uns les autres, ils se jalousent et cherchent réciproquement à se nuire auprès des
autorités. Les banquiers de tous les pays s'empressent de vendre à tous les gouvernemens le
crédit de l'industrie, sans être arrêtés dans

leurs opérations financières par l'idée qu'ils
s'associent aux *débris de la féodalité*, et qu'ils
prolongent l'état de subalternité dans lequel la
classe industrielle s'est trouvée jusqu'à ce jour
à l'égard des autres classes (1).

D. *Vous conviendrez au moins qu'il vous
faudra beaucoup de temps pour réussir dans
cette entreprise, c'est-à-dire, pour faire l'éducation des industriels, et pour leur apprendre à se conduire conformément à leur intérêt ?*

R. Il faudra beaucoup moins de temps que

(1) Qu'on parcoure les salons de la Chaussée-d'Antin, on. verra
qu'ils sont peuplés de faiseurs de phrases et de rentiers insignifians.
Chez les banquiers libéraux, on trouvera grand nombre de fonctionnaires publics destitués, qui travaillent à ressaisir le pouvoir et à remettre la main dans le trésor public. Chez ceux qui escomptent
volontiers l'avenir politique des nobles, ce sont les fonctionnaires
publics qui sont présentement en possession de l'exploitation des
abus ; mais chez les uns ainsi que chez les autres, on ne trouvera
qu'un très-petit nombre de membres du corps de l'industrie, et
on remarquera qu'ils sont presque toujours placés au bas de
la table.

Le jour où les banquiers feront de leur maison un lieu de réunion
agréable pour les industriels de la rue Saint-Denis, de la rue de
la Verrerie, de la rue des Bourdonnais, etc., ainsi que pour les
manufacturiers établis dans les faubourgs, les industriels commenceront à former un parti politique ; ils commenceront à exercer une
véritable influence sur l'administration des affaires publiques. L'Europe est dans la France, et la France dans Paris. En moins d'un an
les banquiers de Paris peuvent jouer le rôle politique le plus important en Europe, s'ils savent s'entendre, et employer convenablement leurs moyens, qu'ils ont, jusqu'à ce jour, gaspillés
d'une manière pitoyable, nous pourrions même dire qu'ils ont
employés d'une manière directement contraire aux intérêts politiques
de la classe industrielle.

Ce sont toujours les chefs du parti qui ont tort quand les affaires
du parti ne vont pas bien.

vous ne l'imaginez : on apprend très-vite ce
qu'on a grand intérêt, un intérêt positif à savoir. L'éducation politique des industriels de-
mandera beaucoup moins de temps que vous
ne le pensez ; elle s'effectuera d'autant plus vite
que la publication du système industriel déterminera les hommes les plus capables dans toutes
les directions utiles à y travailler ; il est si doux
de nager dans la direction du courant ; il est si
extravagant de vouloir rétrograder en civilisation, qu'une fois l'idée bien établie que le système industriel doit prédominer, tous les hommes capables dans tous les genres cesseront de
travailler à prolonger l'existence politique *des
débris de la féodalité.*

Les hommes les plus capables dans la direction scientifique, théologique, des beaux-arts,
dans celle des légistes, des militaires et des
rentiers, ne tarderont pas à s'associer à notre
entreprise ; et, quand une minorité capable
dans ces différents genres travaillera à la formation du système industriel, sous la direction
administrative des industriels les plus importants, ce système s'organisera promptement, et
il sera promptement mis à exécution.

D. *Passons à l'examen de la partie financière de votre entreprise, et dites-nous comment vous vous procurerez les fonds dont*

vous aurez besoin pour l'exécution d'un si grand projet.

R. L'exposé de notre conception financière serait prématuré dans ce moment; nous devons attendre, pour le présenter, que notre Catéchisme ait fixé l'attention des industriels les plus importants : nous nous bornerons aujourd'hui à vous dire qu'en résultat de cette combinaison , on verra escompter à la bourse l'avenir politique des industriels, de même qu'on y escompte à présent l'avenir féodal de l'Autriche , ainsi que l'avenir constitutionnel de l'Angleterre et de la France.

D. *Il vous reste à nous parler de la conduite politique qui doit être tenue par la masse des industriels pendant le temps que demande l'exécution de la grande entreprise que vous faites.*

R. Les industriels qui recevront ce Catéchisme doivent le lire avec la plus grande attention ; ils doivent le communiquer aux industriels de leurs amis ; ils doivent en causer avec eux, discuter les idées et surtout les faits qui y sont exposés, et s'approprier, le plus possible, la doctrine qui y est professée.

D. *En admettant ce que vous venez de dire,*

il en résulterait que les industriels devien-
draient totalement passifs en politique, pour
tout le temps qu'exigera la publication de votre
doctrine, ce qui est monstrueux et absurde ;
il est donc indispensable que vous nous disiez
quel est celui des partis politiques existans
que les industriels doivent soutenir, en at-
tendant que la publication de votre doctrine
leur ait procuré les moyens de se former en
parti politique industriel, purement indus-
triel, et bien distinct de tous les partis qui ont
existé jusqu'à ce jour.

En nous résumant, nous vous demandons
quel est celui des partis politiques existans
auquel les industriels doivent accorder leur
appui.

R. C'est au centre gauche et au centre droit,
considérés comme ne formant qu'un seul parti,
que les industriels doivent accorder leur appui,
par la raison que les actes de violence, que les
coups d'état sont les événemens les plus à re-
douter pour les producteurs qui ne peuvent atteindre à leur but que par des moyens loyaux,
légaux et pacifiques. Or, les membres du centre
gauche et ceux du centre droit se montrent les
plus pacifiques de tous les députés. Les députés
les plus ambitieux, ceux qui répugnent le moins
à l'emploi des moyens violents et des coups d'état,

occupent l'extrême gauche et l'extrême droite.

D. *Maintenant résumez-nous en peu de mots toutes les questions que nous avons discutées depuis le commencement de cet entretien.*

R. Voici la récapitulation, ou, si vous l'aimez mieux, le résumé général de notre entretien. Ce résumé sera suivi d'une conclusion; ainsi nous vous donnerons plus que vous ne nous demandez.

Il est évident que le régime industriel est celui qui peut procurer aux hommes la plus grande somme de liberté générale et individuelle, en assurant à la société la plus grande tranquillité, dont elle puisse jouir.

Il est également évident que ce régime investira la morale du plus grand empire qu'elle puisse exercer sur les hommes, tout en procurant à la société en général et à ses membres en particulier le plus grand nombre possible de jouissances positives.

Il est évident aussi que la société ne peut pas être conduite du régime féodal au régime industriel par la routine, ces deux régimes étant radicalement distincts et même opposés. Le premier a tendu à établir entre les hommes la plus grande inégalité possible, en les séparant en deux classes, celle des gouvernés et celle des gouvernans; en rendant le droit de gouverner héréditaire, et en transmettant des pères aux enfans l'obligation d'obéir (1).

Le système industriel est fondé sur le principe de l'égalité parfaite; il s'oppose à l'établissement de tout droit de naissance et de toute espèce de privilége (2).

Il est évident que le régime industriel, ne pouvant être introduit ni par le hasard, ni par la routine, il a dû être conçu *à priori*, et que par conséquent il a dû être inventé dans son ensemble, avant de pouvoir être mis à exécution.

Il est évident enfin, par le fait de la production de ce Catéchisme, que l'esprit humain s'est élevé à la conception de l'ensemble du régime industriel.

De ces évidences, nous tirons la conclusion que la morale divine et humaine appelle les hommes les plus distingués dans tous les genres de capacité à réunir leurs efforts pour opérer l'organisation du système industriel dans ses détails, et pour déterminer la société générale à le mettre à exécution ; nous tirons la conclusion que la classe industrielle étant celle qui produit

(1) Ce premier système a rendu de grands services dans les temps d'ignorance.

(2) Ce régime est le seul qui puisse convenir à l'état présent des lumières et de la civilisation.

toutes les richesses, et, en même temps, celle qui
se trouve la plus intéressée à l'établissement du
régime industriel, ce sont les industriels qui
doivent payer volontairement toutes les dépenses que pourra exiger la transition du système féodal, modifié par le régime constitutionnel, au système industriel pur.

*D. Ce que vous venez de nous dire est fort
intéressant et très-séduisant. La série d'observations que vous nous avez présentée est très-
claire et fort bien établie ; la conséquence que
vous en avez tirée s'en déduit bien naturellement : en un mot, nous sommes violemment
tentés d'adopter votre système, et nous l'adop-
terons certainement si vous vous trouvez en
état de réfuter les quatre objections que nous
allons vous faire.*

*Voici la première de ces objections, ou plu-
tôt voici le premier point que nous vous prions
d'éclaircir :*

*Le changement que vous proposez dans l'or-
ganisation sociale, peut-il s'effectuer sans
nuire à l'institution de la royauté?*

R. L'institution de la royauté a un caractère
de généralité qui la distingue et qui la met au-
dessus de toutes les autres institutions. Son existence n'est point liée au système politique actuel, à un système politique quelconque. Cette

institution conviendra également à tous les systèmes d'organisation sociale, dont les progrès de
la civilisation pourront nécessiter l'établissement.

Que le Roi de France déclare ou plutôt recon-
naisse que les industriels forment la première
classe de ses sujets, qu'il charge les industriels
les plus importants de la direction de ses finances, il ne sera ni plus ni moins roi de la France
et des Français qu'il ne l'est aujourd'hui, la
royauté étant indépendante de la classification
des sujets. L'immense majorité de la nation se
trouvant plus heureuse par l'effet de la diminu-
tion des impôts et leur meilleur emploi, ce qui
résulterait directement du fait que les industriels
les plus importants seraient chargés de l'administration de la fortune publique, seront nécessairement beaucoup plus attachés au Roi.

Ainsi le changement que nous proposons n'est
point hostile à l'égard de la royauté, de la légitimité et même du droit divin; il tend au contraire directement à donner au Roi plus de tranquillité, et à lui procurer par conséquent plus
de bonheur positif.

Il est de la nature des choses que le Roi prenne
le titre de premier Français de la première
classe des Français; ainsi Sa Majesté a dû se
dire premier gentilhomme, premier soldat de
son royaume, tant que la tendance de la nation

a été principalement militaire; et aujourd'hui que la nation s'active principalement dans la direction industrielle, aujourd'hui que c'est essentiellement par des travaux pacifiques qu'elle s'efforce d'accroître sa prospérité, le seul titre qui puisse convenir au Roi est celui de premier industriel de son royaume.

Nous ajouterons à ce que nous venons de dire une observation très-importante : c'est que la royauté, qui est l'organe de l'opinion publique, que la royauté, dont la fonction sociale la plus honorable consiste à proclamer l'état de l'opinion de la majorité, n'a pas encore pu proclamer que la classe industrielle est la première classe de la nation, puisque les industriels n'ont point manifesté jusqu'à présent le sentiment de leur supériorité, puisqu'ils n'ont point émis l'opinion que les plus importants d'entre eux sont les Français les plus capables de bien diriger l'administration des finances. Le Roi, en prenant l'initiative à cet égard, se serait exposé à voir toutes les factions qui se disputent aujourd'hui l'administration des finances pour exploiter la nation à leur profit, se réunir contre lui, sans qu'il ait eu aucune force à leur opposer, aucun moyen de leur résister.

D'après l'explication que nous venons de vous donner, nous espérons que vous resterez entièrement convaincus que notre système n'est point offensif à l'égard de la royauté, et qu'il n'est pas même improbatif de la conduite tenue par le Roi jusqu'à ce jour.

La vérité est que le sort des industriels a été constamment dans leurs mains depuis l'établissement du système de crédit, qu'il y est encore aujourd'hui, et que le jour où la classe des industriels manifestera le désir que la direction de la fortune publique soit confiée aux plus importants d'entre eux, la royauté, comme organe de l'opinion publique, s'empressera de proclamer que tel est le désir de la majorité, et que la minorité doit s'y soumettre.

D. Voici notre seconde objection :

Avant que le Roi eût octroyé la charte à la nation, il lui était loisible de confier la direction de la fortune publique à des industriels, de préférence à des individus pris dans les autres classes de la société; mais aujourd'hui que la charte a réglé la manière dont l'impôt doit être voté, il faudrait que le roi révoquât les principales dispositions de la charte, pour qu'il pût charger les industriels du soin de faire le budget. Qu'avez-vous à répondre ?

R. Le Roi a accordé aux chambres le droit de discuter la loi des finances et de voter l'emprunt ; mais il s'est réservé l'initiative pour la présentation de la loi des finances. Sa Majesté peut faire faire le projet du budget par qui elle veut ; en un mot, le Roi est le maître de confier aux industriels les plus importants la haute direction de la fortune publique , maintenant même qu'il a octroyé la charte , puisqu'il peut légalement , c'est-à-dire , sans contrevenir à aucun article de cette charte , établir, par une simple ordonnance , les mesures suivantes :

Le Roi peut créer une commission suprême des finances, et composer cette commission des industriels les plus importants. Il peut superposer cette commission à son conseil des ministres. Il peut réunir cette commission tous les ans , la charger de faire le projet de budget, et la charger également du soin d'examiner si les ministres ont employé convenablement les crédits qui leur auront été accordés par le budget précédent , et s'ils ne les ont point dépassés.

Ce faisant , Sa Majesté se trouverait avoir investi la classe industrielle de la haute direction de la fortune publique ; elle se trouverait avoir opéré la grande réforme, le changement radical que les progrès de la civilisation ont nécessité dans l'organisation sociale , puisque le système féodal se trouverait complètement anéanti , et le système industriel complètement établi ; puis-

que les industriels seraient placés en première
ligne pour la considération et pour le pouvoir,
tandis que les nobles, les militaires, les légistes,
les rentiers et les fonctionnaires publics ne
jouiraient plus que d'une considération secondaire, et qu'ils n'exploiteraient plus que des
pouvoirs subalternes.

D. *Il est certain que le Roi peut charger les
industriels les plus importants du soin de faire
le projet de budget; mais les conséquences que
vous prétendez devoir résulter d'une pareille
mesure ne nous paraissent point en être une
suite nécessaire.*

*Songez donc que la chambre des députés se
compose, pour la très-majeure partie, de
nobles, de militaires, de légistes, de rentiers
et de fonctionnaires publics, en un mot,
d'hommes intéressés à faire payer le plus
possible à l'industrie, parce qu'une très-
grande partie des sommes payées par les
industriels entre dans leurs poches à titre
d'appointemens, de gratifications, d'in-
demnités, etc.*

*Songez que la chambre des pairs se com-
pose en grande partie des pensionnaires du
trésor public, et que les pairs sont par conséquent intéressés à l'accroissement des recettes; cet accroissement leur offrant la pers-*

pective d'une augmentation dans les traitemens qu'ils reçoivent, et qui leur paraissent
trop mesquins.

Songez enfin qu'il y aurait presque una-
nimité dans les chambres contre un projet
de budget fait par des industriels, puisque
ce projet tendrait directement a établir dans
l'administration de la fortune publique
l'ordre, l'économie et le bon emploi de l'impôt payé par la nation; impôt qui se trouve
payé, pour la majeure partie, par la classe
industrielle. Il nous paraît certain que les
vues bienfaisantes et paternelles du roi pour
la nation seraient contrariées et même an-
nulées par les chambres. Qu'avez-vous a répondre? Dites-nous si vous concevez un
moyen de faire adopter par les chambres un
projet de budget fait par les industriels, sans
avoir recours a quelque coup d'état, c'est-
a-dire, sans violer la charte.

R. Les nobles, les militaires, les légistes et les
rentiers n'entreprendront point de lutter contre
le Roi uni aux industriels; car le Roi uni aux industriels est une force cent fois et peut-être mille
fois plus considérable que celle de toutes les autres classes de la société réunies, et les membres
de la chambre n'ont d'autre force positive que
celle qu'il résulte pour eux de l'appui qu'ils trou-

vent dans les différentes classes qui composent la société. Le projet de budget fait par les industriels les plus importants, sera admis sans difficulté par les chambres, et le changement radical dans l'organisation sociale se trouvera effectué sans qu'il ait été commis aucune infraction à la charte octroyée par le Roi à la Nation. Au surplus, vous pouvez être tranquilles relativement à la manière dont les fonctionnaires publics actuels, dont les nobles et dont les bourgeois de toutes les classes seront traités par les industriels chargés de faire le projet de budget. Les industriels répugnent à tout changement brusque; il est dans leur nature et dans leurs habitudes politiques de n'opérer les réformes que successivement, que très-lentement; mais ils sont persévérants, et une fois qu'ils auront commencé l'exécution du plan de réforme qu'ils concevront, ils y travailleront sans relâche, jusqu'au moment où ils seront parvenus à établir l'administration de la fortune publique sur le pied le plus économique possible.

En résumant nos réponses à vos deux premières objections, nous disons que nos idées ne sont hostiles ni à l'égard de la charte, ni à l'égard de la royauté, ni à l'égard de la légitimité, ni à l'égard du droit divin.

D. *Nous vous proposons de borner ici notre*

Ier. *Cah.* 5

premier entretien. Plusieurs motifs nous en-
gagent à vous faire cette proposition; d'abord
nous vous ferons observer que les industriels
ont peu de temps à donner à la lecture, attendu
qu'ils sont fort occupés de leurs affaires per-
sonnelles ; ensuite nous vous dirons qu'ils
sont encore peu habitués à examiner des idées
générales. Ces deux motifs nous engagent à
rendre nos dialogues les plus courts possible :
à ces deux motifs s'en joint un troisième,
c'est que les deux objections qu'il nous reste à
vous faire, sont d'une autre nature que les
deux premières. Nous avons considéré jusqu'à
ce moment la France, dans notre discussion,
comme isolée, tandis que ses voisins exercent
sur elle une grande influence. Nous aurons
donc à examiner, par exemple, ses rapports
avec l'Angleterre, et ceux qu'elle a avec la
sainte alliance, ce qui devient une question
différente à traiter.

Que pensez-vous de notre proposition?

R. Elle nous paraît très-bien motivée, et
nous l'acceptons. Nous bornerons donc ici
notre premier entretien; ce qui nous convient
également sous cet autre rapport, que, si ce
commencement de travail n'intéressait pas les
industriels, il serait inutile de le continuer.

CATÉCHISME

DES INDUSTRIELS.

~~~~~~

DEUXIÈME CAHIER.

D. *Passons à la troisième objection : à celle
qui a pour objet de vous prouver que le système politique établi en Angleterre doit être
adopté par la nation française préférable-
ment à celui que vous proposez.*

*Nous vous demanderons d'abord si vous
reconnaissez, si vous avouez que l'expérience
est le meilleur guide que puissent suivre les
nations de même que les individus.*

R. Oui, nous le reconnaissons sans aucun
doute, sans aucune restriction.

D. *Dès le moment que vous admettez ce
principe, il ne nous sera pas difficile de vous
faire convenir que votre système ne vaut rien,
puisqu'il se trouve en opposition avec le principe que vous venez d'adopter. Nous allons
établir notre raisonnement à cet égard ; vous
le refuterez ensuite si vous le pouvez.*

IIᵉ Cah.   6

Le peuple anglais est le plus riche et le plus puissant ; il est celui de tous qui exerce la plus grande influence sur l'espèce humaine, et cependant il est loin de se trouver en première ligne pour la dimension du territoire de la mère patrie et pour l'importance de sa population. C'est en Angleterre que la classe la plus nombreuse est le mieux logée, le mieux nourrie et le mieux vêtue ; c'est en Angleterre que les gens riches trouvent à se procurer le plus grand nombre d'objets confortables sur tous les points du territoire national : enfin, le peuple anglais jouit de presque tous les avantages qui sont l'objet de l'ambition des autres nations.

A quoi les anglais doivent-ils principalement les avantages dont ils jouissent ? Il est incontestable que c'est à la forme de leur gouvernement, c'est-à-dire, à la supériorité de leur organisation sociale sur tous les systèmes politiques qui ont été mis en pratique chez les autres peuples, jusqu'à ce jour.

Comparons maintenant la disposition politique qui sert de base à la constitution anglaise, avec le principe que vous avez donné pour fondement à votre système, et vous reconnaîtrez qu'il existe une différence radicale entre les deux combinaisons.

Vous dites : l'administration de la fortune

publique doit être dirigée par les industriels les plus importants, parce que la classe industrielle est la plus capable de toutes en administration.

Les anglais disent : Ceux qui dirigent l'administration de la fortune publique, doivent se proposer pour but principal de favoriser le plus possible la classe industrielle, parce que les travaux industriels sont la véritable source de la prospérité publique; mais les industriels ne doivent point être chargés de l'administration de la fortune publique, parce qu'ils n'ont pas les connaissances suffisantes pour diriger cette administration, et que les soins que cette administration exige les détourneraient de leurs travaux.

Et, en effet, ce sont en Angleterre les pairs laïques, les évêques et les juges, dans la chambre haute, les avocats, les rentiers et les militaires, dans celle des Communes, qui ont voix prépondérante dans l'administration de la fortune publique, puisqu'ils composent exclusivement la première Chambre et qu'ils sont en très-grande majorité dans la Chambre des Communes et dans le Conseil privé.

Nous concluons de ce que nous venons de dire, que votre système est en opposition avec la Constitution anglaise; qu'il est, par con-

séquent, en opposition avec la Constitution que l'expérience a prouvé être la meilleure, et que, par conséquent, il ne vaut rien. Qu'a-vez-vous à répondre ?

R. Notre réponse, de même que votre demande, sera fondée sur des observations, c'est-à-dire, sur l'expérience.

Nous vous dirons donc, la série des observations faites sur la marche et sur les progrès de la civilisation, chez la société française actuelle, depuis son origine jusqu'à ce jour, que nous vous avons présentée dans le premier cahier, a constaté que la classe industrielle avait toujours acquis de l'importance et que les autres classes en avaient toujours perdu. De cette série de quatorze cents années d'expériences, nous déduisons la conséquence que la classe industrielle doit finir par parvenir au premier rang, que les industriels doivent obtenir, en résultat final des progrès de la civilisation, le premier degré de considération et de pouvoir : enfin, qu'il a toujours dû arriver une époque à laquelle les industriels les plus importants se trouveraient chargés de diriger l'administration de la fortune publique, etc.

Nous raisonnons ensuite, d'après cette conséquence qui est rigoureusement déduite de l'expérience, et nous disons : la révolution française ayant commencé plus d'un siècle après la révolution anglaise, ses résultats doivent être beaucoup plus favorables à la classe industrielle, et, par conséquent, beaucoup plus défavorables aux nobles et aux bourgeois que ne l'a été la révolution anglaise; nous disons : la révolution anglaise a imposé aux nobles, aux légistes, aux militaires, aux rentiers et aux fonctionnaires publics, l'obligation de diriger les affaires de la nation dans l'intérêt de l'industrie ; la révolution française finira par anéantir l'institution de la noblesse et par soumettre les légistes, les militaires, les rentiers, et les fonctionaires publics aux ordres des industriels.

Nous avons raisonné tous les deux d'après l'expérience; ainsi, nous avons agi conformément au principe que vous aviez posé et que nous avions admis; mais il y a, entre nos opinions, cette première différence, que la vôtre n'est fondée que sur une expérience partielle, sur l'expérience de ce qui s'est passé en Europe depuis la révolution d'Angleterre, tandis que nous avons donné pour base à la nôtre la plus grande série d'observations qui puisse être déduite de l'histoire des peuples modernes : il y a ensuite, entre nos opinions, cette seconde différence, c'est que vous avez considéré la révolution d'Angleterre, comme formant le dernier terme de la série des progrès de la civilisation sous le rapport politique ; tandis que nous n'envisageons cette révolution et l'organisation sociale dont elle a déterminé la formation, que comme l'avant dernier terme de la série des améliorations dont le régime social des peuples européens était susceptible.

En résultat des considérations que nous venons de vous présenter, nous maintenons notre système pour bon, et nous regardons votre raisonnement comme vicieux.

Vous reste-t-il quelque chose à dire à ce sujet ? concevez-vous quelqu'autre moyen de soutenir votre troisième objection ?

D. *Oui, certainement, nous avons les moyens de soutenir notre objection, oui, nous sommes assurés de sortir victorieux de cette discussion. Ne nous attachons point aux mots, ne donnons point la première importance aux formes, occupons-nous principalement de l'examen du fond des choses.*

Vous prétendez que les membres de la société les plus capables de bien diriger l'administration de la fortune publique, sont les industriels les plus importants. Vous prétendez que si les industriels les plus importants étaient chargés de diriger les intérêts sociaux, la société jouirait de tous les avantages aux-

quels elle peut prétendre, qu'elle se trouverait gouvernée au meilleur marché possible,
le moins possible, par les hommes les plus
capables de bien administrer ses affaires, et
de la manière la plus propre à maintenir la
tranquillité publique. Nous admettons votre
proposition, votre principe, votre système,
peu importe le nom qu'il vous plaira de donner à votre production; et nous vous disons:
votre système est admis en Angleterre, les
anglais l'ont mis en pratique; ainsi vous devez penser que la nation française ne peut
rien faire de mieux que d'adopter la Constitution anglaise, que les Français doivent
travailler à naturaliser chez eux cette Cons-
tution; peu de mots suffiront pour prouver
la justesse de cette assertion, c'est-à-dire, pour
constater que le système industriel est établi
en Angleterre.

L'administration de la fortune publique
est dirigée en Angleterre par les lords ; car
les lords dominent le pouvoir royal, et ils
maîtrisent la Chambre des Communes : or,
tous les lords sont intéressés pour des sommes
plus ou moins considérables dans des entreprises de fabrication ou de commerce : donc,
les lords sont des industriels, donc le système
industriel est établi en Angleterre.

R. Le gouvernement anglais n'est point un gouvernement industriel; c'est le gouvernement féodal modifié, autant qu'il pouvait l'être, dans la direction industrielle. Il s'est établi, en Angleterre, un régime transitoire qui a préparé les voies, qui a procuré les moyens à la nation française et au surplus de la société européenne, de passer du système féodal au système industriel, du système de gouvernement au sytème administratif.

Voilà la manière dont les choses doivent être considérées; quand elles sont envisagées autrement, l'esprit n'est point satisfait, et le sens le plus commun se révolte. Depuis plusieurs années, la Constitution anglaise est regardée en France comme un chef-d'œuvre, on en parle comme du plus haut degré de perfection auquel l'esprit humain puisse atteindre en politique; cela prouve que la science politique est encore dans l'enfance; cela prouve que les publicistes sont encore soumis à la routine; cela prouve que leur esprit ne s'est point encore élevé à des considérations générales sur la marche de la civilisation; et cela ne prouve pas autre chose. Dans la réalité, l'Angleterre ne possède point encore de constitution; l'ordre de chose qui y est établi n'a point de solidité, de fixité, et n'est pas susceptible d'en acquérir. L'organisation sociale des anglais a mis, en même temps en activité, le principe féodal et le

principe industriel ; or, ces deux principes
étant de nature différente et même opposée,
ces deux principes dirigeant, en même temps, la
nation vers deux buts qui sont très-éloignés l'un
de l'autre, il en résulte nécessairement que le
peuple anglais est constitué dans un état de
tiraillement. L'état politique de l'Angleterre est
un état de maladie, un état de crise, ou plutôt,
le régime sous lequel elle vit, est un régime
transitoire; sa Constitution, si vous voulez absolument que le peuple anglais en ait une, est
une Constitution bâtarde.

D. *La maladie dont vous dites que le peuple
anglais est attaqué, présente un cas patholo-
gique entièrement neuf et dont il est nécessaire que vous nous donniez l'explication.
Cette maladie est fort extraordinaire; d'abord
sous le rapport de sa durée, car il y a déjà
plus d'un siècle et demi qu'elle est commencée,
et elle n'est pas encore terminée. Cette maladie
est encore plus extraordinaire sous cet autre
rapport, c'est que la prospérité sociale du
peuple anglais a commencé en même temps
que sa maladie politique, et que les avantages qu'il a obtenus sur les autres peuples ont
toujours été en augmentant, à mesure que sa
prétendue maladie a fait des progrès.*

II.ᵉ Cah.   7

*Franchement parlant, messieurs les caté-
chiseurs, vous auriez grand besoin vous-
mêmes d'être catéchisés. Vous voulez nous
donner des leçons en politique, tandis que
vous devriez vous occuper d'en prendre ; vous
entreprenez de faire notre éducation, avant
d'avoir pris la peine de faire la vôtre. Vous
prétendez que l'Angleterre n'a point de constitution, que l'organisation sociale dans ce
pays est bâtarde, que c'est un ordre de chose
auquel les Anglais se sont trouvés conduits
par la routine, et qui ne peut se maintenir
que par l'effet des habitudes qu'ils ont successivement contractées ; un ordre de chose dont
on ne peut pas se rendre un compte clair et
satisfaisant ; un ordre de chose qui ne peut
point s'établir chez une autre nation : un
ordre de chose, enfin, qui ne peut pas devenir
le type de réorganisation de la société européenne.*

*Nous vous répondrons à cela, vous n'avez
donc là ni Montesquieu, ni Blackstone ; vous
ne connaissez donc pas l'ouvrage de Delholme ;
vous n'avez donc point étudié les beaux débats qui ont eu lieu, à plusieurs reprises différentes, dans le parlement d'Angleterre,
sur la balance des pouvoirs.*

Lisez l'Esprit des Lois, et vous verrez que

les hommes n'ont jamais inventé que trois formes de gouvernement, savoir : les gouvernemens despotique, aristocratique et démocratique; vous reconnaîtrez, en y réfléchissant, que ces trois formes de gouvernement étaient les seules qui fussent inventable; enfin vous trouverez, dans une grande quantité d'ouvrages des publicistes anglais et français, la preuve que ces trois formes de gouvernement ont été admirablement combinées dans la Constitution anglaise, et qu'il résulte de cette combinaison le meilleur gouvernement qui puisse exister.

Maintenant que nous avons écrasé, anéanti votre système, nous nous empressons de vous dire que vous n'avez eu qu'un tort, celui de vous être exagéré l'importance de vos idées. Tous les matériaux que vous avez employés à la construction de votre système sont bons; il n'y a que l'emploi de ces matériaux, que la conception générale qui lie vos idées, que nous ayons eu l'intention de critiquer. Certainement toutes les capacités doivent travailler au développement de l'industrie; certainement les gouvernemens doivent protéger l'industrie, parce qu'elle est la source de toutes les richesses; certainement les théologiens doivent encourager l'industrie, parce

que les travaux utiles sont la source de toutes
les vertus , de même que l'oisiveté est la mère
de tous les vices ; certainement les législateurs
doivent faire les lois les plus favorables à la
production, parce que les nations les plus
laborieuses sont celles chez lesquelles la tran-
quillité publique est la plus facile à mainte-
nir ; mais vous n'auriez pas dû conclure de
là que la capacité industrielle devait diriger
toutes les autres capacités. En un mot, les
Anglais ont trouvé, ils ont fixé le véritable
point auquel il faut s'arrêter ; vous avez
perdu de vue dans vos travaux un proverbe
bien ancien, et qui s'applique parfaitement
à la circonstance présente : LE MIEUX EST SOU-
VENT L'ENNEMI DU BIEN.

R. Ne chantez pas la victoire avant de l'avoir
remportée, nous ne sommes pas encore arrivés
à la fin de la discussion, c'est de ce moment
seulement qu'elle se trouve sérieusement engagée. Nous vous remercions infiniment de l'in-
dulgence que vous avez eu la bonté de nous
témoigner, à la fin de la vive sortie que vous
venez de faire contre notre système ; mais nous
n'éprouvons aucunement le besoin d'en profiter,
nous nous sentons en état de repousser tous les
traits que vous avez lancés contre nous.

Nous répondrons d'abord aux plaisanteries

que vous nous avez faites sur la maladie politique dont nous avions dit que la nation
anglaise est attaquée; car nous ne pouvons
considérer que comme des plaisanteries les considérations que vous nous avez présentées à ce
sujet. Quant à nous qui n'avons point l'intention de traiter sur un ton badin la question la
plus neuve et la plus importante qui puisse
occuper dans ce moment l'esprit humain, nous
vous dirons :

L'idée de maladie n'a joué qu'un rôle fort
accessoire et très-secondaire dans le tableau que
nous vous avons présenté de la situation politique du peuple anglais; l'idée principale, celle
qui aurait dû fixer essentiellement votre attention, est celle de l'état de crise dans lequel la
civilisation se trouve en Angleterre, depuis la
révolution que ce pays a éprouvée à la fin du
dix-septième sciècle; nous allons vous développer cette idée, puisque la simple énonciation n'a
pas suffi pour vous la faire comprendre :

L'espèce humaine a été destinée, par son organisation, à vivre en société;

Elle a été appelée à vivre d'abord sous le régime *gouvernemental*;

Elle a été destinée à passer du régime gouvernemental ou militaire, au régime *administratif* ou *industriel*, après avoir fait suffisam-

ment de progrès dans les sciences positives et dans l'industrie :

Enfin elle a été soumise, par son organisation, à essuyer une crise longue et violente lors de son passage du système militaire au système pacifique.

Voilà les considérations les plus générales auxquelles l'esprit humain puisse s'élever relativement à la marche de la civilisation.

Nous allons maintenant faire application de cette observation générale sur la marche de la civilisation aux circonstances dans lesquelles se trouvent les anglais. Mais, pour que cette application soit précise et facile à saisir, il est nécessaire que nous commencions par constater l'état social actuel de la nation anglaise, sous le rapport de sa politique intérieure et sous celui de sa politique extérieure.

Quand on examine la politique intérieure de l'Angleterre, d'un point de vue assez élevé pour embrasser d'un seul coup-d'œil l'ensemble des choses, on est frappé, dès le premier abord, de l'existence du phénomène le plus extraordinaire qu'on puisse concevoir dans ce genre : on reconnaît que les Anglais ont admis en concurrence deux principes fondamentaux pour servir de base à leur organisation sociale; on reconnaît que ces deux principes étant de nature différente et même opposée, il a dû en résulter, et qu'il en est résulté effectivement, que les Anglais se sont en même temps soumis à deux organisations sociales bien distinctes, qu'ils ont, dans toutes les directions, doubles institutions, ou plutôt qu'ils ont établi dans toutes les directions les contre-institutions de toutes les institutions qui étaient en vigueur chez eux avant leur révolution, et qu'ils ont conservé en très-grande partie.

Ainsi on remarque chez eux *la presse des matelots* co-exister avec la loi d'*habeas corpus*; on voit un berger amener en même temps sur le marché, la corde au col, sa femme et une brebis. Il vend sa femme un schelling, sans être aucunement puni pour l'avoir avilie, en la traitant comme une brute, et il se voit condamné à cinq livres sterling d'amende s'il s'est conduit brutalement à l'égard de sa brebis. La ville riche, populeuse et essentiellement industrielle de Manchester n'a point de représentant dans le parlement, tandis que tel lord, propriétaire du terrein sur lequel se trouvaient situés des bourgs qui ont été entièrement abandonnés, nomme à lui seul jusqu'à neuf députés qu'il emploie à soutenir ses intérêts féodaux, à accroître le plus possible son importance politique, et à se faire payer chèrement par le ministère aux dépens de la nation.

Cent volumes *in-folio*, du caractère le plus fin, ne suffiraient pas pour rendre compte de toutes les inconséquences organiques qui existent en Angleterre.

Si, de l'examen de la politique intérieure de l'Angleterre, on passe à celui de sa politique extérieure, on trouve les conséquences des vices d'organisation que nous venons de signaler ; on voit d'une part le gouvernement anglais déclarer que la souveraineté des mers lui appartient, et, en conséquence, soumettre tous les pavillons à sa visite, tandis que, par une autre mesure, il travaille, en même temps, à établir l'égalité entre les noirs et les blancs, en faisant cesser la traite des nègres.

On voit le gouvernement anglais soutenir en Europe le régime gouvernemental, tandis qu'il protège en Amérique le système d'organisation industrielle contre le système gouvernemental.

En un mot, la nation anglaise se trouve, depuis long-temps, dans un état de crise sous le rapport de sa politique intérieure, ainsi que sous celui de sa politique extérieure; et cette crise, à laquelle participent aujourd'hui tous les peuples qui habitent le continent européen, ainsi que le continent américain, est évidemment la crise que l'espèce humaine a été destinée, par son organisation, à essuyer lors de son passage du régime gouvernemental au système social industriel.

Voilà les considérations les plus générales que nous puissions vous présenter à l'appui de l'opinion que vous combattez depuis le commencement de ce second entretien ; maintenant nous vous sommons de convenir que nous avons raison, ou de reconnaître que vous êtes aveugles. Nous vous sommons, au nom du sens commun, de reconnaître l'exactitude des faits que nous vous avons présentés plus haut ; nous allons les reproduire pour rendre notre réfutation plus claire.

1°. L'Angleterre n'a point de constitution, puisqu'une constitution est une combinaison d'organisation sociale, au moyen de laquelle toutes les institutions politiques d'une nation dérivent d'un même principe, et dirigent les forces nationales vers un même but, tandis que les institutions sociales anglaises sont de deux natures différentes, et qu'elles dirigent les forces nationales de ce peuple vers deux buts opposés.

2°. L'organisation sociale anglaise, étant radicalement vicieuse, ne doit point être présentée à la nation française, comme un modèle qu'elle doit s'efforcer d'imiter le plus complètement possible ; et un état de choses révolutionaire continuera nécessairement à durer en France,

IIe Cah. 8

tant que les gouvernants et les gouvernés n'auront pas acquis des idées plus nettes sur les
moyens qui doivent-être employés pour établir
un ordre social fixe et stable.

3°. Enfin, la crise dans laquelle l'Angleterre et
la France à sa suite se trouvent engagées, finira
inévitablement par l'entier abandon du système féodal et par l'établissement exclusif du
système industriel. Les nations qui passent aujourd'hui pour les plus civilisées, ne seront réellement sorties complètement de la barbarie,
qu'à l'époque où la classe la plus laborieuse et
la plus pacifique, sera chargée de la direction
de la force publique, et où la classe militaire
sera complètement subalternisée.

D. *Ne vous donnez pas tant de peine pour
réfuter nos objections ; ce n'est pas là le point
important de votre affaire ; il vous faut combattre le père de la science. Vous avez à prouver que l'opinion de Montesquieu est erronée :
c'est le seul moyen que vous puissiez employer
pour faire adopter votre système.*

R. Les sciences font de continuels progrès.
Aujourd'hui il n'y a pas un élève de l'école polytechnique qui ne résolve, avec la plus grande facilité, les problèmes de géométrie dont la solution a coûté les plus grands efforts de génie
à Archimède ; il n'y a pas un de ces élèves,

qui ne sache plus de choses en géométrie , que ce génie prodigieux n'en a jamais su.

Il y a plus d'un demi siècle , que l'*Esprit des Lois* a été publié. Depuis cette époque , il est arrivé l'événement politique le plus mémorable qui ait jamais eu lieu : celui de la révolution française ; ainsi nous pouvons raisonner sur des faits qui ont été entièrement inconnus à Montesquieu.

Montesquieu a été grand admirateur du régime social établi en Angleterre , et il a eu très-grande raison ; car cet état de choses est incontestablement très-supérieur à tout ce qui avait existé auparavant ; mais il ne faut pas en conclure que , si Montesquieu vivait aujourd'hui , il ne concevrait pas le moyen d'améliorer considérablement cet état de choses.

Les Anglais ont admis , ils ont inventé , comme nous l'avons déjà répété plusieurs fois , des institutions politiques ayant le caractère industriel , et il les ont mises en regard , en opposition avec les anciennes institutions féodales qui existaient chez eux ; il en est résulté que le gouvernement féodal s'est trouvé chez eux beaucoup plus limité que chez les autres nations européennes.

La révolution française ne s'est effectuée que près d'un siècle après la révolution anglaise ; elle doit nécessairement donner , pour résultat ,

un perfectionnement de la Constitution anglaise;
or , quand on réfléchit sur le perfectionnement,
dont la Constitution anglaise est susceptible, on
reconnaît, du premier coup-d'œil, que la force
industrielle qui s'est introduite dans l'organisation sociale anglaise , comme force limitant la
force féodale; doit devenir en France la force
dirigeante.

D. *Vous nous avez dit que la nation an-*
glaise se trouvait dans un état de crise et de
maladie depuis la révolution qu'elle avait
éprouvée à la fin du dix-septième siècle; nous
vous avons fait observer que la maladie dont
vous prétendiez que le peuple anglais était atta-
qué, avait un caractère fort extraordinaire,
d'abord par sa durée, puisqu'elle avait déjà
plus d'un siècle et demi d'existence ; nous
vous avons dit qu'elle était encore bien plus
extraordinaire sous cet autre rapport, que
la prospérité du peuple anglais avait com-
mencé en même temps que sa maladie, et
que sa prospérité n'avait pas cessé de faire
des progrès depuis qu'il était tombé ma-
lade.

Là-dessus vous vous êtes échauffés, vous avez
prétendu que l'idée de maladie n'était qu'ac-
cessoire, que l'idée principale était celle de
crise; vous vous êtes attaché à nous prouver

que la nation anglaise était dans un état de crise, et que cette crise était celle qui devait faire passer cette nation, ainsi que l'espèce humaine, de l'état d'enfance à celui de nation et d'espèce jouissant de toutes ses facultés; mais vous ne nous avez pas dit un seul mot de la maladie que vous prétendez qu'elle éprouve.

Nous vous prions de répondre catégoriquement à cette demande : Dans votre opinion, l'état de crise entraîne-t-il celui de maladie, ou l'état de maladie est-il distinct de celui de crise? En un mot, qu'elle est la maladie dont le peuple anglais est attaqué?

R. Les nations et les espèces, de même que les individus, éprouvent une crise lorsqu'elles passent de l'état d'enfance à celui d'être complet et jouissant de toutes ses facultés; cette crise est plus ou moins longue, plus ou moins violente, plus ou moins pénible suivant les circonstances particulières où se trouvent les espèces, les nations ou les individus qui l'éprouvent. Certains individus passent cette crise sans tomber malade, d'autres sont attaqués des pâles couleurs.

En faisant application de ces généralités à la question qui nous occupe, nous vous disons, pour répondre catégoriquement à votre question que nous n'avions aucunement l'intention d'éluder :

« L'espèce humaine est entrée dans sa crise de
» puberté ; c'est la nation anglaise chez laquelle
» cette crise a commencé à se manifester clai-
» rement ; et cette nation, à l'occasion de cette
» crise, se trouve attaquée de la maladie natio-
» nale correspondante à celle à laquelle on a
» donné le nom de pâles-couleurs, dans les in-
» dividus. »

D. *Expliquez-nous en quoi consiste cette maladie nationale ?*

R. Son premier symptôme est la corruption dans les membres du gouvernement, avouée, déclarée, proclamée par eux, et approuvée par les gouvernés.

Un second symptôme, plus général que le premier, est celui qui se manifeste quand une nation se fait gloire d'être dominée par la passion de l'argent, et qu'elle commet, par cette raison, l'erreur capitale de prendre le moyen pour le but.

D. *Prouvez-nous que ces deux symptômes se sont manifestés chez la nation anglaise.*

R. Un des ministres les plus célèbres que l'Angleterre ait produits, a proclamé, discuté et constaté, en plein parlement, le fait que la corruption était un des élémens les plus importants qui fût entré dans la combinaison de l'organisation sociale britannique.

Voici l'anecdote qui est réellement très-piquante. C'était dans un moment où il n'existait point de parti d'opposition dans la Chambre. Le ministre prit la parole et il dit : « Si vous ne **vous** hâtez pas de former un parti d'opposition , les coffres du Roi s'empliront, et notre Constitution se trouvera en péril, nos libertés seront compromises. »

Si nous donnons un premier développement à cette pensée, nous trouverons ce qui suit :

. Tout bon anglais, tout vrai breton, doit se faire une conscience parlementaire absolument distincte et même diamétralement opposée à sa conscience ordinaire ; celui qui est appelé à la Chambre des Communes, doit s'opposer aux projets présentés par les ministres, même dans le cas où il est convaincu que ces projets sont bons et utiles à la nation , et il doit persister dans son opposition, jusqu'à ce point qu'il ait forcé le ministère à le payer chèrement pour le déterminer à changer de langage. Et quand une fois il a vendu sa voix et son opinion au ministre, il doit soutenir tous les projets qu'il présente, même quand il les juge mauvais, c'est-à-dire, contraires aux intérêts de la nation. Il y a cependant des bornes au dévouement que les membres du parlement doivent au ministère, en compensation des faveurs qu'ils ont obtenues; ils ne doivent jamais consentir à laisser passer aucun bill qui tendrait à soustraire le ministère à l'obligation où il se trouve de corrompre les membres du parlement, pour obtenir la majorité dans les Chambres.

Les lords, de même que les membres de la Chambre des Communes, doivent se faire une conscience parlementaire, qui les porte à vendre leur opinion au Roi ; mais il est conforme à la dignité de la pairie qu'un lord se fasse payer ordinairement en pouvoir plus qu'en argent.

Une chose très-essentielle à remarquer, c'est que la pensée ministérielle que nous venons de développer, n'a point déplu aux membres du parlement, qu'elle n'a point choqué la nation, et qu'elle a mérité au contraire au ministre qui l'a produite, la réputation d'un politique très-profond, réputation dont il jouit encore dans ce moment en Angleterre.

Si, des considérations sur la conduite des membres composant la Chambre haute et la Chambre basse, nous descendons à l'examen de la conduite tenue par les électeurs dans leurs fonctions électorales, nous ne trouverons pas moins de corruption dans les élections, que dans les Chambres. Il n'est pas rare qu'il en coûte à un candidat ou à ses amis, pour obtenir son élection, cent, deux cent, trois, quatre ou même cinq cent mille francs; quelquefois les élections de M. Fox ont coûté beaucoup plus cher.

Si enfin nous examinons la morale privée qui est admise couramment par la nation anglaise, nous en trouverons le caractère fortement prononcé par une expression qui est généralement reçue en Angleterre. Quand un Anglais dit qu'un homme vaut tant; cela signifie qu'il possède la somme désignée, et cela ne signifie pas autre chose. Dans le jugement général que les Anglais portent sur les hommes, ils ne font entrer en considération que la fortune qu'ils possèdent; ils font entièrement abstraction de toutes les autres facultés ou capacités.

Nous croyons avoir suffisamment établi le fait que la nation anglaise est attaquée de la maladie nationale qui correspond à celle des pâles couleurs dans les individus; et nous passons à l'examen d'un autre fait, qui n'est pas moins important, le voici:

La nation anglaise, n'a point conscience de sa maladie, elle se croit au contraire dans le meilleur état de santé politique possible; elle pousse à cet égard l'erreur jusqu'à ce point, qu'elle considère les symptômes de sa maladie

IIe Cah.

comme des preuves de santé. Ainsi nous voyons
les Anglais se targuer des vices de leur organisation sociale, et les présenter avec confiance
comme des chefs-d'œuvre en combinaisons politiques. La manière dont le parti ministériel
et le parti de l'opposition tripotent entre eux
les intérêts nationaux, de manière à prélever
sur les gouvernés un double droit de commission, excite leur admiration; tandis que cela
devrait être pour eux un objet de pitié et de
mépris.

L'Angleterre, admirant son organisation sociale, se trouve dans le cas absolument semblable à celui où serait une jeune personne ron-
gée de pâles couleurs, qui serait enchantée de
son teint jaune, et qui prétendrait que le jaune
est la couleur de peau qui sied le mieux à une
femme; que c'est celle qui constitue la beauté,
qu'elle est la preuve la plus complète d'une
bonne santé.

*D. Comparaison n'est pas raison; mettez
de côté votre idée des pâles couleurs nationales, et raisonnons directement sur les faits
importants que nous examinons.*

*Nous vous accordons pour le moment, et
sauf à revenir plus tard sur la question, en
vous la présentant sous une autre face :*

1°. Que les Anglais n'ont point de consti-

tution, et que leur organisation sociale actuelle n'a d'autre mérite que celui d'avoir régularisé la crise politique dans laquelle ils se trouvent engagés ;

2°. Que l'organisation sociale anglaise est un état de choses au moyen duquel les frottemens entre les rouages qui composent le mécanisme politique, ont été multipliés autant que possible ; d'où il résulte que les inconvéniens inhérens aux institutions féodales qui sont restées force directrice, sont considérablement diminués ;

3°. Que l'admiration des Anglais pour leur organisation sociale, qu'ils regardent comme un chef-d'œuvre, est de leur part une erreur ridicule.

Après vous avoir accordé tout cela, nous vous prions de nous dire ce que les erreurs politiques du peuple anglais peuvent faire à la nation française.

R. Les erreurs politiques du peuple anglais seraient sans inconvénient pour la nation française, si la nation française prenait la peine d'examiner ses affaires avec ses propres yeux, et de les juger avec la capacité politique qui lui est personnelle ; si elle étudiait convenablement ses précédens, en cherchant à découvrir les moyens qu'elle possède, pour arriver au but auquel elle désire atteindre, en continuant la route qu'elle a suivie jusqu'à ce jour : si elle s'était fait, en un mot, une opinion politique qui fût véritablement à elle, et si elle n'avait pas au contraire pris les Anglais pour guides dans la recherche des moyens qu'elle doit employer, pour établir chez elle une organisation sociale, proportionnée à l'état de ses lumières et de sa civilisation.

Commençons par arrêter nos idées sur la marche que les Français devraient suivre en politique ; il nous sera facile ensuite d'apprécier à sa juste valeur celle qu'ils ont adoptée.

Guizot a établi, d'une manière claire, précise et irréfutable, les faits suivants, dans ses essais sur l'histoire de France et d'Angleterre.

Il a prouvé :

1°. Que les institutions primitives des nations française et anglaise avaient été différentes ;

2°. Que ces institutions ne s'étaient point modifiées de la même manière dans les deux pays, et que les progrès de la civilisation avaient eu chez les deux peuples des caractères bien distincts ;

3°. Que la royauté avait toujours acquis de la force en France, tandis qu'en Angleterre c'était la pairie qui était devenue l'institution la plus importante.

Guizot a conclu de ces trois grands faits que les Français ne devaient pas user des mêmes moyens et procéder de la même manière au perfectionnement de leur organisation sociale.

En développant la conclusion de cet excellent publiciste, nous disons : c'est l'institution de la royauté qui doit être perfectionnée en France ; c'est l'institution de la pairie qui doit être reconstituée en Angleterre. En France, la royauté doit se revêtir du caractère industriel et abandonner complètement le caractère féodal ; tandis qu'en Angleterre c'est la pairie, avant toute autre institution, qui doit se dépouiller entièrement du caractère féodal, pour prendre l'allure industrielle.

En considérant de ce point de vue, qui est le seul bon, la marche que les Français suivent depuis la restauration, époque qui a terminé leurs extravagances révolutionnaires, nous trouverons qu'elle a été et qu'elle est fausse, mauvaise ; en un mot, complètement erronnée, et cela de la part des gouvernans de même que de celle des gouvernés ; puisque les uns et les autres se sont mis à s'extasier d'admiration pour l'organisation sociale anglaise ; puisque les uns et les autres laissent dominer leur intelligence par les principes de politique adoptés en Angleterre.

D. Ce que vous venez de nous dire, exige
plusieurs éclaircissemens.

Nous vous prions d'abord de nous prouver
que la nation française se laisse dominer,
comme vous le prétendez, par les idées an-
glaises relativement à sa politique.

R. Cette preuve nous sera très-facile à vous
fournir ; car le fait suivant est généralement
connu , et il se renouvelle tous les jours : c'est
que les partis politiques en France luttent entre
eux à coup de Constitution anglaise ; c'est que le
côté gauche, le côté droit, le centre droit, ainsi
que le centre gauche, appuient leurs opinions
d'exemples pris dans ce qui s'est passé en Angleterre ; c'est que le grand argument du ministère, pour soutenir la proposition qu'il compte
faire de la septennalité , est que cette mesure
a été adoptée par les Anglais.

Une réflexion qui se présente naturellement à
cette occasion, c'est que l'engouement des Français pour l'organisation sociale anglaise, doit être
bien grand, puisqu'ils ne s'aperçoivent pas que la
facilité trouvée par tous les partis de citer des
exemples en faveur de leur opinion dans la conduite politique, tenue par les Anglais depuis leur
révolution, est la preuve la plus complète qui
puisse exister, que l'organisation sociale anglaise
est une agglomération de principes et de mesures

incohérents; qu'ainsi il y a quelque chose d'hu-
miliant pour la nation française à la considérer
comme un modèle à suivre :

*D. Revenons à la question précédente : elle
est importante, elle est neuve, elle est très-
satisfaisante pour l'amour-propre national;
ainsi elle mérite, sous tous les rapports,
d'être approfondie, d'être examinée avec le
plus grand soin. Il faut présenter les idées
neuves bien des fois, et sous bien des formes
différentes, pour les faire adopter. Ayez la
complaisance de nous reproduire votre opinion, en changeant seulement la manière
d'exposer vos idées.*

R. Nous allons vous satisfaire :

» Tous les peuples de la terre tendent vers un
» même but; le but vers lequel ils tendent est celui
» de passer du régime gouvernemental, féodal,
» militaire, au régime administratif, industriel,
» pacifique; c'est-à-dire : chacun d'eux s'efforce
» de se débarrasser des institutions dont l'utilité
» n'est qu'indirecte, pour établir celles qui ser-
» viraient le plus directement le bien public, et
» qui donneraient toujours gain de cause aux
» intérêts de la majorité, contre les intérêts par-
» ticuliers.

» Chaque peuple a adopté une allure qui lui
» est personnelle, chacun d'eux s'est ouvert

» une route particulière pour atteindre à ce but.

» Les peuples européens se sont plus rappro-
» chés de ce but que les autres peuples de la
» terre ; ce sont les nations française et anglaise
» qui en sont aujourd'hui les moins éloi-
» gnées (1).

» Pour se rapprocher de ce but, les Français
» ont perfectionné le système monarchique,
» tandis que les Anglais ont créé le système par-
» lementaire ; le peuple français est essentielle-
» ment royaliste, tandis que le peuple anglais,
» qui est essentiellement parlementaire, est tou-
» jours en défiance à l'égard de la royauté.

» Cette différence provient de ce que les rois
» de France se sont ligués avec les industriels
» contre la noblesse, tandis qu'en Angleterre,
» ce sont les nobles qui se sont ligués avec les
» industriels contre la royauté ».

D. *Donnez-nous, en peu de mots, une idée
bien nette de la manière dont s'effectuera le*

___

(1) Beaucoup de personnes s'imaginent que les Améri-
cains sont plus avancés en politique que les Européens :
elles se trompent. Il n'est pas difficile de maintenir l'ordre
entre un petit nombre d'hommes essentiellement cultivateurs, et répandus sur un vaste territoire. La grande difficulté consiste à faire vivre dans l'aisance un grand nombre
d'hommes sur un petit terrain. Nous traiterons plus tard
directement cette question.

grand changement politique qui doit faire
passer l'espèce humaine du système gouver-
nemental au régime industriel.

Dites-nous quelle est la première, quelle est
la seconde nation, chez lesquelles ce change-
ment commencera à s'effectuer.

R. La première nation chez laquelle ce changement commencera à s'effectuer, sera celle où il
s'opérera, d'une manière pacifique, un mouvement, dont le résultat sera que l'institution la
plus importante, que l'institution qui exerce la
plus grande influence sur l'administration de la
fortune publique, prendra le caractère industriel
et se dépouillera du caractère gouvernemental.

D. Quelle est de toutes les nations euro-
péennes, de toutes les nations du globe, celle
chez laquelle ce changement peut s'opérer
avec le plus de facilité ?

R. C'est la nation française.

D. Qu'est-ce qui donne à la nation fran-
çaise cet avantage-là sur les autres?

R. C'est que la noblesse, qui est la seule institution intercalée entre le Roi de France et les
industriels, ne possède plus de force réelle,
puisqu'elle n'est plus prépondérante par ses
propriétés, et que l'opinion populaire ne lui est
plus favorable; de manière qu'il n'existe point,
en France, d'obstacle important à l'union de la

royauté avec la classe industrielle ; et que cette
union s'effectuera nécessairement, parce que
c'est l'intérêt du Roi, de même que celui des
industriels, de s'unir intimement.

D. *Mais résultera-t-il de l'union du Roi de
France avec les industriels, que la royauté
française aura pris le caractère industriel,
et qu'elle se sera dépouillé du caractère gouvernemental ?*

R. Très-certainement ; car c'est une conséquence directe de l'union du Roi de France avec
les industriels, que Sa Majesté compose son
conseil suprême, principalement d'industriels ;
que le budget soit conçu principalement par les
industriels, etc.

D. *Après la nation française, quelle est
celle qui passera la première du régime gouvernemental au régime industriel ?*

Ce sera la nation anglaise.

D. *Dites-nous pourquoi ce ne sera qu'après
la nation française, que la nation anglaise
déterminera chez elle le changement politique
nécessaire pour passer du régime gouvernemental au régime industriel ; et ne perdez
pas de vue que vous ne sauriez motiver trop
fortement votre réponse, puisque votre manière de voir à cet égard se trouve en opposition directe avec l'opinion publique de*

France, d'Angleterre et du monde entier, qui regarde la nation française comme étant, sous le rapport politique, très en arrière de l'Angleterre.

R. Les lords sont parvenus à dominer la royauté, ils n'ont laissé au Roi que le décorum de la royauté ; mais c'est dans la réalité eux qui exploitent le pouvoir royal à leur profit, c'est-à-dire, au profit de la féodalité. Ainsi l'institution politique prépondérante en Angleterre, celle qui exerce la plus grande influence sur l'administration de la fortune publique, celle qui donne l'impulsion à tout le mécanisme politique, c'est la pairie. Or, il est bien plus difficile de changer le caractère féodal des lords en caractère industriel, que d'opérer ce changement pour la royauté. D'où il résulte que le gouvernement français doit prendre le caractère industriel avant le gouvernement anglais.

Le Roi de France devenant industriel, c'est-à-dire, chargeant les industriels les plus importants de faire le budget, ne perdra personnellement rien, aucune de ses jouissances individuelles ne sera diminuée ; ce sera uniquement sur ses courtisans et sur les fonctionnaires publics, incapables ou inutiles, que portera la réforme. En Angleterre, au contraire, la pairie étant l'institution la plus importante, puisque

les pairs exploitent le pouvoir royal, la réforme
porterait précisément sur ceux entre les mains
desquels se trouve le pouvoir, et qui ont un
très-grand intérêt à s'opposer à ce changement.

Les lords prélèvent, en leur qualité de lords,
et toute capacité à part, une somme énorme en
sinécures, en appointemens, en pensions, gratifications, etc., sur la nation, c'est-à-dire, sur
la classe productrice ou industrielle. Si on ajoute
au prélèvement pécuniaire, fait par les lords sur
la classe industrielle, le prélèvement qu'ils font
sur elle en pouvoir, en considération, en importance sociale, on reconnaîtra que les industriels anglais éprouvent encore, d'une manière
très-positive et très-importante, les inconvéniens
du régime gouvernemental ou féodal.

De ce que nous venons de dire, nous concluons que le régime industriel doit s'établir en
France avant qu'il soit adopté en Angleterre,
parce que les industriels français sont plus fortement stimulés à son établissement, et que
les membres de la féodalité ont moins de moyen
de résistance en France qu'en Angleterre; notre
opinion à cet égard deviendra plus claire, lorsque
nous comparerons les moyens à employer en
France et en Angleterre pour y établir le régime
industriel.

D. *Quand le changement qui doit faire passer la nation française du régime gouvernemental au régime industriel, commencera-t-il à s'effectuer?*

R. Il n'est pas possible d'en assigner l'époque d'une manière précise; mais il est évident qu'elle ne peut pas être éloignée maintenant; que le moyen d'établir en France un état politique, calme et stable, est trouvé; car les honnêtes gens, (qui, quoiqu'on en puisse dire, forment l'immense majorité parmi les gouvernés et même parmi les gouvernans), sont las de la révolution; ils désirent ardemment sortir des écueils au milieu desquels le vaisseau de l'état navigue depuis plus de trente ans, et ils sont disposés à faire les plus grands sacrifices pour établir un état de choses calme, stable; un état de choses qui fasse la désolation des intrigans et qui les force à devenir des hommes laborieux et pacifiques.

D. *Remarquez donc que même en admettant que le moyen proposé par vous pour établir un ordre de choses calme et stable, soit bon, qu'il soit le meilleur pour atteindre à ce but, qu'il soit, en un mot, d'un succès infaillible, il reste toujours certain qu'il faudra beaucoup de temps pour le faire connaître, beaucoup de temps pour qu'il puisse être apprécié, jugé, et que les intéressés soient parvenus à un point de conviction suffisant pour se déterminer à le mettre à exécution.*

R. Ce moyen est si facile à exposer, qu'il n'y a pas un ouvrier qui ne soit en état de l'expliquer à ses camarades, et le pur et simple bon sens suffit pour le juger complètement; ainsi nous persistons dans l'opinion émise ci-dessus : que l'époque à laquelle commencera le changement qui doit faire passer la nation française du régime gouvernemental au régime industriel, ne peut pas être éloignée.

D. Dites-nous maintenant comment ce changement commencera à s'effectuer; dites-nous qu'est-ce qui le provoquera, qu'est-ce qui le revêtira d'une forme légale ?

R. Ce sera la classe industrielle qui le provoquera, ce sera le Roi qui le revêtira d'une forme légale; disons plus, ce sera le Roi qui l'effectuera par une simple ordonnance.

D. Quel langage les industriels tiendront-ils au Roi ? sous quelle forme les industriels présenteront-ils leurs idées à S. M. ?

R. Les industriels doivent mettre aux pieds du trône un placet dans lequel ils s'expriment à peu près de la manière suivante :

« SIRE,

» Depuis Hugues Capet jusques et compris le
» règne de Louis XIV, il a existé une coalition
» très-active contre la noblesse, entre les Rois
» vos ancêtres et les industriels nos devanciers.
» Les efforts ont été bien combinés, les forces
» ont été de part et d'autre bien employées, et,
» en résultat, le but s'est trouvé complètement
» atteint à la fin du règne de Louis XIV. De-
» puis cette époque la noblesse n'a plus eu dans
» l'état d'existence qui lui soit personnelle ;
» l'importance que les nobles ont conservée
» depuis cette époque, a été uniquement fondée
» sur les fautes politiques commises d'une part
» par la royauté, qui leur a confié les emplois
» publics les plus importants et les plus lucra-
» tifs, et de l'autre par les industriels qui leur
» ont donné d'immenses richesses, en leur sa-
» crifiant, par une vanité mal entendue, leurs
» filles et le produit de leurs travaux.

» SIRE,

» Depuis la fin du règne de Louis XIV jus-
» qu'à ce jour, de grandes fautes politiques ont
» été commises d'une part par la royauté, d'une
» autre par l'industrie. Les premières erreurs,
» pendant ce laps de temps, ont été celles des
» Rois ; ce sont ensuite celles des industriels

» qui ont eu le plus d'inconvéniens. Depuis la
» fin du règne de Louis XIV jusqu'à la mort
» de Louis XV, c'est la royauté qui a eu
» les plus grands torts; depuis l'avènement au
» trône du vertueux Louis XVI, ce sont les
» industriels qui ont le plus de reproches à se
» faire.

» Après la mort de Louis XIV, qu'est-ce que
» la royauté aurait dû faire?

» La royauté aurait dû organiser le régime in-
» dustriel. Le Roi aurait dû prendre le titre de
» premier industriel de son royaume; il aurait
» dû confier aux industriels les plus importants
» la haute direction de la fortune publique, en
» les réunissant tous les ans pendant quelques
» jours pour faire le budget.

» Après la mort de Louis XIV, qu'est-ce que
» la royauté a fait, jusqu'à l'avènement au trône
» du malheureux Louis XVI?

» Le régent d'abord et Louis XV ensuite ont
» considéré la royauté comme une sinécure;
» ils ont cru qu'ils n'avaient pas autre chose à
» faire dans ce monde que de jouir de la vie;
» ils se sont composés des harems, comme s'ils
» avaient été schas de Perse ou empereurs des
» Mogols; et, par l'effet d'un vertige inconcevable
» et d'un aveuglement complet sur les véritables
» intérêts de la royauté, ils ont fait force dé-

» penses dans aucun but d'utilité et ils se sont
» amusés tant qu'ils ont pu, avec les nobles
» vaincus, aux dépens des industriels vainqueurs.

« SIRE,

» C'est surtout aux rois que la connaissance
» de la vérité est utile. Nous espérons que V. M.
» daignera excuser la franchise avec laquelle
» nous venons de nous exprimer sur la conduite
» de la royauté, depuis la mort de Louis XIV,
» jusqu'à l'avénement au trône du vertueux
» Louis XVI : elle va voir au surplus que nous
» ne sommes pas moins sévères pour nos de-
» vanciers et pour nous, que pour les augustes
» chefs de la nation.

» Ici va commencer le chapitre de nos aveux ;
» c'est du présent que nous allons parler. Tous
» les événemens que nous allons récapituler, se
» sont passés sous les yeux de Votre Majesté, et
» l'ont profondément affligée.

» Votre auguste frère monte sur le trône ; il
» s'empresse de proclamer que son intention est
» de réparer les fautes commises par la royauté
» sous Louis XV et sous le Régent, et qu'il dé-
» sire gouverner la nation dans l'intérêt de la
» majorité de ses sujets. Ce bon prince se montre
» sévère dans ses mœurs, économe pour toutes
» ses dépenses personnelles ; il appelle à haute

IIᵉ Cah.

10

» voix les conseils et l'appui des honnêtes gens,
» pour seconder ses bonnes intentions.

» La classe industrielle tout entière aurait
» dû répondre avec empressement à ce généreux
» appel ; mais, au lieu de remplir ce devoir et
» d'agir dans cette occasion importante confor-
» mément à ses intérêts, en appuyant de toutes
» ses forces les projets philantropiques du Roi,
» elle reste froidement spectatrice de la lutte
» qui s'engage entre ce généreux Monarque
» d'une part, les courtisans et les privilégiés de
» l'autre : le Roi combattant pour la nation et la
» Cour défendant les abus.

» Louis XVI soutient bravement cette lutte
» pendant douze ans ; il appelle au ministère le
» philantrope Turgot, le banquier Necker, il
» sollicite et obtient l'amitié et toute l'affection
» du respectable Malesherbes, qui l'aide de ses
» conseils ; et enfin n'étant point soutenu par
» la classe industrielle, c'est-à-dire, par la na-
» tion, il se trouve forcé de déclarer qu'il existe
» un déficit de cinquante six millions qu'il ne
» trouve point le moyen de combler. Il assemble
» les notables, puis il forme une cour plénière,
» et, après ces deux tentatives inutiles, il con-
» voque les États-Généraux.

» La classe industrielle aurait dû se pré-
« senter dans cette importante circonstance ;

» elle aurait dû commencer par combler le dé-
» ficit, elle aurait dû ensuite dire au Roi : pour
« qu'il ne se forme plus de nouveau déficit, il
» n'existe qu'un seul moyen; c'est celui de chan-
» ger la classification de vos sujets. Ceux qui
» versent le plus d'argent au trésor royal et qui
». en retirent le moins, doivent être appelés au
» premier rang ; c'est à eux que Votre Majesté
» doit confier la haute direction de l'adminis-
» tration de la fortune publique.

   » SIRE,

   » Votre vertueux frère aurait certainement
» accueilli avec empressement cette loyale pro-
» position : alors la révolution n'aurait pas eu
« lieu ; alors il se serait opéré un grand bien
» qui aurait coûté fort peu de peine, et qui
» n'aurait occasionné aucun mal; tandis que la
» révolution a fait acheter, par beaucoup de
» maux, le bien qu'elle a produit.
   » Au lieu de faire ce qu'elle aurait dû, ce
» que nous venons de dire, là classe indus-
» trielle, considérant la royauté comme faisant
» corps avec la noblesse, se réjouit de voir
» l'embarras dans lequel le Roi se trouve, et,
» oubliant que le trésor royal est en même temps
» le trésor national, elle lui refuse tout crédit.
   » Les États-Généraux se réunissent, ils se

» forment en assemblée constituante. L'As-
» semblée constituante démolit pièce à pièce
» toutes les parties du pouvoir royal ; et, après
» avoir mis le généreux Louis XVI dans l'im-
» possibilité de se défendre personnellement, et
» de garantir la nation de l'action des intrigans,
» elle se retire en donnant à ses travaux le titre
» pompeux de Constitution, et en forçant le
» Roi à jurer de maintenir cette prétendue
» Constitution.

» L'Assemblée législative succède immédia-
» tement à l'Assemblée constituante ; cette As-
» semblée, dont la très-grande majorité se com-
» pose de légistes, de littérateurs, de doc-
» teurs en *us* de toutes les classes, ayant la tête
» exaltée par l'histoire des grecs et des romains,
» ne rêve que république.

» La Convention succède à l'Assemblée législa-
» tive ; elle complète les fautes commises par l'As-
» semblée constituante et par l'Assemblée législa-
» lative ; elle anéantit en même temps le malheu-
» reux, le généreux philantrope Louis XVI,
» et la royauté qui était l'institution fonda-
» mentale de l'organisation sociale française ;
» elle remplace le régime monarchique, par le
» régime républicain, elle établit la république
» la plus démocratique qui ait jamais existé ;
» une république tellement démocratique, que

» ce sont les hommes de la classe la plus pauvre
» et la plus ignorante qui exercent la plus grande
» influence : en un mot la Convention consti-
» tue légalement l'anarchie la plus complète.

» La classe industrielle aurait dû chasser l'As-
» semblée constituante, imposer silence aux doc-
» teurs en *us* de l'Assemblée législative et placer
» la moitié des membres de la Convention à
» Bicêtre et l'autre moitié à Charenton.

» La classe industrielle aurait dû rendre au
» bon Louis XVI toute son autorité, l'augmenter
» encore en débarrassant la royauté de l'influence
» exercée sur elle par les courtisans et par les
» privilégiés, et en la déterminant à charger du
» soin de faire le budget, ceux qui versent le plus
» dans le trésor public et qui en tirent le moins.

» La classe industrielle n'a pas suivi cette con-
» duite, et elle en a été sévèrement punie; car la
» loi du maximum a ruiné tous les entrepreneurs
» de travaux industriels.

» Bonaparte ensuite relève le trône; il s'y
» asseoit, il se met une couronne sur la tête, et
» un sceptre à la main. Les industriels auraient
» dû s'opposer à l'envahissement de la royauté
» française; car un usurpateur ne peut pas être
» le fondateur d'une monarchie industrielle : il
» a besoin de la force pour se maintenir, il ne
» peut établir que le régime militaire; les in-

» dustriels ne l'ont pas fait , ils ont payé chère-
» ment cette faute : la brûlure des marchandises
» anglaises a détruit une grande partie de leurs
» capitaux.

» Quand Votre Majesté est rentrée en France
» et qu'elle est remontée sur son trône , les indus-
» triels auraient dû s'offrir d'eux-mêmes à rem-
» plir tous les engagemens contractés à l'égard
» des étrangers ; ils auraient dû , en outre, mettre
» à votre disposition une somme considérable
» pour vous donner les moyens de récompenser
» et de dédommager les fidèles qui vous avaient
» suivi. Vous n'auriez certainement pas trouvé
» mauvais qu'ils vous priassent en même temps
» de supprimer les titres féodaux devenus tout-
» à-fait ridicules et inutiles, depuis que la
» classe industrielle a prouvé qu'elle possède
» toute l'énergie nécessaire pour empêcher les
» étrangers d'envahir le territoire. Vous au-
» riez certainement consenti à laisser faire le
» projet de budget par les Français qui versent
» les plus grosses sommes dans le trésor public,
» et qui en tirent le moins ; car ces Français, qui
» sont les entrepreneurs des travaux industriels
» les plus importants, sont, en même temps, ceux
» de vos sujets qui ont le plus de capacité en
» administration.

» Si les choses s'étaient passées ainsi , la mo-

» narchie industrielle se serait trouvée contituée
» à l'instant même de votre rentrée en France.

» La classe industrielle ne s'étant point portée
» de son propre mouvement au devant de V. M.,
» lors de sa rentrée en France, et ne lui ayant
» point offert franchement le soutien dont l'an-
» cienne royauté avait besoin au moment de son
» rétablissement, vous avez dû, Sire, chercher
» dans les gouvernans ce que vous ne trouviez
» pas dans la classe qui forme le véritable corps
» de la nation ; vous avez dû reconnaître les deux
» noblesses ; vous avez dû multiplier les places
» dans l'administration de la fortune publique :
» vous avez dû, en un mot, augmenter considéra-
» blement les charges que nous supportions avant
» la révolution ; juste punition de la faute politi-
» que que nous avons commise, en ne nous
» montrant pas franchement royalistes - bour-
» bonistes, ainsi que nous aurions dû le faire.

» Il nous reste encore un aveu à faire. Cet
» aveu terminera notre confession.

» En 1817, V. M. s'est apperçu que l'ancienne
» noblesse cherchait à reconquérir l'importance
» dont elle jouissait autrefois en France; qu'elle
» travaillait à établir sa domination sur la
» royauté, et à remplacer le régime monarchique
» par un système aristocratique ; vous avez fait
» appel à la classe industrielle en déclarant par

» une ordonnance que les patentes seraient con-
» sidérées comme impôt direct. Il est évident
» que, dans cette circonstance, nous n'aurions dû
» porter à la députation que de francs royalistes,
» que des royalistes-bourbonistes ; que nous
» aurions dû choisir les députés dans nos rangs,
» c'est-à-dire, parmi ceux qui versent beaucoup
» d'argent dans le trésor public et qui n'en reti-
» rent rien. Malheureusement plusieurs de nous
» ont donné leurs voix à des hommes qui n'a-
» vaient pas rendu justice au bien intentionné
» Louis XVI; d'autres ont appelé à la députation
» de zélés partisans du fils de Bonaparte, et pres-
» que tous ont appuyé les prétentions de candi-
» dats beaux parleurs qui se soucient fort peu de
» verser de l'argent dans le trésor public, et qui
» ambitionnent d'en tirer le plus possible en
» appointemens, pensions, gratifications, etc.

   » Cette dernière faute nous a fait perdre le peu
» de considération politique que nous avions
» acquise; elle a été cause de l'accroissement
» rapide des dépenses publiques (qui montent
» aujourd'hui à un milliard par année), en forçant
» Votre Majesté à augmenter la force du minis-
» tère, à accroître le nombre et l'importance des
» fonctionnaires publics, puisque c'est seule-
» ment dans les gouvernans que la royauté et les
» Bourbons trouvent de véritables soutiens.

» Oui, nous l'avons reconnu et nous le con-
» fessons dans ce moment : la vérité est que nous
» devons faire à nous-mêmes une grande partie
» des reproches que nous avons adressés jusqu'à
» présent à la royauté, aux Bourbons et parti-
» culièrement à la Cour. Au surplus nous possé-
» dons une qualité qui est inhérente à notre natu-
» re, qui prend tous les jours plus de développe-
» ment, et qui nous garantit que nous pourrons
» réparer toujours toutes les fautes que nous avons
» commises ; c'est que nous sommes essentielle-
» ment laborieux, et que nous avons par consé-
» quent une supériorité réelle et positive sur les
» nobles et sur les courtisans quelle qu'ait été
» leur naissance.

» Il y a, en un mot, cette différence entre notre
» existence politique et celle des Bourbons ; c'est
» que nous sommes certains d'arriver au premier
» rang social et que les Bourbons ont l'intérêt
» le plus pressant à consolider promptement
» leur trône, en fondant la monarchie indus-
» trielle.

» Sire,

» Depuis cent ans, il y a eu en France de grandes
» fautes politiques commises d'un côté par la
» royauté et de l'autre par les industriels ; mais
» ces fautes, quelque grandes qu'elles aient été,

» n'ont pas pu anéantir les précédens de la
» nation française, ni changer ses destinées
» politiques. Depuis quatorze cents ans, la nation
» française vit sous le régime monarchique ;
» depuis que votre auguste dynastie est montée
» sur le trône, jusqu'à la mort de Louis XIV, les
» Bourbons et les industriels ont été ligués,
» d'abord contre les grands vassaux, ensuite
» contre les petits vassaux et enfin contre les
» privilégiés de toutes espèces.

» La nation française est appelée par ses pré-
» cédens à vivre sous le régime monarchique
» industriel.

» La royauté ne cessera pas d'éprouver du
» malaise, et la classe industrielle, c'est-à-dire,
» la nation, ne cessera pas d'être mécontente du
» gouvernement, tant que la monarchie indus-
» trielle ne sera pas constituée.

» Rien ne peut s'opposer à l'établissement de
» la monarchie industrielle en France, si d'une
» part les industriels français et de l'autre la
» maison de Bourbon veulent constituer cette
» forme de gouvernement.

» Quelles sont les classes qui pourraient s'op-
» poser à l'établissement de la monarchie indus-
» trielle en France? l'ancienne noblesse est incon-
» testablement celle qui aurait le plus de moyens
» d'entraver cette grande opération politique,

» par la raison que l'appui de toutes les noblesses
» européennes lui donne encore une grande
» force. Mais d'une part cette force est très-infé-
» rieure à celle des Bourbons et des industriels
» coalisés pour atteindre à un but d'utilité com-
» mune; d'une autre part les anciens nobles
» ont conservé de la générosité dans les senti-
» mens et ils consentiront, beaucoup plus facile-
» ment qu'on ne l'imagine en général, à l'éta-
» blissement d'un ordre de choses qui assurerait
» la tranquillité intérieure et la prospérité de
» la nation française. Les anciens nobles se sont
» gendarmés contre toute innovation politique;
» ils travaillent de toutes leurs forces au réta-
» blissement de l'ancien régime, parce qu'ils ont
» été révoltés des atrocités commises pendant la
» révolution; parce que tous ceux qui ont dirigé
» jusqu'à ce jour le mouvement national d'in-
» novation, ont été des intrigans, ou des fous;
» qu'aucun d'eux n'a mérité leur estime, qu'aucun
» d'eux n'a présenté des idées nettes sur la forme
» du gouvernement qui convenait à l'état présent
» de la civilisation, qu'aucun d'eux ne leur a
» démontré qu'il résulterait pour la nation un
» grand avantage de la suppression de la noblesse.
» Ce qui les a surtout gendarmés et avec grande
» raison, a été la création d'une nouvelle no-
» blesse.

» Quant à la nouvelle noblesse, elle n'est ni
» aimée ni estimée de la nation, elle n'a de par-
» tisans et d'amis ni au dehors, ni au dedans;
» c'est une institution mort-née, dont l'exis-
» tence a commencé hier et qui cessera demain;
» elle n'a aucun moyen de s'opposer à l'éta-
» blissement de la monarchie industrielle.

» Les bourgeois, c'est-à-dire, les légistes qui
» ne sont pas nobles, les militaires qui sont ro-
» turiers, les propriétaires qui ne sont pas in-
» dustriels, ont beaucoup plus de force que la
» nouvelle noblesse; mais ils n'ont de force
» réelle qu'en se combinant avec l'ancienne no-
» blesse dont ils sont une émanation : ils n'ont
» point de caractère politique qui leur soit
» propre, ils sont dans la réalité une noblesse
» au petit pied; leur existence comme corpora-
» tion politique, ne peut pas se prolonger au-
» delà de celle de la véritable noblesse.

» L'armée se compose aujourd'hui de soldats
» qui ne montrent aucun goût pour l'état mili-
» taire, de soldats qui, par leurs mœurs et leurs
» habitudes, sont essentiellement industriels;
» ainsi ce ne seront pas eux qui chercheront à
» s'opposer à l'établissement de la monarchie in-
» dustrielle. Il n'y a donc, dans l'armée, que les
» officiers qui puissent désirer que la profession
» militaire continue à être plus considérée et

» plus avantagée par l'organisation sociale , que
» la profession industrielle.

» SIRE,

» La Monarchie française a dû être essentielle-
» ment militaire jusqu'à la mort de Louis XIV;
» c'est-à-dire , la première classe de l'État a dû
» se composer d'hommes principalement mili-
» taires , et secondairement industriels ; parce
» que , jusqu'à cette époque, le but de la nation
» était essentiellement celui des conquêtes.

» Depuis Louis XIV jusqu'à ce jour, la mo-
» narchie française n'a pu être qu'un gouver-
» nement bâtard; la classe militaire avait perdu
» sa prépondérance, la classe industrielle n'avait
» pas encore établi la sienne. Ce temps n'a
» point cependant été perdu pour les progrès
» de la civilisation ; c'est pendant ce siècle,
» dont les événemens ne sont pas possibles à
» bien analyser, parce qu'ils sont trop embrouil-
» lés , que s'est opérée la transition de la mo-
» narchie militaire à la monarchie industrielle.

» Dans l'état présent de la civilisation , la mo-
» narchie industrielle est la seule qui puisse con-
» venir à la nation française , la seule qui puisse
» acquérir de la solidité en France , parce que
» le but de la nation est celui de prospérer par
» des travaux pacifiques , d'où il résulte , que

» la première classe dans l'État doit être princi-
» palement industrielle , et que les occupations
» militaires ne doivent être, pour cette pre-
» mière classe, que des occupations secondaires
» et accidentelles; qu'elles ne doivent avoir lieu
» que dans le cas d'envahissement du territoire,
» etseulement jusqu'à l'expulsion de l'étranger.

    » SIRE ,

    » Le nom de monarchie constitutionnelle ,
» donné à votre gouvernement, suffit pour faire
» connaître la situation politique actuelle de la
» France; cette épithète de constitutionel qui
» est horriblement métaphysique, désigne un
» état d'organisation social bâtard, un état so-
» cial dans lequel les faiseurs de phrases et les
» *écrivassiers* forment la classe dominante , et
» en effet la pauvre nation française et sa pauvre
» royauté ont été dévorées par eux pendant tout
» le dix-huitième siècle ; et, depuis près de
» quarante ans *l'avocacerie* (1) , qui est la
» quintessence du *parlage* et de l'*écrivasserie,*
» domine la royauté et la nation.

    » Il est temps, Sire, de terminer la grande
» transition politique qui occupe la nation et la
» royauté françaises depuis plus d'un siècle; il

_____

(1) Par *avocacerie,* nous entendons ici les raisonnemens des avocats sur les matières politiques.

» est temps de proclamer le régime industriel,
» la monarchie industrielle.

» Nous tous, adonnés à la profession de l'in-
» dustrie, nous qui sommes plus de vingt-cinq
» millions d'hommes en France, nous jurons
» de défendre, à la vie et à la mort, l'institu-
» tion de la royauté en France et la dynastie
» des Bourbons, contre toute entreprise qui
» pourrait être machinée, tant au dedans qu'au
» dehors, contre cette institution ou contre cette
» dynastie.

» Et nous supplions très-respectueusement
» Votre Majesté de former une commission
» des industriels les plus importants pour les
» charger du soin de faire le budget ».

Ce placet doit être signé par tous les Français
dont l'importance ou l'existence dépend des
succès qu'ils obtiennent dans les travaux industriels qui les occupent; c'est-à-dire, il doit être
signé par plus de vingt-cinq millions d'hommes
en France.

D. *Si ce projet de placet n'a été conçu par
vous que comme une supposition, nous l'approuvons infiniment; car cette supposition
vous a donné les moyens d'exposer vos idées
avec beaucoup de clarté, de fermeté et de rapidité; mais si vous présentez aux industriels ce projet comme un projet sérieux,*

comme un projet que vous les engagiez à exé-
cuter, vous vous trompez dans votre attente;
car il les effrayera, et cela les empêchera de
devenir des partisans de votre système.

R. Nous ne nous dissimulons point que les
industriels ont été, jusqu'à ce jour, excessive-
ment prudents en politique, et qu'ils n'ont montré, encore aucune hardiesse sous ce rapport;
c'est ce qui fait que, jusqu'à ce jour, il n'y a
point eu encore de parti politique industriel;
c'est ce qui fait que les industriels, n'ayant encore été que spectateurs dans les luttes politiques, ont toujours été les victimes; ils ont été
victimes des jacobins, ensuite victimes de Bonaparte; et, depuis la restauration, ils sont la proie
que se disputent entre eux les ultra, les libéraux
et les ministériels. Dans toutes les directions
possibles, ceux qui sont prudents, et qui n'ont
point de hardiesse, sont nuls; car la prudence
n'a de valeur que dans le cas où elle se combine
avec la hardiesse.

D. *La vérité est que l'éducation des indus-*
triels en politique est à faire, et vous leur
donnez des conseils qui ne pourront leur con-
venir qu'après leur éducation terminée.

R. Nous avons reconnu que l'éducation politique des industriels était à faire, et c'est parce
que nous avons senti profondément cette vérité

que nous avons entrepris la publication d'un
catéchisme des industriels. Ainsi nous sommes
parfaitement d'accord sur ce point; mais il
paraît que nous n'avons pas la même manière
de voir relativement à la conduite qui doit être
tenue dans l'éducation politique de la classe industrielle.

Donner aux élèves le sentiment de leur valeur,
leur inspirer de la confiance dans leurs moyens,
nous paraît la première chose dont on doit s'occuper quand ce ne sont pas des enfans qu'on
instruit, mais que ce sont des personnes faites
à qui on offre des conseils.

Exercer les élèves d'abord à la pratique, et
ne leur parler des théories qu'à l'occasion de la
pratique qu'ils exercent, est un second principe
qui nous a paru essentiel à suivre.

Enfin, et pour ne pas prolonger davantage
cette discussion épisodique, nous vous dirons
que notre intention est de constituer, le plus
promptement possible, le parti industriel, et
que le moyen le plus certain pour cela est celui
de déterminer les industriels à manifester directement au Roi, et sans employer aucun intermédiaire, leurs désirs politiques.

Rentrons dans la discussion commencée : elle
a pour but de déterminer laquelle des deux nations, anglaise ou française, est la plus près du

but politique vers lequel tend toute l'espèce humaine : celui de passer du régime gouvernemental au régime industriel ; elle a pour but de mettre en évidence les différents moyens que ces nations doivent employer pour atteindre à ce but. C'est là précisément le point de l'examen où nous en étions : continuons cet examen, sans changer la direction que nous lui avons donnée. Vous regarderez à votre choix le projet de placet comme une fiction ou comme une réalité, comme une chose qui ne peut être exécutée que dans dix ans, ou comme une chose qui doit s'exécuter demain ; mais continuons à le considérer, dans cette discussion, comme un projet sérieux.

D. *Il est certain que si ce placet était signé par toutes les personnes livrées à la profession industrielle en France, il produirait un grand effet politique ; nous sommes même persuadés que dans ce cas il serait favorablement accueilli par S. M. Mais la grande difficulté dans cette affaire n'était pas de rédiger le placet ; elle consiste à le faire signer par tous les intéressés ; car s'il n'était signé que par un petit nombre de personnes, il n'aurait qu'une valeur philosophique, et il produirait peu d'effet.*

R. Vous mettez la charrue avant les bœufs. La plus grande difficulté dans cette affaire con-

sistait à concevoir et à co-ordonner les idées qui
sont exposées dans ce placet; le faire signer n'est
qu'une difficulté très-secondaire.

Une compagnie de banquiers égale, semblable à toutes celles qui se sont présentées, dans
ces derniers temps, pour faire les divers emprunts que le gouvernement a proposés, réussi-
rait plus facilement à faire signer le placet par
tous les industriels de France, que les compa-
gnies preneuses d'emprunts n'ont réussi à réaliser ces emprunts.

La classe industrielle, comme nous l'avons
dit dans notre premier cahier, est complètement organisée au moyen de la Banque qui lie
entre elles toutes les branches de l'industrie, au
moyen des banquiers qui lient entre eux les industriels de tous les genres : de manière que tous
les efforts des industriels peuvent facilement
se combiner, pour atteindre à un but d'intérêt
qui leur est commun. Les Chefs de l'industrie,
c'est-à-dire, les industriels les plus importants,
n'ont point encore tiré parti, en politique, des
avantages qui résultent pour eux de l'organisation de la classe industrielle. Nous leur of-
frons, dans cette occasion, le moyen d'user de
tous les avantages que cette organisation leur
donne, pour atteindre au plus grand but politique auquel ils puissent prétendre, celui d'éta-

blir le régime industriel ; et nous ne doutons pas qu'ils ne la saisissent avec empressement.

D. Mais la loi ne défend-elle pas les pétitions collectives? les Procureurs du Roi ne pourront-ils pas s'opposer à la signature de votre placet par les personnes intéressées à le présenter?

R. Tous les Français ont le droit de soumettre au Roi , individuellement et collectivement , toutes les idées qu'ils jugent utiles pour la prospérité de l'état, pourvu que l'exposé de leurs désirs soit revêtu des formes convenables ; une loi qui interdirait la communication directe des sentimens et des pensées entre le Roi et ses sujets , sera une loi monstrueuse et dégradante pour le trône , de même que pour la nation. Au surplus il n'y a pas même besoin que le placet soit signé pour que le but soit atteint ; il suffit pour cela que tous les industriels l'aient lu et qu'ils déclarent publiquement qu'ils adoptent les idées qui y sont contenues , et qu'ils sont convaincus que le seul moyen par lequel le Roi puisse assurer la tranquillité en France, et donner à la prospérité nationale tout le développement dont elle est susceptible , consiste à charger une commission composée des industriels les plus importants , du soin de faire le projet de budget. Il résultera nécessairement de cet accord dans l'opinion politique des in-

dustriels , un bruit public si fort et un désir
national si fortement prononcé, et si bien précisé, que les efforts des ministres et des courtisans pour empêcher l'attention de Sa Majesté
de se fixer sur cette opinion , seraient tout-à-
fait insuffisants.

Quant à la peur que vous voulez nous faire des
Procureurs du Roi, nous vous dirons que nous
avons de fortes raisons pour croire qu'ils ne sont
pas mal disposés à l'égard de nos idées ; car
elles portent le cachet du royalisme le plus
pur, d'un royalisme beaucoup mieux précisé
que celui des ultra, qui ne sont, dans la réa ité,
que des partisans du système aristocratique par
droit de naissance.

D. *Passons à l'examen de ce qui concerne
l'Angleterre , et dites-nous par quel moyen
les Anglais peuvent établir chez eux le régime industriel?*

R. Pour que les Anglais établissent chez eux le
régime industriel pur , sans user pour cela de
moyens violents, il faut que leur parlement
rende une loi qui abroge les substitutions; il
faut qu'il en rende une autre qui mobilise les
propriétés territoriales.

D. *Il nous paraît impossible que le parlement d'Angleterre consente à rendre ces
deux lois; car ce parlement , ainsi que*

vous l'avez établi, est soumis à l'influence
de la pairie. Les lords dominent, d'une part,
le pouvoir royal, et, de l'autre, la Chambre
des Communes; et ces lois étant contraires à
leurs intérêts féodaux, qui sont plus impor-
tants pour eux, et qui leur sont plus chers que
leurs intérêts industriels, ils empêcheront
nécessairement qu'elles ne soient rendues.

En un mot, l'adoption ne nous paraît pas
pouvoir être obtenue par des moyens loyaux
et pacifiques, puisque les lords possèdent le
pouvoir de s'y opposer, et qu'eux seuls au-
raient une autorité suffisante pour les faire
passer. Nous concluons de ce que nous venons
de dire que l'Angleterre ne peut arriver au
régime industriel pur qu'au moyen d'une
insurrection.

R. Il n'y a pas de doute que les Français ne
puissent établir chez eux le régime industriel
beaucoup plus facilement que les Anglais, puisqu'une simple ordonnance du Roi suffit pour
l'établir en France; mais nous n'en concluons
pas qu'une insurrection soit indispensablement
nécessaire pour l'établir en Angleterre.

La noblesse anglaise est de toutes les noblesses d'Europe la plus instruite; elle est celle
qui connaît le mieux l'importance de l'industrie; il n'y a pas un lord qui ne soit plus ou

moins intéressé pécuniairement dans des entreprises industrielles. Ajoutez à cela que le peuple
anglais a un amour-propre national qui le porte
à ne se laisser devancer par aucun peuple, et,
d'après ces raisons, vous penserez comme nous,
que peu de temps après l'exemple que les
Français auront donné de l'établissement du système industriel, tous les Anglais, presque sans
exception, mettant, dans cette circonstance,
leurs intérêts particuliers à part, travailleront
d'un commun accord à l'établir chez eux.

D. *En récapitulant et en complétant l'opinion que vous avez émise dans le présent entretien, nous trouvons ce qui suit :*

1°. *L'espèce humaine a toujours tendu vers
le but de l'établissement politique du système
industriel.*

2°. *Chaque peuple a suivi une route différente, et a adopté une allure particulière
pour se rendre à ce but.*

3°. *Les nations française et anglaise sont
celles qui se trouvent les plus rapprochées du
but. La nation anglaise en paraît beaucoup
plus près que la nation française ; mais c'est
une illusion, la nation française en est réellement beaucoup moins éloignée.*

4°. *En France, une simple ordonnance du
Roi qui chargerait les industriels les plus im-*

portants du soin de faire le projet de budget,
suffirait pour établir le régime industriel, et
cette ordonnance serait certainement obtenue,
si la classe industrielle, qui se compose en
France de plus de vingt-cinq millions d'hommes, suppliait le Roi de considérer que cette
mesure assurerait la tranquillité du trône
et la prospérité de la nation.

5°. Quand la nation française aura établi
chez elle le régime industriel, la nation anglaise ne tardera pas à suivre son exemple.

6°. Quand le régime industriel sera établi
en Angleterre et en France, tous les malheurs
que l'espèce humaine était destinée à éprouver
lors de son passage du régime gouvernemental
au régime industriel, seront terminés ; toutes
les forces gouvernementales, existantes sur le
globe, se trouvant inférieures à la force industrielle constituée en France et en Angleterre, la crise se trouvera terminée, parce
qu'il n'y aura plus de lutte, et tous les peuples
de la terre, sous la protection de la France
et de l'Angleterre unies, s'élèveront successivement et aussi promptement que l'état de
leur civilisation le permettra, au régime industriel.

Puisque vous êtes convaincus de la justesse
de ces six assertions, ce que vous avez de

mieux à faire, c'est d'employer toutes vos forces et tous vos moyens pour déterminer les industriels français à présenter au Roi le placet dont vous avez conçu le projet. Cette démarche devant, par un enchaînement d'é- vénemens successifs, effectuer la plus grande amélioration dont le sort de l'espèce humaine soit susceptible.

R. Oui certainement, le premier et le princi- pal but de tous nos travaux est de déterminer tous les industriels de France, c'est-à-dire, plus de vingt-cinq millions d'hommes, c'est-à-dire, l'immense majorité de la nation, à demander au Roi, d'un commun accord et par un placet signé d'eux tous, de charger les industriels les plus importants du soin de faire le budget.

Parce que nous sommes convaincus que cette mesure ferait cesser le régime du parlage et de l'*avocasserie* sous lequel nous vivons aujour- d'hui, régime bâtard qui a succédé au régime militaire : régime ruineux puisqu'il a déjà élevé le budget à la somme énorme d'un milliard.

Parce que nous sommes également convaincus que, cette mesure plaçant dans les mains des véritables faiseurs en prospérité nationale, la haute direction de la fortune publique, le sort de la nation française s'améliorera avec toute la rapidité possible.

Après avoir acquis cette conviction, une seconde question s'est présentée à nous : *quels sont les meilleurs moyens à employer pour déterminer les industriels à faire cette demande à S. M.*

Nous avons reconnu que deux principaux moyens devaient être employés ; que, d'une part, nous devions prouver aux industriels que cette mesure leur procurerait tous les avantages sociaux auxquels ils pourraient prétendre; que cette mesure n'aurait aucun inconvénient, parce qu'ils sont plus capables qu'aucune autre classe de la société de bien administrer la fortune publique; que, d'une autre part, nous devions faciliter, autant que possible, aux industriels, les moyens de faire cette demande en nombre suffisant pour fixer l'attention de S. M.

Nous avons également reconnu que nous devions employer alternativement ces deux moyens jusqu'à ce que le succès de notre entreprise ait couronné nos travaux.

Conformément à cette marche adoptée, nous vous prions, maintenant que nous venons de présenter le projet de placet au Roi, de reprendre la discussion qui nous occupait. Nous examinerons, si vous voulez bien, de nouveau, si effectivement il est désirable, pour le bien de la majorité de la nation, que la classe industrielle devienne la première classe, que les industriels les plus importants soient chargés par le Roi du soin de faire le projet de budget ; nous examinerons de nouveau si la France doit effectivement préférer l'établissement du système industriel à l'adoption de l'organisation sociale anglaise, en ayant toujours soin de manifester dans toute notre discussion le plus grand respect pour la royauté, pour la légitimité et pour la Charte.

Après cette autre discussion, nous examinerons de nouveau comment les industriels peuvent s'y prendre pour faire leur demande au Roi en nombre suffisant pour fixer l'attention de S. M. Nous prouverons que si les industriels existant dans Paris signaient tous le placet dont nous avons donné le projet, cette mesure dont l'exécution est d'une excessive facilité suffirait pour atteindre au but.

SOUSCRIPTION.

Cet Ouvrage formera deux volumes, dont un de Catéchisme, et un autre qui contiendra l'exposé scientifique du système. Ces deux volumes seront publiés en plusieurs livraisons, dans le cours de cette année 1824.

On souscrit chez l'auteur, rue de Richelieu, n°. 34, et chez tous les libraires.

Le prix de la Souscription est de 20 fr. pour Paris, 25 fr. pour les départemens, et 30 fr. pour les pays étrangers.

Les lettres et l'argent doivent être affranchis.

AVIS

A MESSIEURS LES CHEFS DE MAISONS INDUSTRIELLES.

Messieurs,

Nous vous invitons tous à vous procurer notre ouvrage le plus promptement possible, et à le communiquer à vos subordonnés, cette production ne pouvant être utile que dans le cas où elle sera très-généralement répandue dans la classe industrielle.

Nous vous ferons observer, messieurs, que le produit de vos travaux sera la proie que se disputeront et que dévoreront tous les partis politi-

ques qui existeront, tant que vous ne formerez pas
un parti politique pour le défendre contre la rapacité des consommateurs non producteurs.

Nous vous ferons observer ensuite que la production d'un écrit qui proclame les principes et
les opinions du parti industriel, est pour vous le
seul moyen qui existe de vous constituer solidement en parti politique.

C'est au moyen de la publication du *Conservateur* que s'est formé le parti ultra qui est
aujourd'hui triomphant, au point qu'il arrache
au ministère à peu près toutes les conces-
sions qu'il désire, mais qui est peu redoutable,
parce qu'il n'a derrière lui que la domesticité
des nobles et que les nobles qui figurent à la
tête de ce parti ne possèdent aucune capacité
positive.

La *Minerve* a été le moyen de formation
du parti libéral actuel, parti qui, fort heureuse-
ment, est aujourd'hui complètement battu; car,
s'il avait réussi dans ses projets, il aurait fait
rentrer la France en révolution; mais qui a
joué, pendant quelques momens, un rôle très-
important.

Messieurs, nous nous présentons avec infiniment plus de confiance que le *Conservateur* et
la *Minerve* n'ont jamais pu le faire; parce que
c'est un système que nous produisons; que c'est

le seul système politique qui puisse rétablir la
tranquillité en France; que c'est le seul qui puisse
accélérer, autant que possible, la prospérité
publique et la tranquillité du Roi ; que c'est un
système enfin qui aura décuplé la consomma-
tion peu d'années après son adoption, par l'aisance qu'il répandra dans la classe laborieuse.

MESSIEURS ,

En résumant cet avis, nous vous invitons
à combiner vos forces avec celles des publicistes,
c'est par l'union de votre capacité pratique
avec leur capacité théorique que vous parvien-
drez à mettre le produit de vos travaux à l'abri
de la rapacité des consommateurs non producteurs.

Voïci un projet d'association entre vous
et les publicistes. Il est le produit de quarante-cinq ans de méditation sur ce sujet. Il
mérite de fixer toute votre attention , en même
temps que celle des publicistes , ainsi que des
savans et artistes de toutes les classes.

Au moyen de cette association , les affaires
publiques se trouveront dirigées par des professeurs en industrie ou en science , tandis qu'elles
ne sont actuellement conduites que par des amateurs , et en effet les préfets, les ministres même
ne sont que des amateurs en administration ,

puisque c'est toujours la nation qui paie leurs erreurs de calcul et leurs mauvaises combinaisons. La vérité est que les industriels sont les seuls professeurs en administration, parce qu'il n'y a qu'eux qui aient appris à leurs propres dépens à bien administrer.

UNION GÉNÉRALE

DES CAPACITÉS INDUSTRIELLES ET SCIENTIFIQUES.

(L'objet de cette union est l'établissement du régime industriel.)

Les industriels et les publicistes forment deux comités séparés.

Le comité des industriels administre les fonds de la société.

Les travaux que les publicistes désirent publier sont soumis à l'examen de ce comité, et ne peuvent point être imprimés sans son consentement.

Les industriels fondateurs pourront s'associer tous les industriels qu'ils jugeront à propos de s'adjoindre, et les admettre d'emblée dans leur comité.

Le comité des publicistes fera un premier exa

men des travaux scientifiques qui auront pour objet l'établissement du système industriel.

Ce comité jugera ces travaux en première instance, c'est-à-dire, il les rejettera, ou bien il les présentera au comité des industriels pour en obtenir la permission et les moyens de les faire imprimer.

Tous les savans, artistes et littérateurs de France et des pays étrangers seront invités par la société à lui communiquer ceux de leurs travaux qui auront pour objet l'établissement du système industriel.

Tout auteur dont les travaux auront été admis par le comité des publicistes, et adopté par le comité des industriels, sera de droit et dès ce moment membre du comité des publicistes.

PREMIER APPENDICE

SUR DUNOYER

ET SUR LES AUTRES PUBLICISTES MODERNES.

D. M. Dunoyer, qui était un des auteurs du Censeur, vient de publier une brochure vraiment remarquable, et qui a fixé l'attention des meilleurs esprits. Cette brochure porte le titre suivant :

DU DROIT DE PÉTITION A L'OCCASION DES ÉLECTIONS.

Nous désirons savoir ce que vous pensez de cette production.

R. Nous avons lu cette brochure avec beaucoup d'attention, et nous pensons qu'elle contient sur la politique des idées plus neuves et meilleures qu'aucune de celles présentées depuis plusieurs années par les publicistes, tant en France qu'en Angleterre. Mais les idées de M. Dunoyer sur la politique ne nous paraissent pas complètes, et la lacune que nous y avons remarquée, pourrait, à ce qu'il nous a paru, entraîner de graves inconvéniens si elles étaient adoptées avant d'être complétées.

IIᵉ Cah.   12

D. *Dites-nous séparément ce que vous approuvez et ce que vous improuvez dans la brochure de M. Dunoyer, et commencez par nous faire connaître sous quel rapport elle vous paraît mériter l'éloge que vous en faites.*

R. Nous commencerons par citer trois idées que M. Dunoyer a exprimé avec beaucoup de force et de clarté.

1° A la page 14 de sa brochure :

« Il n'y a jamais réellement que notre volonté
» qui nous protége : les chartes octroyées
» peuvent être révoquées ; les droits reconnus
» peuvent être méconnus ; cela seul nous est
» acquis, cela seul nous est assuré que nous
» sommes en général disposés à défendre. Si,
» dans la masse des biens dont nous jouissons,
» il est des choses sur lesquelles nous ne per-
» mettions pas à l'autorité de porter la main,
» nous pouvons dire que celles-là sont à nous,
» mais celles-là seulement. Toutes les autres
» sont au pouvoir, quoiqu'en disent les lois qui
» nous les garantissent ; toutes les autres sont
» au pouvoir, puisqu'il pourrait nous en dé-
» pouiller sans aucun péril. »

La seconde idée qui nous a frappé se trouve au bas de la page 9 ; il est bien entendu que c'est sous le rapport de son importance que nous regardons cette idée comme la seconde.

« La France n'a-t-elle donc que la voie des
» élections pour faire connaître au Roi ses vrais
» sentimens?

« Elle en a une autre sans doute; elle en a
» une qu'on ne peut ni fermer ni fausser, et qui,
» au besoin, peut lui tenir lieu de toutes les
» autres : elle a la voie de la plainte, cette voie
» est toujours ouverte à tout le monde; elle est
» aussi légale que la voie des élections; elle est
» beaucoup plus facile; elle peut être enfin
» beaucoup plus puissante, bien que, de sa na-
» ture, elle ne semble pas devoir entraîner des
» effets aussi nécessaires. »

Enfin celle des idées de M. Dunoyer que nous
approuvons, et qui nous paraît la troisième en
importance, se trouve en tête de sa brochure,
la voici :

« On suppose communément que le Roi, en
» dissolvant la Chambre et en convoquant les
» collèges électoraux, a voulu connaître l'opi-
» nion de la France sur la conduite et les projets
» avoués du parti qui dirige en ce moment nos
» affaires.

» Je suis placé beaucoup trop loin du trône
» pour savoir les motifs de ses déterminations.
» Mais, en supposant qu'en effet le chef du gou-
» vernement a voulu faire un appel à l'opinion
» du pays, est-il au pouvoir du pays de lui ré-

» pondre et de lui faire savoir, par la voie des
» élections, ce qu'on pense en général des doc-
» trines et des pratiques du parti dominant?

» On ne peut pas se dissimuler d'abord que
» notre législation électorale ne rende cela fort
» difficile. Il n'est pas bien sûr que ce soit la
» France qui est consultée. Environ quinze mille
» électeurs sont chargés de répondre pour trente
» millions d'hommes : quinze mille électeurs
» privilégiés nomment cent soixante-douze dé-
» putés sur quatre cent trente, et fournissent
» ainsi, à eux seuls, les deux cinquièmes de la
» réponse.

» A la vérité, ce n'est pas seulement à cette
» poignée d'hommes que la question est adres-
» sée; elle s'adresse, pour les trois cinquièmes
» des députés à élire, à un corps de soixante à
» quatre-vingt mille électeurs, dont la majorité,
» on s'accorde à le reconnaître, a des idées et
» des intérêts beaucoup plus conformes aux
» idées et aux intérêts légitimes du grand nombre.

» Mais le parti qui tient le pouvoir et qui a
» fait la loi a arrangé les choses de si bonne
» sorte, qu'il est, sinon impossible, du moins
» prodigieusement difficile à cette majorité d'être
» maîtresse de ses élections. Premièrement, elle
» se trouve très - modifiée par la présence des
» électeurs privilégiés, lesquels sont admis à

» voter avec le gros des électeurs avant d'aller
» voter dans leurs colléges séparés. Seconde-
» ment, elle a été disséminée dans une multi-
» tude d'arrondissemens électoraux, et on a eu
» l'art de la répartir de manière à annuler un
» nombre considérable des voix libérales dont
» elle se compose. Troisièmement, enfin, elle
» ne préside point aux opérations des colléges ;
» elle ne nomme ni ses présidens, ni même, en
» réalité, ses scrutateurs, et par conséquent elle
» n'est pas sûre de la régularité des opérations des
» bureaux.

» Ainsi, quand la majorité n'aurait à vaincre
» que les obstacles mis à l'expression de son vœu
» par l'injustice et la partialité des lois, il lui
» serait déjà très-difficile, et on ne peut le nier,
» de répondre à l'appel de S. M. et d'éclairer sa
» sagesse sur la conduite du parti qui l'entoure
» et qui nous domine.

» Mais que serait-ce si des difficultés déjà si
» graves étaient encore aggravées par le parti
» qu'il s'agit de juger ? Que serait-ce si, maître
» du pouvoir et chargé de diriger l'opération,
» ce parti la dirigeait de manière à empêcher
» entièrement qu'elle ne fût libre ? Que serait-ce,
» je ne dis pas s'il entreprenait d'intimider ou de
» corrompre les électeurs, parce qu'enfin les
» électeurs doivent savoir résister aux séductions

» et aux menaces, mais s'il les mettait matériel-
» lement dans l'impossibilité d'user de leurs
» droits; s'il écartait les uns par des dégrève-
» mens, s'il rebutait les autres par des forma-
» lités multipliées à plaisir et qu'il est toujours
» si aisé de rendre insurmontables; s'il trom-
» pait ceux-ci sur le jour où doivent se faire les
» élections, s'il fermait la porte à ceux-là parce
» qu'ils n'auraient pas pris leur passe – port
» avec leur carte? Que serait-ce, en un mot,
» si, par une suite d'expédiens plus ou moins
» illégaux, il empêchait physiquement la majo-
» rité d'arriver dans le collége? Serait-il pos-
» sible encore à cette majorité, jouée, vexée,
» éconduite, de répondre à l'appel du Roi et de
» lui faire savoir, par les élections, ce qu'elle
» pense du parti qui nous gouverne?

» On me dira qu'en pareil cas les électeurs
» pourraient dénoncer les fraudes et les vio-
» lences dont ils auraient à se plaindre. Les dé-
» noncer? à qui? Remarquez bien que le parti
» dont la conduite politique est soumise, soi-
» disant, au jugement du pays, est chargé lui-
» même de diriger la procédure, et que, s'il
» commet des irrégularités pour obtenir un ju-
» gement favorable, nous n'en pouvons deman-
» der le redressement qu'à lui. On peut sans
» doute se plaindre du maire au préfet;

» mais le parti, maître des municipalités, do-
» mine aussi dans les préfectures. On peut porter
» sa plainte au Conseil d'État; mais c'est une
» position où le parti s'est encore assuré la ma-
» jorité. On pourrait enfin dénoncer à la nou-
» velle Chambre les pratiques illégales par les-
» quelles le parti l'aurait fait élire ; mais le
» moyen de croire que la majorité de cette
» Chambre consentît à se détruire elle-même et
» à se déclarer illégalement élue ?

» Le parti peut donc commettre les plus
» graves prévarications sans que nous ayons
» aucun moyen d'y mettre obstacle. Je n'exa-
» mine point s'il le fait ; ceci est une question à
» part et dont je laisse juge tout le public ; mais
» je dis qu'il a les moyens de le faire. J'ajoute
» même que, s'il veut agir frauduleusement,
» son intérêt est de ne pas le faire à demi : car ,
» en fait d'élections , un moyen assuré de frau-
» der impunément , c'est de frauder assez pour
» obtenir la majorité. Par quelque moyen qu'on
» l'obtienne , en effet , n'est-on pas toujours sûr
» de lui faire trouver bonnes et valables les opé-
» rations par lesquelles on l'aura obtenue?

» Ainsi, il ne faut point s'abuser, quelque
» zèle que déploient les électeurs , il est au
» pouvoir du parti dominant d'échapper au ju-
» gement de la majorité , et de faire que le pays

» ait l'air d'approuver sa conduite , alors même
» qu'il la condamnerait de la manière la plus
» positive et la plus forte. »

Nous trouvons ces trois idées bonnes , très-bonnes, nous sommes payés pour les trouver telles ; car elles servent véritablement d'introduction à notre catéchisme. Le lecteur attentif a dû remarquer que nous nous sommes uniquement occupé, dans les deux premiers cahiers de notre catéchisme, d'indiquer à la classe industrielle, qui forme les vingt-quatre vingt-cinquième de la nation, l'usage qu'elle devrait faire du droit de pétition ; il aura remarqué que nous donnons à la fin de notre deuxième cahier un projet de placet des industriels au Roi, et que dans ce placet les industriels exposent à S. M. qu'ils sont dans un état de souffrance, parce que la fortune publique est mal administrée , parce que les intérêts généraux sont mal dirigés , et qu'ils supplient le Roi de confier aux industriels les plus importants le soin de faire le projet de budget, attendu que c'est le seul moyen d'assurer la tranquillité et la prospérité publique.

En résumant notre approbation des idées de M. Dunoyer, nous trouvons qu'il a eu grande raison de dire que le droit de pétition au Roi est infiniment plus important pour la nation

que son droit de nommer une chambre de
députés; que toutes les lois qui ont pu être
faites en sa faveur, que toutes celles qui pourraient être faites, que la Charte qui lui a été
octroyée et que toutes celles qui pourraient lui
être accordées par la suite.

Nous trouvons en outre que par la clarté, le
le laconisme et la vigueur avec lesquelles M. Dunoyer a présenté cette vérité, il a rendu un service très-important au Roi ainsi qu'à la nation.

*D. Voyons maintenant quelles sont celles
des idées émises dans cette brochure, que vous
improuvez ?*

R. Ce que nous improuvons, c'est l'usage que
M. Dunoyer conseille à la nation de faire du
droit de pétition.

D. Motivez-nous votre improbation ?

R. D'après la manière dont M. Dunoyer conseille à la nation d'user du droit de pétition, il
est évident qu'il a conçu les choses de la manière
suivante :

Ce publiciste considère la nation comme devant rester passive sous le rapport des combinaisons politiques.

Il envisage le gouvernement comme chargé
d'inventer, de découvrir, de concevoir les mesures générales qui peuvent être utiles à la nation, et il réduit la nation au simple rôle de

juge, manifestant son improbation, et condam-
nant les mesures qui ne lui conviennent point.

Or, nous disons et nous allons prouver que
cette conception de M. Dunoyer est vicieuse,
qu'elle est dangereuse en ce qu'elle tend à donner
à la nation des idées très-fausses sur sa position
actuelle, et sur les moyens qu'elle doit employer
pour terminer la crise dans laquelle elle se trouve
engagée.

D'abord la conception de ce publiciste est en
opposition avec toutes les connaissances acquises
en physiologie générale, en philosophie, en
morale, en un mot dans la science de l'homme
et en effet ce que la science de l'homme dit,
c'est que les diverses classes d'hommes qui
composent la société ne peuvent inventer et
même bien concevoir que les choses qui leur
paraissent utiles à leurs intérêts, qu'elles ne
peuvent travailler qu'à ce qui leur paraît devoir
leur être avantageux.

Or, le pouvoir royal continuant encore de
confier la principale direction des affaires publiques à l'ancienne noblesse, à la nouvelle noblesse et à la bourgeoisie; le gouvernement ainsi
composé ne peut concevoir que des mesures
opposées aux intérêts de la classe industrielle qui
est véritablement la nation.

M. Dunoyer a donc tort d'attribuer au gouvernement actuel le rôle actif, c'est-à-dire, la fonction d'inventer les mesures qui peuvent être utiles à la nation.

Ce publiciste a également tort d'attribuer à la nation, dans les circonstances actuelles, le rôle critique ; car la classe industrielle qui forme la véritable nation se bornant dans ce moment à exercer une action critique, et exerçant cette action avec la vigueur que M. Dunoyer lui conseille d'employer, doit nécessairement se trouver engagée dans de nouvelles révolutions, dans de nouvelles insurrections, dans des révolutions et dans des insurrections interminables.

Nous citerons à l'appui de ce que nous venons de dire ce qui s'est passé depuis 1789.

Depuis 1789 la classe industrielle n'a exercé qu'une action critique à l'égard de tous les gouvernements qui ont existé. Qu'en est-il résulté ? c'est que dix gouvernements ont été successivement culbutés, et que le gouvernement actuel a pour occupation principale d'écraser ou de contenir les factions qui sont sans cesse renaissantes.

Il en est résulté le massacre de Louis XVI et d'une quantité d'honnêtes gens, le renversement du trône, l'établissement passager d'une nouvelle dynastie, l'établissement conservé d'une nouvelle noblesse qui est une nouvelle charge pour la classe industrielle.

M. Dunoyer s'est trompé en n'attribuant dans ce moment à la nation, c'est-à-dire à la classe industrielle qu'un rôle critique.

D. Expliquez-vous donc plus clairement : vous blâmez M. Dunoyer d'avoir considéré le gouvernement comme ayant l'initiative dans la direction des intérêts nationaux et de n'avoir envisagé la nation que comme juge des actes du gouvernement. Qu'auriez-vous donc désiré qu'il fît ? auriez-vous préféré qu'il confie à la nation l'initiative des mesures à prendre, et qu'il réduisît le gouvernement au rôle de juge, des mesures prises par la nation ?

R. En thèse générale M. Dunoyer a parfaitement raison; il est certain que ce sont les gouvernements qui doivent inventer ou adopter, c'est-à-dire produire les mesures ayant pour objet le bien public, mais c'est toujours dans la supposition que les gouvernans et les gouvernés ont des intérêts de la même nature, qu'ils ont le même genre d'activité, qu'ils tendent vers le même but, qu'ils sont animés du même esprit; qu'ils éprouvent des désirs semblables, qu'ils ont la même manière de voir relativement aux moyens généraux à employer pour améliorer leur sort. Or, les circonstances politiques dans lesquelles nous nous trouvons font exception à la régle, parce que les gouvernans se composent presqu'en totalité d'anciens nobles, de nouveaux nobles et de bourgeois; parce que les intérêts de ces gouvernans et ceux des gouvernés, qui sont essentiellement industriels, ne sont pas de la même nature; parce que les gouvernans et les gouvernés n'ont point le même genre d'activité, parce que les gouvernans et les gouvernés ne tendent point vers le même but, parce qu'ils ne sont point animés du même esprit, parce qu'ils éprouvent des desirs très-dissemblables, parce qu'ils ont des manières de voir très-différentes relativement aux moyens à employer pour améliorer leur sort.

Les circonstances politiques dans lesquelles nous nous trouvons sont des circonstances particulières, des circonstances uniques dans la marche de la civilisation; notre besoin politique principal, dominant, exclusif, dans ce moment, est celui d'opérer ou plutôt de terminer la transition qui doit nous faire passer du système gouvernemental au système administratif, du système militaire au système pacifique; or, pour opérer cette transition, il est indispensablement nécessaire que la nation, c'est-à-dire, que la classe industrielle, prenne l'initiative pour demander à S. M. de charger les industriels les plus importants du soin de faire le projet de budget, seule mesure qui puisse atteindre le but de remettre en accord les désirs des gouvernans et ceux des gouvernés.

La royauté française éprouve, dans ce moment et depuis la manifestation des généreuses intentions de Louis XVI, une captivité bien plus complète que la royauté espagnole n'a essuyé pendant quelques jours à Cadix. C'est à la nation française, sans le secours d'aucun étranger, à rendre la liberté à son Roi qui, dans la réalité, est aujourd'hui prisonnier des anciens nobles, des nouveaux nobles et des bourgeois. Et, pour opérer la délivrance du Roi, la nation française n'a besoin d'user d'aucun moyen violent, il lui suffira de manifester son intention. Il lui suffira de dire au Roi, ainsi que nous l'avons indiqué dans le projet de placet que nous avons présenté dans ce cahier, Sire, la classe industrielle est aujourd'hui dominante par le fait, si votre Majesté use de sa pleine puissance pour la déclarer dominante par le droit, la tranquillité deviendra inébranlable, parce que l'homogénéité se trouvera rétablie entre les gouvernans et les gouvernés.

En nous résumant, nous improuvons M. Dunoyer, d'avoir conseillé à la nation, c'est-à-dire à la classe industrielle de n'user du droit de pétition que pour en faire un usage critique. Si les industriels n'usaient du droit de pétition que d'une manière critique, l'existence politique de l'ancienne noblesse, de la nouvelle noblesse et de la bourgeoisie se prolongerait encore bien long-temps; puisqu'elle ne pourrait s'éteindre qu'après avoir parcouru le cercle entier des mauvaises mesures à prendre, c'est-à-dire des mesures contraires aux intérêts de la classe industrielle, qui est aujourd'hui dominante par le fait.

D. *Résumez-nous, en une seule opinion, votre approbation et votre improbation relativement à la brochure de M. Dunoyer; présentez-nous un jugement général qui classe cette production comme vous pensez qu'elle mérite de l'être.*

R. Il y a beaucoup plus de bien que de mal à dire du travail de M. Dunoyer. Les erreurs qu'il a commises lui seront très-faciles à rectifier, elles sont d'une très-petite importance en comparaison de la force et de la bonté de la conception générale.

M. Dunoyer est décidément sorti, et en un seul élan, de l'ornière dans laquelle les publicistes se trouvent engagés, depuis bien long-temps. Cet auteur est parvenu à placer, en peu de pages, l'esprit du lecteur au-dessus des considérations sur le régime constitutionel ou représentatif; au dessus de toutes les considérations

présentées par les écrivains en économie politique, il a affranchi l'intelligence de ses compatriotes des liens métaphysiques qui les em-
pêchaient de voir clairement le but auquel ils
devaient tendre, et les moyens qu'ils devaient
employer pour atteindre à ce but. Il a prouvé
clairement à la nation, c'est-à-dire à la classe
industrielle, que si elle est mal gouvernée,
c'est de sa faute, puisqu'elle est la plus forte. Il
a fait sentir à cette classe que sa supériorité de
force est telle, qu'elle n'a aucunement besoin
d'employer les moyens violents, ni les menaces
pour faire adopter son opinion par le gouvernement. Il a su apprécier à toute sa valeur l'institution de la Royauté, qui procure à la nation
française les moyens d'opérer les plus grandes
améliorations dans son organisation sociale,
sans que ces changemens occasionnent aucune
secousse.

D. *Vous devriez présenter une analyse des
ouvrages de tous les publicistes modernes,
semblable à celle que vous nous donnez de
la brochure de M. Dunoyer ; cela mettrait le
lecteur en état de juger des rapports qui
existent entre votre opinion et celles des
autres écrivains. Alors votre système ne figu-
rerait point comme une conception isolée,
vous lui donneriez, par ce moyen, de solides*

appuis, et vous agiriez beaucoup plus forte-
ment sur l'opinion publique.

R. Nous avons fait ce travail pour notre propre compte, car notre système n'est pas autre
chose que la réunion de ce que nous avons
trouvé de bon dans les ouvrages des publicistes,
et la *sytématisation* de ces opinions ; mais ce
travail est beaucoup trop long pour que nous
puissions le produire dans ce moment ; si nous
le produisions, l'exposé des considérations ac-
cessoires dépasserait infiniment la dimension de
celui des idées principales ; nous nous bornerons à vous présenter le résumé de ce travail.
Ce résumé vous prouvera que les hommes les
plus capables préparent, depuis long-temps,
l'établissement du système industriel.

Le célèbre Bacon a prédit l'établissement
d'un ordre de choses dans lequel tous les raisonnemens auraient pour base des faits observés ; ainsi il a prédit l'établissement politique
du système industriel, car ce système est le seul
dans lequel les intérêts publics soient considérés sous leur rapport positif.

Montesquieu a préparé l'établissement du
système industriel en faisant remarquer que le
commerce adoucissait les mœurs, et en incitant
très-fortement la royauté à prendre le caractère
industriel.

IIe Cah.   13

Condorcet a indiqué, dans son esquisse d'un tableau historique des progrès de l'esprit humain, la manière dont il fallait s'y prendre pour démontrer que les progrès de la civilisation avaient toujours tendu vers l'établissement du système industriel : il a très-mal exécuté ce plan; mais son invention n'en a pas moins été un grand acheminement vers l'établissement du système industriel. Son ouvrage, que nous avons refait, et que nous publierons incessamment, en fournira une preuve incontestable.

M. Comte, auteur du *Censeur européen*, a établi, dans le premier article de cet ouvrage, que les peuples de l'antiquité s'étaient organisés pour la guerre, et que c'était la meilleure organisation qu'ils pouvaient se donner dans l'état des lumières et des passions où ils se trouvaient. Il a prouvé ensuite que les peuples actuels devaient s'organiser pour la paix et pour la production, parce que cela correspondait à leurs désirs les plus généraux, et à leurs capacités les plus positives.

M. Benjamin Constant a prouvé que la Chambre des communes en Angleterre, ainsi que la Chambre des députés en France, n'était point investi de pouvoirs suffisants pour faire un bon budget, ou plutôt pour empêcher les ministères d'Angleterre et de France de faire pas-

ser dans les Chambres des budgets contraires
aux véritables intérêts nationaux.

M. Courrier, qui a donné au système représentatif le nom de système *récréatif*, a très-bien démontré, quoiqu'il n'ait employé que des plaisanteries dans sa démonstration, que le système représentatif n'était point proportionné à l'état de nos lumières, et il a très-bien fait sentir qu'il était nécessaire de le fortifier par une grande mesure plus favorable aux industriels.

M. Alexandre de la Borde a très-bien établi, dans son ouvrage ayant pour titre : *Esprit d'association*, que l'esprit des industriels était celui qui devait devenir dominant en politique.

M. Fiévé a fait remarquer avec grande raison qu'il se trouvait de l'argent au fond de toutes les affaires, et que par conséquent les intérêts industriels se trouvaient jouer un rôle prépondérant dans toutes les circonstances politiques.

Enfin M. Dunoyer, dont nous venons d'examiner les idées, a, comme nous l'avons dit, prouvé que la nation devait manifester elle-même son opinion. Or, il est évident qu'à l'instant où elle prendra ce grand parti, qui est le seul bon, elle suppliera le Roi d'établir le régime industriel, en chargeant les principaux personnages de la classe essentiellement laborieuse, du soin de faire le projet de budget.

Nous concluons de ce résumé que la conception du système industriel a été formée par Bacon, Montesquieu, Condorcet, Comte, Benjamin Constant, Courrier, De la Borde, Fiévé, Dunoyer, et une multitude d'autres auteurs, dont nous n'avons pas cru devoir parler dans ce résumé.

Les écrivains dans la direction rétrograde, tels que MM. de Maistre, Bonald, la Mennais, etc., ont aussi beaucoup contribué à faciliter la production et l'établissement du système industriel.

Leurs travaux se partagent en deux parties bien distinctes. Dans la première, ils établissent, d'une manière éloquente et rigoureuse, la nécessité de donner pour base à la réorganisation de l'Europe une conception systématique ; ils font voir très-clairement que les plans politiques, produits jusqu'à ce jour par la sainte-alliance, par les gouvernemens de France, d'Angleterre, de Russie, de Prusse et d'Autriche, ne sont que des conceptions mesquines, que des vues étroites ; et que la conduite collective et individuelle des grandes puissances, ne peut aucunement atteindre au grand but du rétablissement de la tranquillité en Europe. Ces écrivains ont démontré également que les opinions des libéraux et de tous les partis politiques qui ont existé jusqu'à ce jour, en opposition avec les plans généraux de la sainte-alliance et les plans particuliers des grandes puissances qui la composent, ne remplissent pas non plus la condition systématique essentiellement nécessaire pour l'établissement d'un ordre de choses calme et stable.

Or, la démonstration dont nous venons de parler a poussé directement les esprits vers la production et l'établissement du système industriel ; puisqu'il est le seul qui puisse convenir à l'état de notre civilisation.

Dans la seconde partie de leurs travaux, ces écrivains ont entrepris de prouver que le seul système qui puisse convenir à l'Europe est celui qui y était mis en pratique avant la réforme de Luther ; c'est-à-dire, que le moyen de rétablir en Europe la tranquillité consistait à y reconstituer le pouvoir théologique comme pouvoir suprême, et à réorganiser la féodalité chez toutes les nations qui composent la société européenne.

Cette seconde partie de leurs travaux qui est essentiellement vicieuse, n'a que de très-faibles inconvéniens, parce qu'elle ne peut leur procurer qu'un bien petit nombre de partisans, puisqu'elle choque le sens commun.

En effet, le sens commun répugne directement à l'idée de rétrogradation en civilisation, et, pour peu que le sens commun raisonne, il reconnaît que le véritable objet politique du pouvoir papal, comme pouvoir général et prépondérant, consistait à lier ensemble les nations européennes, pour s'opposer à l'envahissement général de leur territoire par les peuples asiatiques ; ainsi que cela avoit eu lieu du temps des Sarrasins, et que l'établissement de la féodalité avait pour but de s'opposer aux guerres intestines. Le sens commun reconnaît que l'institution de la papauté et de la féodalité ne peuvent point satisfaire aujourd'hui les besoins de la société européenne, puisque sa supériorité militaire sur les peuples asiatiques est complètement établie, puisque la passion des combats est tout-à-fait éteinte chez elle ; puisque sa passion dominante est aujourd'hui celle de prospérer par des travaux de production, et que, par conséquent, ses besoins politiques ne peuvent être satisfaits qu'au moyen de l'établissement du système industriel.

Nous avons divisé en deux parties le travail dont nous vous présentons dans ce moment le résumé.

D'une part, nous avons considéré les travaux théoriques, c'est-à-dire, les travaux des publicistes, et nous avons apprécié, de la manière que nous venons de dire, leur importance relativement à l'établissement du système industriel.

D'une autre part, nous avons examiné l'influence exercée par les praticiens, c'est-à-dire, par les ministres, en faveur de l'admission du système politique le plus convenable pour assurer la tranquilité du Roi, et la prospérité de la nation.

Le grand Sully, contemporain du chancelier Bacon, le grand Sully, ce digne ami du meilleur de nos Rois, de ce brave et bon Henri IV qui demandait franchement des conseils aux négocians de Rouen, relativement à la manière dont il devait administrer la fortune publique, est le premier ministre qui ait dirigé franchement la nation vers l'établissement du régime industriel.

Ce confident honorable du véritable père du peuple, de ce Roi qui avait son pourpoint percé au coude, de ce Roi que ses descendans auraient mieux fait d'imiter exactement que de le tant vanter; ce ministre qui au lieu d'épuiser le trésor royal pour ses dépenses personnelles, y versait cent mille écus du produit de la vente de ses bois, vivait à une époque où les nobles tenaient encore l'épée d'une main et la charrue de l'autre; ce fut lui qui conçut l'établissement d'une paix perpétuelle, projet dont on a fait depuis honneur à l'abbé de Saint-Pierre, projet impraticable sûrement tant que la classe essentiellement pacifique, qui est la classe industrielle, ne sera pas la classe prédominante, mais qui tendait évidemment et directement à placer les industriels au premier rang social.

Colbert a suivi les traces de Sully; il a fait

prendre un grand essor à toutes les branches de l'industrie ; il a considérablement accru l'importance des industriels ; il a, par conséquent, diminué celle des nobles, et, par ce moyen, il a facilité l'établissement du système industriel.

Turgot, Malesherbes et Necker ont avancé dans la direction donnée par le grand Sully.

Depuis la restauration, de grands pas ont été faits, par Decaze qui a élevé l'impôt des patentes au rang des impôts directs ; enfin, par M. de Villèle qui vient de créer un conseil suprême de commerce, ce qui est clairement un hommage général rendu à la classe industrielle, dont quelques membres vont commencer à faire partie du gouvernement.

En nous résumant, nous disons : depuis trois cents ans, les hommes les plus capables et les mieux intentionnés, en politique pratique comme en politique théorique, ont préparé l'établissement du système industriel, et tout est mûr pour cet établissement. Le jour où les industriels manifesteront clairement et unanimement au Roi le désir de voir S. M. former une commission composée des principaux industriels et chargée du soin de faire le projet de budget, leur demande sera nécessairement accueillie favorablement.

DEUXIÈME APPENDICE

SUR LE LIBÉRALISME ET SUR L'INDUSTRIALISME.

Nous invitons tous les industriels qui sont zélés pour le bien public et qui connaissent les rapports existants entre les intérêts généraux de la société et ceux de l'industrie, à ne pas souffrir plus long-temps qu'on les désigne par le nom de *libéraux*, nous les invitons d'arborer un nouveau drapeau et d'inscrire sur leurs bannières la devise : *industrialisme*.

Nous adressons la même invitation à toutes les personnes, de quelque état et profession qu'elles soient, si elles sont profondément convaincues, comme nous, que le seul moyen d'établir un ordre de choses calme et stable consiste à charger de la haute administration de la fortune publique, ceux qui versent le plus d'argent dans le trésor public et qui en retirent le moins. Nous les invitons à se déclarer des *industrialistes*.

C'est principalement aux véritables royalistes que nous adressons cette invitation, c'est-à-dire, nous l'adressons spécialement à ceux qui désirent donner la prospérité nationale pour base à la tranquillité et au bonheur de la maison de Bourbon.

D. Quel bien croyez-vous donc qui puisse résulter de ce changement de nom ? Quel avantage trouvez-vous à la substitution du mot industrialisme *à celui de* libéralisme? *Quels sont donc les inconvéniens attachés au mot* libéralisme *, pour que vous regardiez comme une chose si importante de le faire abandonner.*

R. Vous nous adressez trop de questions à la fois ; quelle est celle à laquelle vous désirez que nous répondions d'abord.

D. Dites-nous quels sont les inconvéniens attachés au mot libéralisme ; *quel bien il peut résulter de son abandon par le parti qui désire perfectionner l'organisation sociale en n'employant, pour atteindre à ce but, que des moyens loyaux, légaux et pacifiques.*

R. La désignation du *libéralisme* nous paraît avoir trois grands inconvéniens pour les hommes bien intentionnés qui marchent sous cette bannière.

D. Quel est le premier de ces inconvéniens ?

R. Le mot *libéralisme* désigne un ordre de sentimens ; il n'indique point une classe d'intérêt ; d'où il résulte que cette désignation est vague , et que par conséquent elle est vicieuse.

D. *Quel est le second de ces inconvéniens ?*

R. La plus grande partie de ceux qui se laissent désigner par le nom de *libéraux*, se compose d'hommes pacifiques, d'hommes qui sont animés du désir de terminer la révolution, en établissant, par des moyens loyaux, légaux et pacifiques, un ordre de choses calme et stable; un ordre de choses proportionné à l'état des lumières et de la civilisation. Mais les meneurs de ce parti sont des hommes qui ont conservé le caractère critique, c'est-à-dire, révolutionnaire du dix-huitième siècle. Tous les hommes qui ont joué un rôle dans la révolution, d'abord comme *patriotes*, ensuite comme *bonapartistes*, disent aujourd'hui qu'ils sont *libéraux*; ainsi le parti réputé *libéral* se compose aujourd'hui de deux classes d'hommes dont les opinions sont différentes et même opposées. Les fondateurs de ce parti sont des hommes dont la direction principale consiste à renverser tous les gouvernemens qu'on pourrait établir pour se mettre à leur place; tandis que la très-grande majorité de ce même parti voudrait donner la plus grande stabilité et la plus grande force possible au gouvernement, pourvu qu'il prenne franchement la direction que réclament les intérêts nationaux.

La désignation de *libéralisme* ayant été choisie, adoptée et proclamée par les débris du parti *patriote* et du parti *bonapartiste*, cette désignation a de très-grands inconvéniens pour les hommes dont la tendance essentielle est celle de constituer un ordre de choses solide, par des moyens pacifiques.

Nous ne prétendons pas dire que les patriotes et les bonapartistes n'aient pas rendu des services à la société; leur énergie a été utile, car il a fallu démolir avant de pouvoir construire. Mais aujourd'hui l'esprit révolutionnaire qui les a animés est directement contraire au bien public; aujourd'hui une désignation qui n'indique point un esprit absolument contraire à l'esprit révolutionnaire ne peut pas convenir aux hommes éclairés et bien intentionnés.

D. *Quel est le troisième inconvénient attaché à la dénomination de* libéralisme?

R. Le parti qui s'est appelé *libéral* a été battu non-seulement en France, mais à Naples, mais en Espagne, mais en Angleterre; les membres de l'extrême gauche en France ne font pas plus belle figure que MM. Brougham et Robert Wilson en Angleterre. Les défaites multipliées des *libéraux* ont prouvé que les nations, de même que les gouvernemens, ne voulaient point adopter leurs opinions politiques : or, quand il a été démontré à des gens sensés qu'ils ont suivi une mauvaise route et choisi de mauvais guides, ils s'empressent de changer de direction.

Nous concluons des trois raisons que nous venons de vous donner, que les hommes pacifiques et dont l'opinion à pour tendance de constituer un ordre de choses calme et stable, doivent se hâter de proclamer qu'ils ne veulent plus être désignés par le nom de *libéraux*, et qu'ils doivent inscrire une nouvelle devise sur leur bannière.

D. *Ce que vous dites n'a-t-il pas déjà été fait ? M. Ternaux n'a-t-il pas remédié à l'inconvénient dont vous parlez, en publiant sa profession de foi ?*

R. Il existe en France trois dénominations de partis politiques : on appelle *ultra*, ceux qui veulent faire retrograder la civilisation, en rétablissant l'influence politique des nobles et des prêtres telle qu'elle était avant la révolution.

On appelle *ministériels*, ceux qui secondent les intentions des ministres, soit que leur conduite ait pour motif l'appât d'une récompense, ou la crainte de rentrer en révolution, ou les deux motifs à la fois.

On désigne par le nom de *libéraux*, ceux qui veulent forcer le gouvernement à changer

de marche , soit qu'ils aient l'intention de cul-
buter le gouvernement pour se mettre à sa place ,
ou qu'ils aient la volonté prononcée de n'employer que des moyens loyaux , légaux et pacifiques pour atteindre à leur but.

Nous disons, et c'est le but de ce second appendice , 1°. que le moment ou les deux classes
qui composent le parti appelé *libéral* doivent
se séparer, est arrivé ; 2°. que les *libéraux* ayant
la volonté de n'employer que des moyens pacifiques pour déterminer le ministère à marcher
franchement dans la direction des intérêts nationaux, n'ont qu'un seul moyen de faire bande
à part avec ceux qui ont conservé dans toute sa
pureté la direction de *tire-toi de là que je m'y
mette,* et que ce moyen consiste à adopter une
nouvelle dénomination pour désigner ce parti.

Nous allons faire voir maintenant que la profession de foi de M. Ternaux n'atteint point au
but d'établir la division entre les deux classes de
libéraux , qui est évidemment celui qu'il s'est
proposé. Nous critiquerons cette pièce avec
d'autant plus de confiance et d'abandon, que
nous sommes liés d'amitié avec son auteur, et
que nous partageons toutes ses opinions et ses
intentions politiques. Cet examen nous paraissant de la plus grande importance , nous croyons
devoir mettre la pièce sous les yeux du lecteur ,

afin qu'il puisse la lire immédiatement avant de prendre connaissance de nos observations.

PROFESSION DE FOI POLITIQUE DE M. TERNAUX.

———

« Dans les temps ordinaires, il est du devoir
» de tout citoyen qui se respecte, de mépriser la
» calomnie et le calomniateur; mais il est des
» momens où il est essentiel de ne pas laisser l'opi-
» nion publique prendre la fausse direction que
» certains folliculaires cherchent à lui donner en
» employant, pour parvenir à ce but, des déno-
» minations qui, dans le principe et dans leur
» sens naturel, ne présentent rien que de res-
» pectable; mais qui, dénaturées par l'esprit
» de parti, offrent des idées diamétralement op-
» posées. C'est ce qui est arrivé au mot *pa-*
» *triote*, c'est ce que l'on provoque aujourd'hui
» sur celui de *libéral*.

» Sans doute je m'honore de cette qualifica-
» tion; mais pour prévenir toute équivoque à
» cet égard, je déclare que je n'accepte et ne
» veux conserver le titre de *libéral* que lorsque
» ce mot est pris dans son acception véritable.
» Pour moi, qui dit *libéral* dit un homme gé-
» néreux dans ses sentimens comme dans ses ac-
» tions; un homme qui ne veut pour les autres

» que ce qu'il désirerait pour lui-même, qui
» craint Dieu et obéit aux loix.

» Oui, je suis *libéral* en ce sens, que je veux
» la tolérance pour tous les cultes, et le main-
» tien de la religion chrétienne, telle que l'établit
» l'Evangile; que j'en respecte et chéris les mi-
» nistres, lorsqu'ils ne s'occupent que du spiri-
» tuel, que je les repousse lorsqu'ils veulent
» usurper le pouvoir temporel.

» Je suis *libéral* en ce sens, que je veux la mo-
» narchie constitutionnelle, c'est-à-dire, le trône
» héréditaire de mâle en mâle dans l'auguste
» famille des Bourbons, parce que je reconnais
» que de cette stabilité dépendent notre repos et
» le maintien de nos libertés.

» Je respecte et j'aime les royalistes qui,
» comme nous, veulent la royauté pour l'utilité
» et la nécessité dont elle est à l'ordre social;
» qui, comme moi, s'en montrent les fidèles
» appuis, en cherchant à faire respecter notre
» pacte fondamental et les lois qui en dérivent.

» Je méprise et déteste les royalistes qui veu-
» lent la royauté pour les places, les emplois,
» les dignités, les faveurs qu'elle distribue.

» Je suis *libéral* à ce titre, que je veux la
» Charte constitutionnelle telle que le Roi l'a
» proclamée; telle qu'il l'a jurée, telle qu'il l'a

» confiée à notre fidélité, à notre courage, sans
» changement ni altération quelconque.

» Je respecte et j'aime tous ceux qui, comme
» moi, en veulent l'exécution dans son esprit
» comme dans son texte, sans prétendre à plus
» de liberté et sans en vouloir moins qu'elle n'en
» donne, parce que je suis convaincu qu'avec
» Elle et par Elle notre pays peut atteindre à
» tous les genres de prospérité et à la somme
» de bonheur dont il est susceptible.

» J'aime ceux qui l'expliquent sincèrement,
» naïvement, avec candeur et bonne-foi, telle
» qu'un honnête homme veut et doit l'entendre
» dans la sincérité de son âme et la pureté de
» son cœur.

» Je méprise et je déteste tous ceux qui, par
» des subtilités, des interprétations fausses ou
» forcées, cherchent à en détruire l'esprit, à en
» violer le texte, à torturer les consciences, à
» compromettre l'administration et l'autorité par
» des abus de pouvoir; à confondre l'autorité
» du Roi, déclaré inviolable comme impecca-
» ble, avec celle des ministres agens responsa-
» bles; tous ceux qui, dans quelque situation,
» dans quelque rang qu'ils puissent se trouver,
» même opposés, ne craignent pas de com-
» promettre la tranquillité, le bonheur de leur
» patrie, l'ordre social tout entier, en cherchant

» à renverser la royauté et la Charte pour obte-
» nir le pouvoir ou des richesses, supplanter des
» rivaux; tous ceux qui professent pour l'une et
» l'autre un respect hypocrite que leurs prin-
» cipes et leurs actions démentent : tous ceux
» enfin qui rêvent ou la république ou une au-
» tre dynastie, ou la résurrection des priviléges
» que la Charte leur a sagement refusés comme
» contraires à l'intérêt de tous.

    » En un mot, je suis libéral en ce sens, que
» je voudrais forcer les ministres à gouverner
» dans l'intérêt national, et d'après les désirs du
» Roi, qui ne peuvent être que ceux de son peu-
» ple, et non dans celui d'une faction ou d'un
» parti.

    » Comme il importe, dans les dissentions ci-
» viles, que les bons citoyens sachent se rallier,
» que la patrie et le trône connaissent leurs vrais
» amis, et que MM. les électeurs ne puissent
» avoir des doutes sur les principes de celui
» qu'ils veulent honorer de leurs suffrages, je
» vous prie de donner à ma lettre la publicité
» que vous croirez utile et convenable.

    » Veuillez agréer, Monsieur, ma reconnais-
» sance et les sentimens distingués avec lesquels
» j'ai l'honneur d'être,

     » Votre très-humble et très-obéissant serviteur,

      » Signé G.-L. TERNAUX, l'aîné. »

Voici nos observations sur cette profession de foi :

1°. M. Ternaux accepte la dénomination de *libéral,* et il a tort; d'abord parce qu'elle est vague, ensuite parce que la conduite d'hommes qui se disent libéraux et qui sont désignés sous ce nom par les *ultra* et par les *ministériels,* l'ont décriée.

2°. La profession de foi de M. Ternaux a le même défaut que le mot *libéralisme*, elle ne produit qu'une opinion vague, elle parle de sentimens, elle ne désigne point des intérêts.

3°. Pour la formation d'un parti politique, plusieurs conditions doivent être remplies; il lui faut d'abord une *devise :* cette devise doit être la plus courte possible, on doit la réduire à un seul mot. Il lui faut ensuite un ouvrage qui développe l'opinion du parti, il lui faut enfin un journal quotidien qui fasse, à toutes les circonstances politiques qui se présentent, application des principes adoptés par le parti. Le développement de l'opinion du parti *libéral* a été fait par des gens de beaucoup d'esprit, dans la *Minerve;* les applications des principes de ce parti sont faites journellement par le Constitutionnel, et la profession de foi de M. Ternaux ne peut pas remédier au mal fait par la *Minerve* et par le *Constitutionnel* qui ont constamment fait leurs

efforts pour fixer l'attention des Français sur une
époque à laquelle ils se trouvaient dans une fausse
direction politique , ainsi que M. Benjamin
Constant l'a très-bien prouvé dans son excellent
ouvrage sur l'*Esprit des conquêtes*.

En un mot , la profession de foi de M. Ternaux ne peut point contribuer à la fondation
du parti politique qu'il désirait former ; car
cette profession de foi a trop d'étendue pour
être employée comme *devise* , et n'en a point
assez pour donner un caractère suffisamment
développé à son opinion.

Nous nous bornerons , pour le moment , à indiquer deux autres observations que nous développerons plus tard dans le cours de nos
travaux.

Nous pensons , comme M. Ternaux , que la
Charte doit être respectée et suivie très-exactement. Mais nous lui ferons observer qu'il est
aujourd'hui prouvé par l'expérience , que cette
mesure n'était pas suffisante pour terminer la
révolution , puisque l'esprit de faction continue
d'être en grande activité quoique la Charte nous
ait été donnée depuis plusieurs années , et nous
concluons de ce fait incontestable que les bons
citoyens doivent chercher à découvrir qu'elle
serait la mesure politique qui pourrait rétablir le
calme et la confiance dans le gouvernement.

Nous pensons, comme M. Ternaux, que la religion chrétienne est le meilleur code de morale qui existe ; mais nous croyons que ce code a besoin d'être complété. Il a été donné aux hommes à une époque ou l'esclavage était encore généralement établi, d'où il résultait que le pouvoir temporel ne pouvait point être soumis à des principes de morale fixes et positifs. Mais aujourd'hui que l'esclavage est complètement anéanti en France, aujourd'hui que la classe industrielle est devenue dominante, il est possible et même facile de compléter les travaux des évangélistes, et c'est le seul moyen de mettre un frein aux prétentions politiques du clergé.

Enfin, M. Ternaux étant manufacturier, sa profession de foi a le plus grand inconvénient sous ce rapport, qu'elle n'est point populaire; c'est-à-dire, qu'elle ne peut point être comprise par les ouvriers.

La tranquillité publique ne sera point solidement établie tant qu'on ne donnera pas pour base à la société, une morale positive ; les chefs des travaux industriels sont les protecteurs nés de la classe ouvrière : tant que les manufacturiers feront bande à part avec les ouvriers, tant qu'ils ne tiendront pas en politique un langage qui pourra être entendu par eux, l'opinion de cette classe très-nombreuse et encore très-ignorante, ne se trouvant point guidée par ses chefs naturels, elle pourra toujours se laisser séduire par les intrigans qui voudront faire des révolutions pour s'emparer du pouvoir.

Si les ouvriers brisent les métiers en Angleterre c'est parce que les manufacturiers comptent sur la force armée pour les contenir, et qu'ils ne s'occupent point assez de donner pour frein à leurs passions violentes la connaissance de leurs véritables intérêts; c'est par suite de l'ignorance dans laquelle ils les laissent, relativement à leurs intérêts politiques et privés, que les radicaux ont trouvé le moyen de les faire entrer en insurrection, et qu'on a été obligé de les massacrer à Manchester.

La France, ainsi que nous l'avons dit dans ce cahier, est destinée à entrer franchement dans le régime industriel avant l'Angleterre, parce que les chefs des travaux industriels feront corps, en opinion politique, avec les ouvriers, avant que les industriels importans en Angleterre aient cessé de former avec les lords une ligue tendant à retenir les ouvriers dans la subordination, plutôt par la force que par les principes d'une morale positive.

D. *Les observations que vous venez de nous présenter nous font sentir toute l'importance du projet d'association entre les publicistes*

*et les chefs des travaux industriels. En y
réfléchissant, nous reconnaissons que la combinaison des forces des théoriciens avec celles
des praticiens, en politique, est nécessaire
pour déterminer le grand mouvement moral
qui doit conduire la société à un état de tranquillité inébranlable.*

*Certainement les industriels les plus im-
portants sont les hommes les plus capables de
bien administrer la fortune publique ; mais
il est également vrai de dire que les publicistes sont les seuls qui puissent, par leurs
travaux, déterminer le Roi et la Nation à
leur confier la direction des intérêts pécuniaires de la société.*

*Et nous concluons de ce que nous venons de
dire, que vous devez faire tous vos efforts
pour déterminer la formation de cette association.*

R. Nous désirons d'autant plus vivement la
prompte formation de cette association, qu'une
circonstance, qui nous est personnelle, nous
rend à cet égard le temps extrêmement pré-
cieux.

Nous sommes vieux, toute notre vie a été
employée à former la combinaison du système
que nous présentons aujourd'hui. Cette association nous procurerait les collaborateurs dont

nous avons besoin pour développer notre système avec rapidité ; et le développement de
ce système étant dirigé par l'inventeur, serait
poussé dans les esprits avec une vigueur qui ne
peut exister que dans l'individu inventeur ; vigueur, comme nous le disons , qui ne peut
point être transmise par lui à ses élèves.

Vous voyez que nous avons les plus fortes
raisons pour désirer la plus prompte admission
possible de l'association des capacités industrielles et scientifiques ; mais nous ne nous con-
naissons aucun autre moyen de la déterminer,
que celui de publier à cet égard nos idées, en évi-
tant, avec le plus grand soin , que les factieux
puissent les employer à troubler l'ordre public,
et à causer aucune inquiétude au Roi et à la Famille royale.

*D. Continuez à produire votre système ;
rendez vos publications les plus fréquentes que
vous pourrez : l'association, que nous désirons
ainsi que vous , se formera peut-être plus tôt
que vous ne pensez.*

*Revenons maintenant à la question qui
nous occupe dans ce second appendice. Vous
nous avez prouvé que la dénomination de libéral ne pouvait point convenir aux personnes qui sont décidées à n'employer que des
moyens loyaux , légaux et pacifiques , pour*

*déterminer le gouvernement à marcher fran-
chement dans la direction des intérêts de la
majorité de la nation, c'est-à-dire, dans la
direction des intérêts de la classe industrielle ; vous avez maintenant à nous dire
quelle est la dénomination que ces hommes
doivent adopter pour former un parti politique qui soit bien distinct de tous ceux qui
ont existé depuis 1789 jusqu'à ce jour.*

R. La dénomination d'*industrialisme* pour
l'opinion de ce nouveau parti politique, et celle
d'*industrialiste* pour les personnes qui s'atta-
cheront à ce parti, nous paraissent les meilleures.

D. *Quels sont les avantages de ces dénominations ?*

R. Trois avantages très-grands et bien distincts nous paraissent attachés à la dénomination
d'*industrialisme*.

D. *Quel est le premier de ces avantages ?*

R. La dénomination d'*industrialisme* fixe
l'attention sur des intérêts, et elle est par conséquent très-préférable à celle de *libéralisme*,
ou à toute désignation qui n'indique que des
sentimens ; car les intérêts sont beaucoup moins
variables que des sentimens.

Par exemple, aujourd'hui un homme né
noble ne peut-être vraiment *libéral*, que dans
le cas où il travaille franchement à faire abolir

tous les avantages dont la noblesse jouit encore
sous le rapport de la considération , du pouvoir ,
ou de la facilité à obtenir des places ; or , l'expérience nous a prouvé qu'un très-petit nombre
de nobles avait la ténacité suffisante pour réussir dans une pareille entreprise. L'expérience
nous a prouvé , qu'il était en général très-facile
au ministère de faire passer les nobles réputés
libéraux , dans la direction ministérielle ; la
vérité est que le nombre des nobles réputés
libéraux est très-grand, et que celui des nobles
vraiment *libéraux* est extrêmement petit. Dans
la nouvelle noblesse tout entière il ne peut
pas s'en trouver un seul ; car il est évident que
tout homme qui a consenti à laisser créer un
privilége politique en faveur de sa personne et
de ses descendans est un *anti-libéral.*

D. *Quel est le second avantage attaché à la
dénomination d'*industrialiste ?

R. La classe industrielle est la plus nombreuse : ainsi toute personne qui se déclare *industrialiste* fait , en un seul mot , la profession
de foi qu'il est dans l'intention de soutenir les
intérêts de la majorité de la nation , contre tous
les intérêts particuliers.

D. *Dites-nous enfin qu'elle est votre troisième raison pour engager les personnes qui
ne veulent employer que des moyens loyaux ,*

légaux et pacifiques , à quitter la dénomina-
tion de libéraux , *pour prendre celle d'*industrialistes ?

R. Nous avons établi dans ce cahier :

D'abord, que les premiers hommes ayant été
très-ignorants, et soumis à des passions violentes,
la loi du plus fort avait dû servir de base aux
premières organisations sociales , et que les nations avaient dû vivre sous le régime militaire
pur , et enfin féodal, pendant bien des siècles ;
les pouvoirs arbitraires concentrés dans un petit
nombre de mains , étant un mal beaucoup
moins grand que l'anarchie.

Nous avons établi ensuite , que l'espèce humaine avait été destinée à s'éclairer , à s'adoucir
par le commerce , à prendre le goût du travail
et de la production, et à donner alors pour base
à son organisation l'intérêt commun.

Enfin nous avons fait sentir que la transition
du premier au second système politique , avait
dû occasionner une crise longue et violente.

Nous ajoutons maintenant à ces idées que la
crise de transition a été commencée par les pré-
dications de Luther, et que notre catéchisme des
industriels a pour objet direct de la terminer.

J'ajoute que depuis Luther jusqu'à ce jour,
la direction des esprits a dû être essentiellement critique et révolutionnaire , parce qu'il

s'agissait de renverser le gouvernement féodal avant de pouvoir travailler à l'établissement de l'organisation sociale industrielle ; mais qu'aujourd'hui, la classe industrielle étant devenue la plus forte, l'esprit critique et révolutionnaire doit s'éteindre et être remplacé par la tendance pacifique et organisatrice.

C'est pour signaler la formation du parti pacifique et organisateur que nous invitons les personnes qui désirent constituer un ordre de choses calme et stable, à prendre la dénomination d'*industrialistes*, parce que cette dénomination indique en même temps le but et le moyens : le but, celui de donner pour base à l'organisation sociale l'intérêt de la majorité ; le moyen, en confiant aux industriels les plus importants l'administration de la fortune publique.

D. Nous regrettons beaucoup que la dénomination de patriote *ait été dégradée et complètement avilie par le* sans-culotisme ; *car cette dénomination indiquait un intérêt commun à tous les membres de la nation : l'intérêt national ; et, par ce moyen, ce n'était pas seulement une classe de la société, mais c'étaient toutes les classes qui étaient indistinctement appelées à former ce parti.*

R. La dénomination de *patriotisme*, même

dans le cas où elle n'aurait pas été salie par le *sans-culotisme*, ne vaudrait pas celle d'*industrialisme*. Voilà notre opinion, nous allons la motiver.

Analysons d'abord l'idée de *patriotisme*, nous trouverons ce qui suit : Un *patriote* est un homme dont tous les sentimens sont dominés par son affection pour la société nationale dont il est membre; c'est un homme toujours prêt à sacrifier toute sa fortune et tout son crédit aux intérêts de sa nation. Brutus immolant son fils, et sacrifiant ainsi son sentiment paternel à son affection pour les Romains, a été un vrai modèle de *patriotisme*.

Nous vous prions maintenant de nous dire si, dans l'état présent des lumières et de la civilisation, les hommes peuvent être, s'ils doivent être *patriotes ?*

Nous sommes convaincus qu'après y avoir réfléchi, vous reconnaîtrez que les sentimens philantropiques, que ceux d'*européanisme*, que les sentimens de famille enfin dominent aujourd'hui, chez tous les Européens, les sentimens nationaux qu'ils éprouvent. Vous reconnaîtrez que ce que nous venons de dire est vrai, même pour les Anglais.

Le meilleur code de morale sentimentale que nous possédions est celui de la morale chré-

tienne. Or, dans ce code, il est beaucoup parlé
des devoirs réciproques des membres d'une
même famille ; ce code prescrit à tous les hommes de se regarder comme frères, mais il ne
pousse point les hommes à subalterniser leurs
sentimens philantropiques et leurs affections de
famille au *patriotisme*.

*D. L'examen dont nous nous occupons
dans ce moment élève notre esprit à une considération très-générale et très-importante.
La voici :*

*Le code de la morale chrétienne a lié tous
les hommes par leurs sentimens, mais il n'a
point traité la question des intérêts ; il s'a-
git maintenant, pour hâter les progrès de la
civilisation, de faire sentir à tous les hommes qu'ils ont des intérêts communs, de leur
faire sentir par exemple qu'il résulte un
grand bien pour toute l'espèce humaine des
progrès de l'industrie et de l'importance politique acquise par la classe industrielle sur
quelque point du globe que ces événemens
se passent.*

*En conséquence de ce que nous venons de
vous dire, nous reconnaissons que la dénomination* d'industrialisme *pour le parti des
hommes éclairés et bien intentionnés, vaut
mieux qu'aucune de celles qui ont été adop-*

tées jusqu'à ce jour, parce qu'elle ne tend point à troubler la coordination naturelle des sentimens et des intérêts des hommes à l'égard de l'espèce entière, à l'égard des cohabitans de la même partie du monde, à l'égard de leurs compatriotes nationaux et à l'égard de leurs parens et amis.

*En résumé, nous adoptons la dénomination d'*industrialisme *et nous nous déclarerons des* industrialistes.

R. La classe industrielle jouira de deux avantages très-importants, quand elle sera formée en parti politique, et qu'elle aura donné à son parti la dénomination d'*industrialisme.*

Par ce moyen elle se trouvera d'accord, jusqu'à un certain point, avec les trois partis existants. Les dernières feuilles de la *Quotidienne,* du *Journal des Débats* et du *Constitutionnel,* parlent de l'utilité des travaux industriels avec une chaleur presque égale, et il n'existera que cette légère différence entre les écrits des *industrialistes* et ceux des *ultra,* des *ministériels* et des *libéraux,* c'est que les *industrialistes* diront que les industriels les plus importants sont les hommes les plus capables de bien diriger les affaires générales de l'industrie ; tandis que les *libéraux,* les *ministériels* et les *ultra* continueront à prétendre, chacun de son côté, que ce sont eux qui doivent diriger les opérations générales de l'industrie, et qu'ils doivent être payés très-chèrement pour les soins qu'ils donneront à leur travail.

L'autre avantage qui résultera pour les industriels français de leur formation en parti politique, avec dénomination d'*industrialistes*, c'est qu'ils se feront des partisans au dehors, c'est qu'ils créeront sur le Continent et même en Angleterre, une force politique imposante et qui s'emploiera nécessairement à les soutenir; car tous les industriels du globe désirent nécessairement cesser le plus promptement possible de voir le produit de leurs travaux devenir plus ou moins chez toutes les nations la proie des consommateurs non-producteurs.

CATÉCHISME

DES INDUSTRIELS.

IIIe CAHIER.

CATÉCHISME

DES INDUSTRIELS.

TROISIÈME CAHIER.

Ce troisième cahier est de notre élève, M. Auguste Comte. Nous lui avions confié, ainsi que nous l'avons annoncé dès notre première livraison, le soin d'exposer les généralités de notre système : c'est le commencement de son travail que nous allons mettre sous les yeux du lecteur.

Ce travail est certainement très-bon, considéré du point de vue où son auteur s'est placé ; mais il n'atteint pas exactement au but que nous nous étions proposé, il n'expose point les généralités de notre système, c'est-à-dire, il n'en expose qu'une partie, et il fait jouer le rôle prépondérant à des généralités que nous ne considérons que comme secondaires.

Dans le système que nous avons conçu, la capacité industrielle est celle qui doit se trouver en première ligne ; elle est celle qui doit juger la valeur de toutes les autres capacités , et les faire travailler toutes pour son plus grand avantage.

Les capacités scientifiques , dans la direction de *Platon* et dans celle d'*Aristote* , doivent être considérées par les industriels comme leur étant d'une égale utilité, et ils doivent par conséquent leur accorder une considération égale, et leur répartir également les moyens de s'activer.

Voilà notre idée la plus générale; elle diffère sensiblement de celle de notre élève, qui s'est placé au point de vue *d'Aristote*, c'est-à-dire au point de vue exploité de nos jours par l'Académie des sciences physiques et mathématiques: il a considéré par conséquent la capacité *aristoticienne* comme la première de toutes, comme devant primer le spiritualisme, ainsi que la capacité industrielle et la capacité philosophique.

De ce que nous venons de dire, il résulte que notre élève n'a traité que la partie scientifique notre système; mais qu'il n'a point exposé sa partie sentimentale et religieuse : voilà ce dont nous avons dû prévenir nos lecteurs. Nous remédierons autant qu'il nous sera possible à cet inconvénient dans le cahier suivant, en présentant nous-mêmes nos généralités.

Au surplus, malgré les imperfections que nous trouvons au travail de M. Comte, par la raison qu'il n'a rempli que la moitié de nos vues, nous déclarons formellement qu'il nous paraît le meilleur écrit qui ait jamais été publié sur la politique générale.

SYSTÈME

DE

POLITIQUE POSITIVE,

PAR AUGUSTE COMTE,

ANCIEN ÉLÈVE DE L'ÉCOLE POLYTECHNIQUE,
ÉLÈVE DE HENRI SAINT-SIMON.

———

TOME PREMIER.

PREMIÈRE PARTIE.

A PARIS,

CHEZ LES PRINCIPAUX LIBRAIRES.

———

1824.

AVERTISSEMENT

DE L'AUTEUR.

CET ouvrage se composera d'un nombre indéterminé de volumes formant une suite d'écrits distincts, mais liés entre eux, qui tous auront pour but direct soit d'établir que la politique doit aujourd'hui s'élever au rang des sciences d'observation, soit d'appliquer ce principe fondamental à la réorganisation spirituelle de la société.

Les deux premiers volumes, qui peuvent être regardés comme une sorte de prospectus philosophique de l'ensemble de l'ouvrage, contiendront à la fois l'exposition du plan des travaux scientifiques sur la politique, divisés en trois grandes séries, et une première tentative pour exécuter ce plan.

Le premier volume est, en conséquence, composé de deux parties : l'une est relative au plan de la première série de travaux ; l'autre, qui sera publiée peu de temps après, se rapporte à son exécution.

Le but de la première partie est propre-

ment d'établir, d'une part, l'esprit qui doit
régner dans la politique, considérée comme
une science positive ; et, d'une autre part,
de démontrer la nécessité et la possibilité
d'un tel changement. L'objet de la seconde
est d'ébaucher le travail qui doit imprimer
ce caractère à la politique, en présentant
un premier coup d'œil scientifique sur les
lois qui ont présidé à la marche générale
de la civilisation, et, par suite, un premier
aperçu du système social que le développement naturel de l'espèce humaine doit rendre aujourd'hui dominant. En un mot, la
première partie traite de la méthode en
physique sociale, et la seconde de son application.

La même division sera observée dans le
volume suivant, relativement aux deux
autres séries de travaux.

Afin de caractériser avec toute la précision convenable l'esprit de cet ouvrage,
quoiqu'étant, j'aime à le déclarer, l'élève
de M. Saint-Simon, j'ai été conduit à adopter un titre général distinct de celui des
travaux de mon maître. Mais cette distinction n'influe point sur le but identique des
deux sortes d'écrits, qui doivent être envi-

sagés comme ne formant qu'un seul corps
de doctrine, tendant, par deux voies différentes, à l'établissement du même système
politique.

J'ai adopté complètement cette idée philosophique émise par M. Saint-Simon, que
la réorganisation actuelle de la société doit
donner lieu à deux ordres de travaux spirituels, de caractère opposé mais d'égale
importance. Les uns, qui exigent l'emploi
de la capacité scientifique, ont pour objet
la refonte des doctrines générales; les autres,
qui doivent mettre en jeu la capacité littéraire et celle des beaux arts, consistent dans
le renouvellement des sentimens sociaux.

La carrière de M. Saint-Simon a été employée à découvrir les principales conceptions nécessaires pour permettre de cultiver
efficacement ces deux branches de la grande
opération philosophique réservée au dix-
neuvième siècle. Ayant médité depuis long-
temps les idées-mères de M. Saint-Simon,
je me suis exclusivement attaché à systé-
matiser, à développer et à perfectionner la
partie des aperçus de ce philosophe qui se
rapporte à la direction scientifique. Ce travail a eu pour résultat la formation du

système de politique positive, que je commence aujourd'hui à soumettre au jugement des penseurs.

J'ai cru devoir rendre publique la déclaration précédente, afin que si mes travaux paraissent mériter quelque approbation, elle remonte au fondateur de l'école philosophique dont je m'honore de faire partie.

Il est, sans doute, superflu de justifier ici de la loyauté de mes intentions politiques, et d'entreprendre de prouver l'utilité des vues que j'expose. Le public et les hommes d'état jugeront l'un et l'autre point à la lecture de cet ouvrage : c'est à eux qu'il appartient de décider, après un mûr examen, si ces idées tendent à jeter dans la société de nouveaux élémens de trouble, ou à seconder, par des moyens spéciaux et dont le concours est indispensable, les efforts des gouvernemens pour rétablir l'ordre en Europe.

PLAN

DES

TRAVAUX SCIENTIFIQUES NÉCESSAIRES POUR
RÉORGANISER LA SOCIÉTÉ;

PAR AUGUSTE COMTE,

Ancien élève de l'école polytecnique,

Élève de Henri Saint-Simon.

INTRODUCTION.

Un système social qui s'éteint, un nouveau système parvenu à son entière maturité et qui tend
à se constituer, tel est le caractère fondamental assigné à l'époque actuelle par la marche générale de la civilisation. Conformément à cet
état de choses, deux mouvemens de nature différente agitent aujourd'hui la société; l'un de
désorganisation, l'autre de réorganisation. Par
le premier, considéré isolément, elle est entraî-
née vers une profonde anarchie morale et politique qui semble la menacer d'une prochaine
et inévitable dissolution. Par le second, elle est
conduite vers l'état social définitif de l'espèce

1

humaine, le plus convenable à sa nature, celui où tous ses moyens de prospérité doivent recevoir leur plus entier développement et leur application la plus directe. C'est dans la co-existence de ces deux tendances opposées que consiste la grande crise éprouvée par les nations les plus civilisées. C'est sous ce double aspect qu'elle doit être envisagée pour être comprise.

Depuis le moment où cette crise a commencé à se manifester, jusqu'à présent, la tendance à la désorganisation de l'ancien système a été dominante, ou plutôt elle est encore la seule qui se soit nettement prononcée. Il était dans la nature des choses que la crise commençât ainsi, et cela était utile, afin que l'ancien système fût assez modifié, pour permettre de procéder directement à la formation du nouveau.

Mais aujourd'hui que cette condition est pleinement satisfaite, que le système féodal et théologique est aussi atténué qu'il peut l'être jusqu'à ce que le nouveau système commence à s'établir, la prépondérance que conserve encore la tendance critique est le plus grand obstacle aux progrès de la civilisation, et même à la destruction de l'ancien système. Elle est la cause première des secousses terribles et sans cesse renaissantes dont la crise est accompagnée.

La seule manière de mettre un terme à cette

orageuse situation, d'arrêter l'anarchie qui en-
vahit de jour en jour la société, en un mot, de
réduire la crise à un simple mouvement moral,
c'est de déterminer les nations civilisées à quitter la direction critique pour prendre la direction organique, à porter tous leurs efforts vers
la formation du nouveau système social, objet
définitif de la crise, et pour lequel tout ce qui
s'est fait jusqu'à présent n'est que préparatoire.

Tel est le premier besoin de l'époque actuelle.
Tel est aussi en aperçu le but général de nos travaux, et le but spécial de cet écrit qui a pour
objet de mettre en jeu les forces qui doivent entraîner la société dans la route du nouveau système.

Un examen sommaire des causes qui ont jusqu'à présent empêché la société et qui l'empê-
chent encore de prendre franchement la direction organique, doit naturellement précéder
l'exposition des moyens à employer pour l'y
faire entrer.

Les efforts multipliés et continus, faits par les
peuples et par les rois, pour réorganiser la société, prouvent que le besoin de cette réorganisation est généralement senti. Mais il ne l'est
de part et d'autre que d'une manière vague et
imparfaite. Ces deux sortes de tentatives, quoiqu'opposées, sont également vicieuses sous des

rapports différents. Elles n'ont pas eu jusqu'à présent et ne sauraient jamais avoir aucun résultat vraiment organique. Loin de tendre à terminer la crise, elles ne contribuent qu'à la prolonger. Telle est la véritable cause qui, malgré tant d'efforts, retenant la société dans la direction critique, la laisse en proie aux révolutions.

Pour établir cette assertion fondamentale, il suffit de jeter un coup-d'œil général sur les essais de réorganisation entrepris par les rois et par les peuples.

L'erreur commise par les rois est la plus facile à saisir. Pour eux, la réorganisation de la société, c'est le rétablissement pur et simple du système féodal et théologique dans toute sa plénitude. Il n'y a pas, à leurs yeux, d'autre moyen de faire cesser l'anarchie qui résulte de la décadence de ce système.

Il serait peu philosophique de regarder cette opinion comme principalement dictée par l'intérêt particulier des gouvernans. Quelque chimérique qu'elle soit, elle a dû se présenter naturellement aux esprits qui cherchent de bonne foi un remède à la crise actuelle, et qui sentent, dans toute son étendue, le besoin d'une réorganisation, mais qui n'ont pas considéré la marche générale de la civilisation, et qui, n'envisageant l'état présent des choses que sous une seule face, n'aperçoivent pas la tendance de la société vers l'établissement d'un nouveau système, plus parfait et non moins consistant que l'ancien. En un mot, il est naturel que cette manière de voir soit proprement celle des gouvernans; car, du point de vue où ils sont placés, ils doivent nécessairement apercevoir avec plus d'évidence l'état anarchique de la société, et, par suite, éprouver avec plus de force le besoin d'y remédier.

Ce n'est point ici le lieu d'insister sur l'absurdité manifeste d'une telle opinion. Elle est aujourd'hui universellement reconnue par la masse des hommes éclairés. Sans doute les rois, en cherchant à reconstruire l'ancien système, ne comprennent point la nature de la crise actuelle, et sont loin d'avoir mesuré toute l'étendue de leur entreprise.

La chute du système féodal et théologique ne tient point, comme ils le croient, à des causes récentes, isolées et en quelque sorte accidentelles. Au lieu d'être l'effet de la crise, elle en est au contraire le principe. La décadence de ce système s'est effectuée d'une manière continue pendant les siècles précédents, par une suite de modifications, indépendantes de toute volonté humaine, auxquelles toutes les classes de la société ont concouru, et dont les rois eux-mêmes ont souvent été les premiers agens ou les plus ardents promoteurs. Elle a été, en un mot, la conséquence nécessaire de la marche de la civilisation.

Il ne suffirait donc pas, pour rétablir l'ancien système, de faire rétrograder la société jusqu'à l'époque où la crise actuelle a commencé à se prononcer. Car, en admettant qu'on y parvînt, ce qui est absolument impossible, on aurait seulement replacé le corps social dans la situation qui a nécessité la crise. Il faudrait donc, en remontant les siècles, réparer successivement toutes les pertes que l'ancien système a faites depuis six cents ans, et auprès desquelles ce que lui ont enlevé les trente dernières années, n'est d'aucune importance.

Pour y parvenir, il n'y aurait d'autre moyen que d'anéantir un à un tous les développemens de civilisation qui ont déterminé ces pertes.

Ainsi, par exemple, ce serait vainement qu'on supposerait détruite la philosophie du dix-huitième siècle, cause directe de la chute de l'ancien système, sous le rapport spirituel, si on ne supposait aussi l'abolition de la réforme du seizième, dont la philosophie du siècle dernier n'est que la conséquence et le développement. Mais comme la réforme de Luther n'est, à son tour, que le résultat nécessaire du progrès des sciences d'observations introduites en Europe par les Arabes, on n'aurait encore rien fait pour assurer le rétablissement de l'ancien système, si on ne réussissait aussi à étouffer les sciences positives.

De même, sous le rapport temporel, on serait conduit, de proche en proche, jusqu'à remettre les classes industrielles en état de servage, puisqu'en dernière analyse l'affranchissement des communes est la cause première et générale de la décadence du système féodal. Enfin, pour achever de caractériser une telle entreprise, après avoir vaincu tant de difficultés, dont la moindre, considérée isolément, est au-dessus de tout pouvoir humain, on n'aurait encore obtenu rien autre chose que d'ajourner la chute définitive de l'ancien système, en obligeant la société à en recommencer la destruction, parce qu'on n'aurait pas éteint le principe de civilisation progressive, inhérent à la nature de l'espèce humaine.

Un projet aussi monstrueux, par son étendue comme par son absurdité, n'a pu évidemment être conçu dans son ensemble par aucune tête. Malgré soi, on est de son siècle. Les esprits qui croient lutter le plus contre la marche de la civilisation obéissent, à leur insu, à son irrésistible influence, et concourrent d'eux-mêmes à la seconder.

Aussi, les rois, en même temps qu'ils projettent de reconstruire le système féodal et théologique, tombent-ils dans des contradictions perpétuelles en contribuant par leurs propres actes, soit à rendre plus entière la désorganisation de ce système, soit à accélérer la formation de celui qui doit le remplacer. Les faits de ce genre s'offrent en foule à l'observateur.

Pour n'indiquer ici que les plus remarquables, on voit les rois tenir à honneur d'encourager le perfectionnement et la propagation des sciences et des beaux-arts, et d'exciter le développement de l'industrie; on les voit créer à cet effet de nombreux et utiles établissemens, quoi que ce soit, en dernière analyse, aux progrès des sciences, des beaux-arts et de l'industrie, que doive être rapportée la décadence de l'ancien système.

C'est encore ainsi que, par le traité de la sainte-alliance, les rois ont dégradé autant qu'il était en eux le pouvoir théologique, base principale de l'ancien système, en formant un conseil européen suprême, dans lequel ce pouvoir n'a pas même une voix consultative.

Enfin, la manière dont se partagent aujourd'hui les opinions au sujet de la lutte entreprise par les Grecs, offre un exemple encore plus sensible de cet esprit d'inconséquence. On voit,

dans cette occasion (1), les hommes qui prétendent rendre aux idées théologiques leur an-
tique influence, constater involontairement eux-
mêmes la décadence de ces idées dans leur
propre esprit, en ne craignant pas de prononcer en faveur du mahométisme un vœu qui eût
attiré sur eux l'accusation de sacrilége dans les
temps de splendeur de l'ancien système.

En suivant la série d'observations qui vient
d'être indiquée, chacun peut aisément y ajouter de nouveaux faits qui se multiplient journellement. Les rois ne font, pour ainsi dire, pas
un seul acte, une seule démarche, tendant au
rétablissement de l'ancien système, qui ne soit
aussitôt suivi d'un acte dirigé dans le sens contraire; et souvent la même ordonnance les contient l'un et l'autre.

Cette incohérence radicale est ce qu'il y a de
plus propre à mettre dans tout son jour l'absurdité d'un plan que ne comprennent point
ceux-mêmes qui en suivent l'exécution avec le
plus d'ardeur. Elle montre clairement combien
est complète et irrévocable la ruine de l'ancien

---

(1) Pour sentir toute la portée de ce fait, il faut se rappeler que le Pape lui-même s'est prononcé dans ce sens,
en refusant formellement aux jeunes gens de la noblesse
romaine la permission d'aller au secours des Grecs.

système. Il est inutile d'entrer ici dans de plus grands détails à ce sujet.

La manière dont les peuples ont conçu jusqu'à présent la réorganisation de la société n'est pas moins vicieuse, quoiqu'à d'autres égards, que celle des rois. Seulement leur erreur est plus excusable, puisqu'ils s'égarent dans la recherche du nouveau système vers lequel la marche de la civilisation les entraîne, mais dont la nature n'a pas encore été assez clairement déterminée, tandis que les rois poursuivent une entreprise dont une étude un peu attentive du passé démontre, avec une pleine évidence, l'absurdité totale. En un mot, les rois sont en contradiction avec les faits, et les peuples le sont avec les principes, qu'il est toujours bien plus difficile de ne pas perdre de vue. Mais l'erreur des peuples est beaucoup plus importante à déraciner que celle des rois, parce qu'elle seule forme un obstacle essentiel à la marche de la civilisation, et que d'ailleurs la première donne seule quelque consistance à la seconde.

L'opinion dominante dans l'esprit des peuples sur la manière dont la société doit être réorganisée, a pour trait caractéristique une profonde ignorance des conditions fondamentales que doit remplir un système social quelconque pour avoir une consistance véritable. Elle se réduit à présenter comme principes organiques, les principes critiques qui ont servi à détruire le système féodal et théologique, ou, en d'autres termes, à prendre de simples modifications de ce système pour les bases de celui qu'il faut établir.

Qu'on examine, en effet, avec attention, les doctrines accréditées aujourd'hui parmi les peuples, dans les discours de leurs partisans les plus capables, et dans les écrits qui en offrent l'exposition la plus méthodique; qu'après les avoir considérées en elles-mêmes, on observe historiquement leur formation successive, on les trouvera conçues dans un esprit purement critique, qui ne saurait servir de base à une réorganisation (1).

Le gouvernement qui, dans tout état de choses régulier, est la tête de la société, le guide et l'agent de l'action générale, est systématiquement dépouillé, par ces doctrines, de tout principe d'activité. Privé de toute participation importante à la vie d'ensemble du corps social, il est réduit à un rôle absolument négatif. On regarde même toute l'action du corps social sur ses membres comme devant être strictement

---

(1) Une discussion de cette importance ne peut être qu'esquissée dans cet écrit. Elle recevra plus de développement dans un travail spécial qui sera publié plus tard.

bornée au maintien de la tranquillité publique, ce qui n'a jamais pu être, dans aucune société active, qu'un objet subalterne, dont le développement de la civilisation a même singulièrement atténué l'importance, en rendant l'ordre très-facile à maintenir.

Le gouvernement n'est plus conçu comme le chef de la société, destiné à unir en faisceau et à diriger vers un but commun toutes les activités individuelles. Il est représenté comme un ennemi naturel, campé au milieu du système social, contre lequel la société doit se fortifier par les garanties qu'elles a conquises, en se tenant vis-à-vis de lui dans un état permanent de défiance et d'hostilité défensive prête à éclater au premier symptôme d'attaque.

Si, de l'ensemble, on passe aux détails, le même esprit se présente plus clairement encore. Il suffira ici de le montrer pour les points principaux au spirituel et au temporel.

Le principe de cette doctrine, sous le rapport spirituel, est le dogme de la liberté illimitée de conscience. Examiné dans le même sens qu'il a été primitivement conçu, c'est-à-dire, comme ayant une destination critique, ce dogme n'est autre chose que la traduction d'un grand fait général, la décadence des croyances théologiques.

Résultat de cette décadence, il a, par une réaction nécessaire, puissamment contribué à l'accélérer et à la propager; mais c'est à cela que, par la nature des choses, son influence a été limitée. Il est dans la ligne des progrès de l'esprit humain, tant qu'on se borne à l'envisager comme moyen de lutte contre le système théologique. Il en sort et il perd toute sa valeur aussitôt qu'on veut y voir une des bases de la grande réorganisation sociale, réservée à l'époque actuelle; il devient même alors aussi nuisible qu'il a été utile; car il devient un obstacle à cette réorganisation.

Son essence est, en effet, d'empêcher l'établissement uniforme d'un système quelconque d'idées générales, sans lequel néanmoins il n'y a pas de société, en proclamant la souveraineté de chaque raison individuelle. Car, à quelque degré d'instruction que parvienne jamais la masse des hommes, il est évident que la plupart des idées générales destinées à devenir usuelles ne pourront être admises par eux que de confiance, et non d'après des démonstrations. Ainsi, un tel dogme n'est applicable, par sa nature, qu'aux idées qui doivent disparaître, parce qu'alors elles deviennent indifférentes; et de fait il n'a jamais été appliqué qu'à elles, au moment où elles commençaient à déchoir, et pour hâter leur chute.

L'appliquer au nouveau système comme à l'ancien, et, à plus forte raison, y voir un principe organique, c'est tomber dans la plus étrange contradiction; et si une telle erreur pouvait être durable, la réorganisation de la société serait à tout jamais impossible.

Il n'y a point de liberté de conscience en astronomie, en physique, en chimie, en physiologie, dans ce sens que chacun trouverait absurde de ne pas croire de confiance aux principes établis dans ces sciences par les hommes compétens. S'il en est autrement en politique, c'est parce que les anciens principes étant tombés, et les nouveaux n'étant pas encore formés, il n'y a point, à proprement parler, dans cet intervalle, de principes établis. Mais convertir ce fait passager en dogme absolu et éternel, en faire une maxime fondamentale, c'est évidemment proclamer que la société doit toujours rester sans doctrines générales. On doit convenir qu'un tel dogme mérite, en effet, les reproches d'anarchie qui lui sont adressés par les défenseurs les plus capables du système théologique.

Le dogme de la souveraineté du peuple est celui qui correspond, sous le rapport temporel, au dogme qui vient d'être examiné, et dont il n'est que l'application politique. Il a été créé pour combattre le principe du droit divin, base politique générale de l'ancien système, peu de temps après que le dogme de la liberté de conscience eut été formé pour détruire les idées théologiques sur lesquelles ce principe était fondé.

Ce qui a été dit pour l'un est donc applicable à l'autre. Le dogme anti-féodal, comme le dogme anti-théologique, a accompli sa destination critique, terme naturel de sa carrière. Le premier ne peut pas plus être la base politique de la réorganisation sociale, que le second n'en peut être la base morale. Nés tous deux pour détruire, ils sont également impropres à fonder.

Si l'un, lorsqu'on veut y voir un principe organique, ne présente autre chose que l'infaillibilité individuelle substituée à l'infaillibilité papale, l'autre ne fait de même que remplacer l'arbitraire des rois par l'arbitraire des peuples, ou plutôt par celui des individus. Il tend au démembrement général du corps politique, en conduisant à placer le pouvoir dans les classes les moins civilisées, comme le premier tend à l'entier isolement des esprits, en investissant les hommes les moins éclairés d'un droit de contrôle absolu sur le système d'idées générales arrêté par les esprits supérieurs pour servir de guide à la société.

Il est aisé de transporter à chacune des idées

plus particulières, dont se compose la doctrine des peuples, l'examen qui vient d'être esquissé pour les deux dogmes fondamentaux. On trouvera toujours un résultat semblable. On verra que toutes, comme les deux principales, ne sont autre chose que l'énoncé dogmatique d'un fait historique correspondant, relatif à la décadence du système féodal et théologique. On reconnaîtra de même que toutes ont une destination purement critique, qui fait seule leur valeur et qui les rend absolument inapplicables à la réorganisation de la société.

Ainsi, l'examen approfondi de la doctrine des peuples confirme ce que le coup-d'œil philosophique devait faire prévoir, que des machines de guerre ne sauraient, par une étrange métamorphose, devenir subitement des instrumens de fondation. Cette doctrine, purement critique dans son ensemble et dans ses détails, a eu la plus grande importance pour seconder la marche naturelle de la civilisation, tant que l'action principale a dû être la lutte contre l'ancien système. Mais conçu comme devant présider à la réorganisation sociale, elle est d'une insuffisance absolue. Elle place forcément la société dans un état d'anarchie constituée, au temporel et au spirituel.

Sans doute il était conforme à la faiblesse

humaine que les peuples commençassent par
adopter comme organiques les principes critiques avec lesquels l'application continuelle les
avait familiarisés. Mais là prolongation d'une
telle erreur n'en est pas moins le plus grand
obstacle à la réorganisation de la société.

Après avoir considéré séparément les deux
manières différentes dont les peuples et les rois
conçoivent cette réorganisation, si on les com-
pare l'une à l'autre, on voit que chacune d'elles,
par des vices qui lui sont propres, est également
impuissante à placer la société dans une véritable direction organique, et à prévenir ainsi
pour l'avenir le retour des orages dont la grande
crise qui caractérise l'époque actuelle, a été
jusqu'ici constamment accompagnée. Toutes
deux sont anarchiques au même degré, l'une
par sa nature intime, l'autre par ses conséquences nécessaires.

La seule différence qui existe entre elles à cet
égard, c'est que, dans l'opinion des rois, le
gouvernement se constitue à dessein en opposition directe et continue avec la société; tandis
que dans l'opinion des peuples, c'est la société
qui s'établit systématiquement dans un état permanent d'hostilité contre le gouvernement.

Ces deux opinions opposées et également vicieuses, tendent, par la nature des choses, à se

2

fortifier mutuellement, et, en conséquence, à
alimenter indéfiniment la source des révolutions.

D'un côté, les tentatives des rois pour reconstruire le système féodal et théologique, provo-
quent nécessairement, de la part des peuples,
l'explosion des principes de la doctrine critique dans toute leur redoutable énergie. Il est
même évident que, sans ces tentatives, cette
doctrine aurait déjà perdu sa plus grande activité, comme n'ayant plus d'objet, depuis que
l'adhésion solennelle des rois à son principe
fondamental (le dogme de la liberté de conscience) et à ses principales conséquences, a,
par le fait, hautement constaté la ruine irrévocable de l'ancien système. Mais les efforts pour
ressusciter le droit divin réveillent la souveraineté du peuple et lui rendent de la fraîcheur.

D'un autre côté, par cela même que l'ancien
système est plus que suffisamment modifié pour
permettre de travailler directement à la formation du nouveau, la prépondérance accordée
encore par les peuples aux principes critiques
pousse naturellement les rois à tenter d'étouffer,
par le rétablissement de l'ancien système, une
crise qui, telle qu'elle se présente, semble n'offrir d'autre issue que la dissolution de l'ordre
social. Cette prolongation du règne de la doc-

trine critique, à une époque où il faut à la société une doctrine organique, est même ce qui
seul donne quelque force à l'opinion des rois.
Car, si cette opinion n'est pas, à l'effet, plus
réellement organique que celle des peuples, à
cause de l'impossibilité absolue de se réaliser,
elle l'est du moins en théorie, ce qui lui donne
un rapport incomplet avec les besoins de la société à laquelle il faut absolument un système
quelconque.

Qu'on ajoute à ce tableau exact l'influence
des diverses factions aux projets desquelles un
tel état de choses présente un champ si vaste et
si favorable; qu'on examine leurs efforts, pour
empêcher la question de s'éclaircir, pour dé-
tourner les rois et les peuples de s'entendre et
de reconnaître leurs erreurs mutuelles, on aura
une juste idée de la triste situation dans laquelle
se trouve aujourd'hui la société.

Toutes les considérations précédemment exposées prouvent que le moyen de sortir enfin
de ce déplorable cercle vicieux, source inépuisable de révolutions, ne consiste pas dans le
triomphe de l'opinion des rois, ni dans celui de
l'opinion des peuples, telles qu'elles sont aujour-
d'hui. Il n'y en a pas d'autre que la formation et
l'adoption générale par les peuples et par les
rois de la doctrine organique qui peut seule faire

quitter aux rois la direction rétrograde, et aux peuples la direction critique.

Cette doctrine peut seule terminer la crise, en entraînant la société toute entière dans la route du nouveau système, dont la marche de la civilisation, depuis son origine, a préparé l'établissement, et qu'elle appelle aujourd'hui à remplacer le système féodal et théologique.

Par l'adoption unanime de cette doctrine, ce que les opinions actuelles des peuples et des rois offrent de raisonnable se trouvera satisfait; ce qu'elles renferment de vicieux et de discordant sera élagué. Les justes alarmes des rois sur la dissolution de la société étant dissipées, aucun motif légitime ne les portera plus à s'opposer à l'essor de l'esprit humain. Les peuples, tournant tous leurs vœux vers la formation du nouveau système, ne s'irriteront plus contre le système féodal et théologique, et le laisseront s'éteindre paisiblement suivant le cours naturel des choses.

Après avoir constaté la nécessité de l'adoption d'une nouvelle doctrine vraiment organique, si l'on vient à examiner l'opportunité de son établissement, les considérations suivantes suffisent pour démontrer que le moment est enfin arrivé de commencer immédiatement cette grande opération.

En observant avec précision l'état actuel des nations les plus avancées, il est impossible de n'être point frappé de ce fait singulier et presque contradictoire : quoiqu'il n'existe encore d'autres idées politiques que celles qui se rapportent à la doctrine rétrograde ou à la doctrine critique, aucune des deux, cependant, ne possède plus aujourd'hui, soit chez les rois, soit chez les peuples, une prépondérance véritable ; aucune n'exerce une action assez puissante pour diriger la société. Ces deux doctrines qui, sous le rapport théorique, s'alimentent mutuellement, ainsi que nous l'avons établi ci-dessus, ne sont plus néanmoins réellement employées qu'à se limiter ou plutôt à s'annuller l'une l'autre dans la conduite générale des affaires.

Le grand mouvement politique déterminé depuis trente ans par la mise en activité des idées critiques, leur a fait perdre leur principale influence. D'une part, en portant le dernier coup à l'ancien système, il a fermé leur carrière naturelle ; il a détruit presque entièrement le motif général qui leur avait acquis la faveur populaire. D'une autre part, l'application des opinions nouvelles à la réorganisation de la société, a mis dans une parfaite évidence leur caractère anarchique. Depuis cette expérience décisive, il n'y a plus dans les peuples de véritable passion critique. Par suite, et quelles que soient les apparences, il ne peut plus y avoir de véritable passion rétrograde dans les rois; puisque la décadence du système féodal et théologique et la nécessité d'en sortir sont positivement reconnues par eux.

L'activité réelle, soit dans l'une, soit dans l'autre direction, se trouve maintenant être à la fois en dehors du pouvoir et en dehors de la société. Tous deux se servent, dans la pratique, de l'opinion rétrograde, ou de l'opinion critique, d'une manière essentiellement passive, c'est-à-dire, comme appareil défensif. Chacun d'eux même emploie, tour à tour, l'une et l'autre, et presque au même degré, avec cette seule différence naturelle que, comme moyen de raisonnement, les peuples restent encore attachés à la doctrine critique, parce qu'ils éprouvent plus complètement le besoin d'abandonner l'ancien système; et les rois à la doctrine rétrograde, parce qu'ils sentent plus profondément la nécessité d'un ordre social quelconque.

Cette observation peut être aisément vérifiée et éclaircie par le seul fait de l'existence et du crédit d'une sorte d'opinion bâtarde, qui n'est qu'un mélange des idées rétrogrades et des idées critiques. Il est évident que cette opinion, sans aucune influence à l'origine de la crise, est devenue aujourd'hui dominante, tant parmi les gouvernés que parmi les gouvernans. Les deux partis actifs reconnaissent son empire de la manière la moins équivoque, par la stricte obligation où ils sont maintenant l'un et l'autre d'adopter son langage.

Le succès d'une telle opinion constate clairement deux faits très-essentiels à la connaissance exacte de l'époque actuelle. Il prouve d'abord, que l'insuffisance de la doctrine critique pour correspondre aux grands besoins actuels de la société, est aussi profondément et aussi universellement sentie, que l'incompatibilité du système théologique et féodal avec l'état présent de la civilisation. En second lieu, il garantit que ni l'opinion critique, ni l'opinion rétrograde, ne peuvent plus obtenir d'ascendant réel. Car, lorsque l'une d'elles paraît sur le point d'acquérir la prépondérance, la disposition générale des esprits devient aussitôt favorable à l'autre; jusqu'à ce que celle-ci, trompée par cette approbation apparente, ait repris assez d'activité pour donner lieu aux mêmes alarmes, et, par suite, éprouver, à son tour, le même désappointement (1). Ces oscillations succes-

_____

(1) Le mérite de l'opinion intermédiaire, ou plutôt con-

sives s'effectuent tantôt dans un sens, tantôt dans l'autre, suivant que la marche naturelle

---

tradictoire, consiste précisément à servir d'organe à cette disposition. Il est, du reste, évident que, par sa nature, elle est frappée de nullité organique, puisqu'elle n'a rien qui lui soit propre, et qu'elle ne se compose que de maximes opposées, qui s'annullent réciproquement. Elle ne peut aboutir, comme l'expérience l'a déjà suffisamment confirmé, qu'à faire osciller la marche des affaires entre la tendance critique et la tendance rétrograde, sans lui imprimer jamais aucun caractère déterminé. Cette conduite indécise est certainement indispensable dans la situation politique actuelle, et jusqu'à l'établissement d'une doctrine vraiment organique, pour prévenir les violents désordres auxquels la société serait exposée par la prépondérance du parti rétrograde ou du parti critique. En ce sens, tous les hommes sensés doivent s'empresser de la seconder. Mais si une telle politique rend moins orageuse l'époque révolutionnaire, il n'est pas moins incontestable qu'elle tend directement à en prolonger la durée. Car, une opinion qui érige l'inconséquence en système, et qui conduit à empêcher soigneusement l'extinction totale des deux doctrines extrêmes, afin de pouvoir toujours les opposer l'une à l'autre, met nécessairement obstacle à ce que le corps social parvienne jamais à un état fixe. En un mot, cette politique est raisonnable et utile aujourdhui, en tant que simplement provisoire; mais elle devient absurde et dangereuse si on veut la regarder comme définitive.

Tels sont les motifs pour lesquels nous n'avons fait ci-dessus aucune mention de cette manière de voir dans l'examen des opinions existantes sur la réorganisation sociale.

des événemens manifeste spécialement, ou l'absurdité de l'ancien système, ou le danger de
l'anarchie. Tel est, en ce moment, le mécanisme
de la politique pratique, et tel il sera inévitablement tant que les idées ne seront pas fixées
sur la manière de réorganiser la société ; tant
qu'il n'aura pas été produit une opinion capable
de remplir à la fois ces deux grandes conditions
que prescrit notre époque, et qui, jusqu'à présent, ont paru contradictoires, l'abandon de
l'ancien système, et l'établissement d'un ordre
régulier et stable.

Cette annullation réciproque des deux doctrines opposées, sensible même dans les opinions, est surtout incontestable dans les actes.
Qu'on examine, en effet, tous les événemens de
quelque importance, qui se sont développés
depuis dix ans, soit avec la tendance critique,
soit avec la tendance rétrograde, on trouvera
que jamais ils n'ont fait faire aucun progrès réel
au système correspondant, et que le résultat en
a toujours été uniquement d'empêcher la prépondérance du système opposé.

Ainsi, en résumé, non-seulement ni l'opinion des rois, ni l'opinion des peuples ne peuvent aucunement satisfaire le besoin fondamental de réorganisation qui caractérise l'époque
actuelle : ce qui établit la nécessité d'une nou-

velle doctrine générale; mais le triomphe de l'une et de l'autre opinion est aujourd'hui également impossible; et même ni l'une ni l'autre ne peuvent plus avoir de véritable activité : d'où il résulte que les esprits sont suffisamment préparés pour recevoir la doctrine organique.

La destination de la société parvenue à sa maturité, n'est point d'habiter à tout jamais la vieille et chétive masure qu'elle bâtit dans son enfance, comme le pensent les rois; ni de vivre éternellement sans abri après l'avoir quittée, comme le pensent les peuples; mais, à l'aide de l'expérience qu'elle a acquise, de se construire, avec tous les matériaux qu'elle a amassés, l'édifice le mieux approprié à ses besoins et à ses jouissances. Telle est la grande et noble entreprise réservée à la génération actuelle.

EXPOSÉ GÉNÉRAL.

L'esprit dans lequel la réorganisation de la société a été conçue jusqu'à présent par les peuples et par les rois étant démontré vicieux, on doit nécessairement en conclure que les uns et les autres ont mal procédé à la formation du plan de réorganisation ; c'est la seule explication possible d'un fait semblable ; mais il importe d'établir cette assertion d'une manière directe, spéciale et précise.

L'insuffisance de l'opinion des rois et de celle des peuples a prouvé le besoin d'une nouvelle doctrine vraiment organique, seule capable de terminer la crise terrible qui tourmente la société. De même, l'examen de la manière de procéder qui a conduit, de part et d'autre, à ces résultats imparfaits, montrera quelle marche doit être adoptée pour la formation et pour l'établissement de la nouvelle doctrine, quelles sont les forces sociales appelées à diriger ce grand travail.

Le vice général de la marche suivie par les peuples et par les rois, dans la recherche du plan de réorganisation, consiste en ce que les uns et les autres se sont fait jusqu'ici une idée extrêmement fausse de la nature d'un tel travail, et, par suite, ont confié cette importante mission à des hommes nécessairement incompétents. Telle est la cause première des aberrations fondamentales constatées dans le chapitre précédent.

Quoique cette cause soit tout aussi réelle pour les rois que pour les peuples, il est inutile néanmoins de la considérer spécialement par rapport aux premiers; car, les rois n'ayant rien inventé, et s'étant bornés à reproduire pour le nouvel état social la doctrine de l'ancien, leur impuissance à concevoir une véritable réorganisation a été par cela seul suffisamment constatée. D'un autre côté, par le même motif, leur marche, quoiqu'aussi absurde dans son principe que celle des peuples, a dû naturellement être plus méthodique, comme étant toute tracée d'avance dans le plus grand détail. Les peuples seuls ayant produit une sorte de doctrine nouvelle, c'est leur manière de procéder qu'il faut principalement examiner, afin d'y découvrir la source des vices de cette doctrine. Il sera d'ailleurs facile à chacun de transporter ensuite aux rois, avec les modifications convenables, les observations générales faites à l'égard des peuples.

La multiplicité des prétendues constitutions enfantées par les peuples depuis le commencement de la crise, et l'excessive minutie de rédaction qui se rencontre plus ou moins dans toutes, suffiraient seules pour montrer avec une pleine évidence à tout esprit capable d'en juger, combien la nature et la difficulté de la formation d'un plan de réorganisation ont été méconnues jusqu'à présent. Ce sera un profond sujet d'étonnement pour nos neveux, lorsque la société sera vraiment réorganisée, que la production, dans un intervalle de trente ans, de dix constitutions, toujours proclamées, l'une après l'autre, éternelles et irrévocables, et dont plusieurs contiennent plus de deux cents articles très-détaillés, sans compter les lois organiques qui s'y rattachent. Un tel verbiage serait la honte de l'esprit humain en politique, si, dans le progrès naturel des idées, il n'était pas une transition inévitable vers la vraie doctrine finale.

Ce n'est point ainsi que marche ni que peut marcher la société. La prétention de construire, d'un seul jet, en quelques mois, ou même en quelques années, toute l'économie d'un système social dans son développement intégral et définitif, est une chimère extravagante absolument incompatible avec la faiblesse de l'esprit humain.

Qu'on observe, en effet, la manière dont il procède dans des cas analogues, mais infiniment plus simples. Quand une science quelconque se reconstitue d'après une théorie nouvelle, déjà suffisamment préparée, le principe général se produit, se discute et s'établit d'abord; c'est ensuite par un long enchaînement de travaux qu'on parvient à former, pour toutes les parties de la science, une coordination que personne, à l'origine, n'aurait été en état de concevoir, pas même l'inventeur du principe. C'est ainsi, par exemple, qu'après que Newton a eu découvert la loi de la gravitation universelle, il a fallu près d'un siècle de travaux très-difficiles, de la part de tous les géomètres de l'Europe, pour donner à l'astronomie physique la constitution qui devait résulter de cette loi. Dans les arts, il en est de même. Pour n'en citer qu'un seul exemple, lorsque la force élastique de la vapeur d'eau a été conçue comme un nouveau moteur applicable aux machines, il a fallu également près d'un siècle pour développer la série de réformes industrielles, qui étaient les conséquences les plus directes de cette découverte. Si telle est évidemment la marche nécessaire et invariable de l'esprit humain dans des révolutions, qui, malgré leur importance et leur difficulté, ne sont cependant que particulières, combien doit paraître frivole la marche présomptueuse qui a été suivie jusqu'à présent dans la révolution la plus générale, la plus impor-

tante et la plus difficile de toutes : celle qui a
pour objet la refonte complète du système social !

De ces comparaisons indirectes, mais décisives, qu'on passe aux comparaisons directes,
le résultat sera le même. Qu'on étudie la fondation du système féodal et théologique, révolution absolument de même nature que celle
de l'époque actuelle. Bien loin que la constitution de ce système ait été produite d'un seul
jet, elle n'a pris sa forme propre et définitive
qu'au onzième siècle, c'est-à-dire, plus de cinq
siècles après le triomphe général de la doctrine
chrétienne dans l'Europe occidentale, et l'établissement complet des peuples du Nord dans
l'empire d'Occident. Il serait impossible de concevoir qu'aucun homme de génie, au cinquième
siècle, eût été en état de tracer d'une manière
un peu détaillée le plan de cette constitution ;
quoique le principe fondamental, dont elle n'a
été que le développement nécessaire, fût dès-lors
solidement établi, tant sous le rapport temporel, que sous le rapport spirituel. Sans doute,
à cause du progrès des lumières et de l'essence plus naturelle et plus simple du système à
établir aujourd'hui, l'organisation totale de ce
système doit se faire avec beaucoup plus de rapidité. Mais, comme la marche de la société est

nécessairement toujours la même au fond, avec plus ou moins de vitesse, parce qu'elle tient à la nature permanente de la constitution humaine, cette grande expérience n'en prouve pas moins qu'il est absurde de vouloir improviser, jusque dans le plus mince détail, le plan total de la réorganisation sociale.

Si cette conclusion avait besoin d'être confirmée, elle le serait en observant la manière dont s'est elle-même établie la doctrine critique adoptée par les peuples. Cette doctrine n'est évidemment que le développement général et l'application complète du droit individuel d'examen posé en principe par le protestantisme. Or, il a fallu près de deux siècles, après l'établissement de ce principe, pour que toutes les conséquences importantes en aient été déduites, et que la théorie se soit formée. Il est incontestable que la résistance du système féodal et théologique a beaucoup influé sur la lenteur de cette marche; mais il n'est pas moins évident qu'elle n'a pu en être la seule cause, et que cette lenteur a tenu, en grande partie, à la nature même du travail. Or, ce qui est vrai d'une doctrine purement critique, doit l'être, à bien plus forte raison, de la doctrine réellement organique.

Il faut donc conclure de cette première classe

de considérations que les peuples n'ont pas compris jusqu'à présent le grand travail de la réorganisation sociale.

En cherchant à préciser en quoi la nature de ce travail a été méconnue, on trouve que c'est pour avoir regardé comme purement pratique une entreprise essentiellement théorique.

La formation d'un plan quelconque d'organisation sociale se compose nécessairement de deux séries de travaux, totalement distinctes par leur objet, ainsi que par le genre de capacité qu'elles exigent. L'une, théorique ou spirituelle, a pour but le développement de l'idée-mère du plan, c'est-à-dire, du nouveau principe suivant lequel les relations sociales doivent être coordonnées, et la formation du système d'idées générales, destiné à servir de guide à la société. L'autre, pratique ou temporelle, détermine le mode de répartition du pouvoir et l'ensemble d'institutions administratives les plus conformes à l'esprit du système, tel qu'il a été arrêté par les travaux théoriques. La seconde série étant fondée sur la première, dont elle n'est que la conséquence et la réalisation, c'est par celle-ci que, de toute nécessité, le travail général doit commencer. Elle en est l'âme, la partie la plus importante et la plus difficile, quoique seulement préliminaire.

C'est pour n'avoir pas adopté cette division fondamentale, ou, en d'autres termes, pour avoir exclusivement fixé leur attention sur la partie pratique, que les peuples ont été naturellement conduits à concevoir la réorganisation sociale d'après la doctrine vicieuse examinée dans le chapitre précédent. Toutes leurs erreurs sont la conséquence de cette grande déviation primitive. On peut aisément établir cette filiation.

En premier lieu, il est résulté de cette infraction à la loi naturelle de l'esprit humain, que les peuples, tout en croyant construire un nouveau système social, sont restés enfermés dans l'ancien système. Cela était inévitable, puisque le but et l'esprit du nouveau système n'étaient pas déterminés. Il en sera toujours ainsi jusqu'à ce que cette condition indispensable ait été préalablement remplie.

Un système quelconque de société, qu'il soit fait pour une poignée d'hommes ou pour plusieurs millions, a pour objet définitif de diriger vers un but général d'activité toutes les forces particulières. Car, il n'y a *société* que là où s'exerce une action générale et combinée. Dans toute autre hypothèse, il y a seulement agglomération d'un certain nombre d'individus sur un même sol. C'est là ce qui distingue la société

humaine de celle des autres animaux qui vivent
en troupes.

Il suit de cette considération, que la détermination nette et précise du but d'activité est la
première condition et la plus importante d'un
véritable ordre social, puisqu'elle fixe le sens
dans lequel tout le système doit être conçu.

D'un autre côté, il n'y a que deux buts d'activité possibles pour une société, quelque nombreuse qu'elle soit, comme pour un individu
isolé. Ce sont l'action violente sur le reste de
l'espèce humaine, ou la conquête, et l'action
sur la nature pour la modifier à l'avantage de
l'homme, ou la production. Toute société qui
ne serait pas nettement organisée pour l'un ou
pour l'autre de ces buts, ne serait qu'une association bâtarde et sans caractère. Le but militaire était celui de l'ancien système, le but industriel est celui du nouveau.

Le premier pas à faire dans la réorganisation
sociale était donc la proclamation de ce nouveau but. Faute de l'avoir fait, on n'est point
encore sorti de l'ancien système, lors même qu'on
a cru s'en écarter le plus. Or, il est clair que
cette étrange lacune de nos prétendues constitutions, a tenu à ce qu'on a voulu organiser en
détail, avant que l'ensemble du système eût été
conçu. En d'autres termes, elle est résultée de

ce qu'on s'est porté exclusivement vers la partie réglementaire de la réorganisation, sans que la partie théorique eût été arrêtée, et sans qu'on eût même pensé à l'établir.

Par une conséquence nécessaire de cette erreur première, on a pris pour un changement total de l'ancien système de pures modifications. Le fond est essentiellement resté intact; toutes les altérations n'ont porté que sur la forme. On s'est uniquement occupé de fractionner les anciens pouvoirs, et d'en opposer entre elles les différentes branches. Les discussions dirigées vers cet objet ont été regardées et le sont encore comme le sublime de la politique, dont elles ne forment qu'un détail très-subalterne. La direction de la société, la nature des pouvoirs, ont été conçues comme toujours les mêmes.

Il est, en outre, essentiel de remarquer que les discussions sur la division des pouvoirs, les seules dont on se soit occupé, ont été, par une autre conséquence de la déviation primitive, aussi superficielles que possible. Car, on a perdu de vue la grande division en pouvoir spirituel et pouvoir temporel, le principal perfectionnement que l'ancien système ait introduit dans la politique générale. L'attention s'étant dirigée toute entière vers la partie pratique de la réorganisation sociale, on a été naturellement conduit à cette monstruosité d'une constitution sans pouvoir spirituel, qui, si elle pouvait être durable, serait une véritable et immense rétrogradation vers la barbarie. Tout n'a porté que sur le temporel. On n'a vu que la division en pouvoir législatif et pouvoir exécutif, qui n'est évidemment qu'une sous-division.

C'est pour diriger leur esprit dans les modifications du système féodal et théologique, que les peuples ont été nécessairement entraînés à concevoir comme organiques les principes critiques qui avaient servi à lutter contre l'ancien système, depuis l'époque où sa décadence était devenue sensible, et qui, par cela même, étaient destinés à le modifier. Il ne faut pas négliger d'observer à ce sujet, que, tout en méconnaissant dans le travail général de la réorganisation, la division en série théorique et série pratique, les peuples ont involontairement constaté la nécessité de cette loi dictée par l'impérieuse nature des choses, en y obéissant eux-mêmes dans leurs entreprises de modification de l'ancien système.

Tel est l'enchaînement rigoureux de conséquences, dérivé de l'erreur fondamentale, d'avoir considéré comme purement pratique l'œuvre essentiellement théorique de la réorganisation sociale. C'est ainsi que les peuples en sont venus graduellement à envisager comme un véritable système social nouveau, produit de la civilisation perfectionnée, ce qui n'est que l'ancien système dépouillé par la doctrine critique de tout ce qui constituait sa vigueur, et réduit au misérable état d'un squelette décharné. Telle est la véritable génération des erreurs capitales signalées dans le chapitre précédent.

Comme le besoin d'une vraie réorganisation se fait toujours sentir, ce qui aura lieu inévitablement jusqu'à ce qu'il ait été satisfait, les esprits des peuples s'agitent, ils s'épuisent à chercher de nouvelles combinaisons. Mais retenus par une destinée inflexible dans le cercle étroit où leur marche vicieuse les a primitivement placés, et dont la civilisation les pousse vainement à sortir, c'est dans de nouvelles modifications de l'ancien système, c'est-à-dire, dans des applications encore plus entières de la doctrine critique, qu'ils croient trouver le terme de leurs efforts. Ainsi, de modification en modification, c'est-à-dire, en détruisant de plus en plus le système féodal et théologique, sans jamais le remplacer, les peuples marchent à grands pas vers une complète anarchie, seule issue naturelle d'une route semblable.

Une telle conclusion prouve évidemment la nécessité urgente et inévitable d'adopter pour le grand travail de la réorganisation sociale la marche si clairement dictée par la nature de l'esprit humain. C'est le seul moyen d'échapper aux désastreuses conséquences dont les peuples sont menacés pour avoir suivi une marche différente.

Comme cette assertion est fondamentale, puisqu'elle détermine la véritable direction des grands travaux politiques qui doivent être entrepris aujourd'hui, on ne saurait l'environner de trop de lumière. Il est donc utile de rappeler sommairement les considérations philosophiques directes sur lesquelles elle est fondée, quoiqu'on pût la regarder comme suffisamment démontrée par l'examen qui vient d'être esquissé de la marche vicieuse suivie jusqu'à présent par les peuples.

Il est peu honorable pour la raison humaine qu'on soit obligé de prouver méthodiquement, quant à l'entreprise la plus générale et la plus difficile, la nécessité d'une division qui est aujourd'hui universellement reconnue comme indispensable dans les cas les moins compliqués. On admet comme une vérité élémentaire, que l'exploitation d'une manufacture quelconque, la construction d'une route, d'un pont, la navigation d'un vaisseau, etc., doivent être dirigées par des connaissances théoriques préliminaires, et on veut que la réorganisation de

la société soit une affaire de pure pratique à
confier à des routiniers!

Toute opération humaine complète, depuis
la plus simple jusqu'à la plus compliquée, exécutée par un seul individu ou par un nombre
quelconque, se compose inévitablement de
deux parties, ou, en d'autres termes, donne
lieu à deux sortes de considérations, l'une
théorique, l'autre pratique : l'une de conception, l'autre d'exécution. La première, de
toute nécessité, précède la seconde, qu'elle est
destinée à diriger. En d'autres termes, il n'y a
jamais d'action sans spéculation préliminaire.
Dans l'opération qui semble la plus purement
routinière, cette analyse peut être observée ; il
n'y a de différence qu'en ce que la théorie est
bien ou mal conçue. L'homme qui prétend, sur
quelque point que ce soit, ne pas laisser diriger
son esprit par des théories, se borne, comme on
sait, à ne pas admettre les progrès théoriques
faits par ses contemporains, en conservant des
théories devenues surannées long-temps après
qu'elles ont été remplacées. Ainsi, par exemple,
ceux qui affectent fièrement de ne pas croire à la
médecine, se livrent d'ordinaire, avec une stu-
pide avidité, au charlatanisme le plus grossier.

Dans la première enfance de l'esprit humain,
les travaux théoriques et les travaux pratiques
sont exécutés par le même individu pour toutes

les opérations; ce qui n'empêche pas que, même alors, leur distinction, quoique moins saillante, ne soit très-réelle. Bientôt ces deux ordres de travaux commencent à se séparer, comme exigeant des capacités et des cultures différentes, et, en quelque sorte, opposées. A mesure que l'intelligence collective et individuelle de l'espèce humaine se développe, cette division se prononce et se généralise toujours davantage, et elle devient la source de nouveaux progrès. On peut vraiment mesurer, sous le rapport philosophique, le degré de civilisation d'un peuple par le degré auquel la division de la théorie et de la pratique se trouve poussée, combiné avec le degré d'harmonie qui existe entre elles. Car, le grand moyen de civilisation est la séparation des travaux et la combinaison des efforts.

Par l'établissement définitif du christianisme, la division de la théorie et de la pratique fut constituée d'une manière régulière et complète pour les actes généraux de la société, comme elle l'était déjà pour toutes les opérations particulières. Elle fut vivifiée et consolidée par la création d'un pouvoir spirituel, distinct et indépendant du pouvoir temporel, et qui avait avec lui les rapports naturels d'une autorité théorique à une autorité pratique, modifiés d'après le ca-

ractère spécial de l'ancien système. Cette grande
et belle conception a été la cause principale de
la vigueur et de la consistance admirables qui
distinguèrent le système féodal et théologique
dans ses temps de splendeur. La chute inévitable de ce système a fait momentanément perdre de vue cette importante division. La philosophie superficielle et critique du siècle dernier en a méconnu la valeur. Mais il est évident qu'elle doit être précieusement conservée,
avec toutes les autres conquêtes que l'esprit humain a faites sous l'influence de l'ancien système, et qui ne sauraient périr avec lui. Elle
doit figurer en première ligne entre des pouvoirs
spirituel et temporel d'une autre nature, dans
le système à établir aujourd'hui. Sans doute,
la société ne saurait être moins complètement
organisée au dix-neuvième siècle qu'elle ne
l'était au onzième (1).

S'il faut reconnaître la nécessité de la division en travaux théoriques et travaux pratiques
pour les opérations politiques journalières et
communes, à combien plus forte raison cette
division, principalement motivée sur la faiblesse
de l'esprit humain, n'est-elle pas indispensa-

(1) Cette grande question de la division du pouvoir
spirituel et du pouvoir temporel sera plus tard l'objet d'un
travail spécial.

ble dans la vaste opération de la réorganisation totale de la société? C'est la première condition pour traiter cette grande question de la seule manière proportionnée à son importance.

Ce qu'indique l'observation philosophique est confirmé par l'expérience directe. Aucune innovation importante n'a jamais été introduite dans l'ordre social, sans que les travaux relatifs à sa conception n'aient précédé ceux dont l'objet immédiat était sa mise en action, et ne leur aient servi tout à la fois de guide et d'appui. L'histoire présente à cet égard deux expériences décisives.

La première se rapporte à la formation du système théologique et féodal, événement qui doit être aujourd'hui pour nous une source inépuisable d'instruction. L'ensemble d'institutions par lequel ce système s'est constitué complètement au onzième siècle, avait été évidemment préparé par les travaux théoriques faits dans les siècles précédents sur l'esprit de ce système, et qui datent de l'élaboration du christianisme par l'école d'Alexandrie. L'établissement du pouvoir pontifical, comme autorité européenne suprême, était la suite nécessaire de ce développement antérieur de la doctrine chrétienne. L'institution générale de la féodalité, fondée sur la réciprocité d'obéissance à protection du faible au fort, n'était également que l'application de cette doctrine au réglement des relations sociales dans l'état de civilisation d'alors. Qui ne voit que l'une et l'autre fondation n'auraient pu avoir lieu sans le développement préliminaire de la théorie chrétienne ?

La seconde expérience, encore plus palpable parce qu'elle est presque sous nos yeux, porte sur la marche même des modifications apportées par les peuples à l'ancien système depuis le commencement de la crise actuelle. Il est clair qu'elles ont été entièrement fondées sur le développement et l'arrangement systématiques donnés par la philosophie du dix-huitième siècle aux principes critiques. Ces travaux, quoique d'un genre de théorie subalterne, en tant que critiques, avaient si bien le caractère théorique, ils étaient si distincts des travaux pratiques subséquents, que pas un des hommes qui y ont concouru ne se figurait d'une manière un peu nette et étendue les modifications qu'ils devaient produire dans la génération suivante. Cette réflexion doit avoir frappé quiconque a comparé attentivement leurs ouvrages avec les modifications pratiques qui leur ont succédé ; et néanmoins que, dans les écrits et dans les discours des hommes les plus capables parmi ceux qui ont conduit les travaux de nos prétendues constitutions, l'on essaie de supprimer les idées empruntées directement aux philosophes du dix - huitième siècle, on verra ce qu'il y restera.

En examinant sous le point de vue historique la question qui nous occupe, elle peut être aisément décidée par les considérations suivantes que nous nous bornerons à indiquer ici, devant les développer dans la seconde partie de ce volume.

La société est aujourd'hui désorganisée, et sous le rapport spirituel et sous le rapport temporel. L'anarchie spirituelle a précédé et engendré l'anarchie temporelle. Aujourd'hui même le malaise social dépend beaucoup plus de la première cause que de la seconde. D'un autre côté, l'étude attentive de la marche de la civilisation prouve que la réorganisation spirituelle de la société est maintenant plus préparée que sa réorganisation temporelle. Ainsi, la première série d'efforts directs pour terminer l'époque révolutionnaire, doit avoir pour objet de réorganiser le pouvoir spirituel; tandis que, jusqu'à présent, l'attention ne s'est jamais fixée que sur la refonte du pouvoir temporel.

Il faut évidemment conclure, de toutes les considérations précédentes, l'absolue nécessité de séparer les travaux théoriques de la réorga-

nisation sociale prescrite à l'époque actuelle,
d'avec les travaux pratiques; c'est-à-dire, de
concevoir et d'exécuter ceux qui se rapportent
à l'esprit du nouvel ordre social, au système
d'idées générales qui doit lui correspondre, isolément de ceux qui ont pour objet le système
de relations sociales et le mode administratif
qui doivent en résulter. Il ne peut être fait rien
d'essentiel et de solide, quant à la partie pratique, tant que la partie théorique n'est pas établie, ou, du moins, très-avancée. Procéder autrement, ce serait construire sans bases, faire
passer la forme avant le fonds; ce serait, en un
mot, prolonger l'erreur fondamentale commise
par les peuples, qui vient d'être présentée comme
la source première de toutes leurs aberrations,
l'obstacle qu'il faut détruire avant tout pour que
leur vœu de voir la société réorganisée d'une
manière proportionnée à l'état présent des lumières puisse être enfin réalisé.

Ayant établi la nature des travaux préliminaires qui doivent être exécutés pour que l'organisation du nouveau système social soit fondée
sur des bases solides, il est facile de déterminer
quelles sont les forces sociales destinées à remplir cette importante mission. C'est ce qui reste
à préciser, avant d'exposer le plan des travaux
à effectuer.

Puisqu'il est maintenant démontré que la manière dont les peuples ont procédé jusqu'ici à la
formation du plan de réorganisation, est radicalement vicieuse, il serait sans doute superflu
d'insister beaucoup pour faire sentir que les
hommes auxquels ce grand travail a été confié,
étaient absolument incompétents. Il est clair, en
effet, que l'un est la conséquence inévitable de
l'autre. Les peuples ayant méconnu la nature du
travail, ils ne pouvaient point ne pas se tromper
dans le choix des hommes appelés à l'exécuter.
Par cela même que ces hommes ont été propres
à ce travail, tel que les peuples le concevaient,
ils ne peuvent pas être capables de le diriger à
la manière dont il doit être conçu. L'incapacité
de ces mandataires, ou plutôt leur incompé-
tence, a donc été ce qu'elle devait être; car, nul
n'est propre à deux choses absolument opposées.

C'est principalement la classe des légistes qui
a fourni les hommes appelés à diriger les travaux
des prétendues constitutions établies par les
peuples depuis trente ans. La nature des choses
les a investis nécessairement de cette fonction,
à la manière dont elle a été conçue jusqu'ici.

En effet, comme il ne s'est agi jusqu'à présent
pour les peuples que de modifier l'ancien système, et que les principes critiques destinés à di-

riger ces modifications étaient pleinement établis, l'éloquence a dû être la faculté spécialement
mise en jeu dans ce travail, et c'est surtout par
les légistes que cette faculté est habituellement
cultivée. Quoiqu'elle ne soit que subalterne,
puisqu'elle se propose uniquement de faire
triompher telle opinion donnée sans participer
à sa formation et à son examen, elle est par cela
même éminemment propre à la propagation.
Ce ne sont pas les légistes qui ont combiné les
principes de la doctrine critique, ce sont les
métaphysiciens qui, du reste, forment, sous
le rapport spirituel, la classe correspondante a
celle des légistes sous le rapport temporel. Mais
c'est par les légistes que ces principes ont été
répandus. C'est par eux que la scène politique a
été principalement occupée pendant toute la
durée de la lutte immédiate contre le système
féodal et théologique. C'était donc à eux que devait échoir naturellement la direction des modifications à introduire dans ce système d'après la
doctrine critique, qu'eux seuls étaient bien habitués à manier.

Il ne saurait évidemment en être de même
pour les travaux vraiment organiques dont la
nécessité vient d'être démontrée. Ce n'est plus
l'éloquence, c'est-à-dire, la faculté de persuasion, qui doit être spécialement en activité, c'est

le raisonnement, c'est-à-dire, la faculté d'examen et de coordination. Par cela même que
les légistes sont généralement les hommes les
plus capables sous le premier rapport, ils sont
les plus incapables sous le second. Faisant profession de chercher des moyens pour persuader
une opinion quelconque, plus ils acquièrent,
par l'exercice, d'habileté dans ce genre de travail, plus ils deviennent impropres à coordonner une théorie d'après ses véritables principes.

Ce n'est donc point d'une vaine question
d'amour-propre qu'il s'agit ici, tout se réduit au
rapport nécessaire et exclusif qui existe entre
chaque espèce de capacité et chaque nature de
travail. Les légistes ont dirigé la formation du
plan de réorganisation quand elle était conçue
dans un esprit absolument vicieux. Ils ont fait
ce qu'ils devaient faire. Appelés pour modifier,
pour critiquer, ils ont modifié, critiqué. Il serait injuste de leur reprocher les défauts d'une
direction qu'ils n'ont pas choisie, et qu'il ne leur
appartient pas de rectifier. Leur influence a été
utile et même indispensable, tant que cette direction l'a elle-même été. Mais il faut, en même
temps, reconnaître que cette influence doit cesser quand une direction toute opposée doit pré-
valoir. Il est sans doute très-absurde de préten-

dre opérer la réorganisation de la société, en
la concevant comme une affaire purement pratique, et sans qu'aucun des travaux théoriques
nécessaires soit préalablement exécuté. Mais une
absurdité plus grande encore, ce serait la singulière espérance de voir effectuer une vraie réorganisation par une assemblée d'orateurs, étrangers à toute idée théorique positive, et choisis,
sans aucune condition déterminée de capacité,
par des hommes qui, pour la plupart, sont encore plus incompétents (1).

(1) Nous sommes très éloignés de conclure, des considérations précédentes, que la classe des légistes ne doive plus
avoir aujourd'hui d'activité politique. Nous avons seulement voulu établir que son action doit changer de caractère.

D'après les raisonnemens que nous venons d'exposer,
l'état présent de la société exige que la suprême direction
des esprits cesse d'appartenir aux légistes ; mais ils n'en sont
pas moins appelés par leur nature, à seconder, sous des rapports très-importants, la nouvelle direction générale qui sera
imprimée par d'autres. D'abord, à raison de leurs moyens de
persuasion, et de l'habitude qu'ils ont encore, plus qu'aucune
autre classe, de se placer aux points de vue politiques, ils
doivent concourir puissamment à l'adoption de la doctrine
organique. En second lieu, les légistes, et surtout ceux
d'entre eux qui ont fait une étude approfondie du droit positif, possèdent exclusivement la capacité réglementaire,

La nature des travaux à exécuter indique d'elle-
même, le plus clairement possible, à quelle
classe il appartient de les entreprendre. Ces
travaux étant théoriques, il est clair que les
hommes qui font profession de former des combinaisons théoriques suivies méthodiquement,
c'est-à-dire, les savans occupés de l'étude des
sciences d'observation, sont les seuls dont le
genre de capacité et de culture intellectuelle
remplissent les conditions nécessaires. Il serait
évidemment monstrueux que lorsque le besoin
le plus urgent de la société donne lieu à un travail général du premier ordre d'importance et de
difficulté, ce travail ne fût pas dirigé par les plus
grandes forces intellectuelles existantes; par
celles dont la manière de procéder est universellement reconnue pour la meilleure. Sans doute
il se trouve dans les autres portions de la société
des hommes d'une capacité théorique égale et
même supérieure à celle du plus grand nombre
des savans, car la classification réelle des individus est loin d'être conforme en tout à la clas-

_____

qui est une des grandes capacités nécessaires à la formation
du nouveau système social, et qui sera mise en jeu aussitôt
que la partie purement spirituelle du travail général de
réorganisation sera terminée, ou même suffisamment
avancée.

sification naturelle ou physiologique. Mais dans
un travail aussi essentiel, ce sont les classes
qu'il faut considérer, et non les individus. D'ailleurs, pour ceux-ci même, l'éducation, c'est-à-
dire, le système d'habitudes intellectuelles, qui
résulte de l'étude des sciences d'observation, est
la seule qui puisse développer d'une manière
convenable leur capacité théorique naturelle.
En un mot, toutes les fois que, dans une direction particulière quelconque, la société a besoin
de travaux théoriques, il est reconnu que c'est
à la classe de savans correspondante qu'elle doit
s'adresser : c'est donc l'ensemble du corps scientifique qui est appelé à diriger les travaux théoriques généraux dont la nécessité vient d'être
constatée (1).

(1) Nous comprenons ici au nombre des savans, conformément à l'usage ordinaire, les hommes qui, sans consacrer leur vie à la culture spéciale d'aucune science d'observation, possèdent la capacité scientifique, et ont fait de
l'ensemble des connaissances positives une étude assez
approfondie pour s'être pénétrés de leur esprit, et s'être
familiarisés avec les principales lois des phénomènes naturels.

C'est, sans doute, à cette classe de savans, trop peu
nombreuse encore, qu'est réservée l'activité essentielle dans
la formation de la nouvelle doctrine sociale. Les autres savans sont trop absorbés par leurs occupations particulières,

Du reste, la nature des choses, convenablement interrogée, prévient à cet égard toute di-
vagation; car elle interdit absolument la liberté
du choix, en montrant, sous plusieurs points
de vue distincts, la classe des savans comme la
seule propre à exécuter le travail théorique de la
réorganisation sociale.

Dans le système à constituer, le pouvoir spirituel sera entre les mains des savans, et le pouvoir temporel appartiendra aux chefs des tra-

---

et même trop affectés encore de certaines habitudes intellectuelles vicieuses, qui résultent aujourd'hui de cette spé-
cialité, pour qu'ils puissent être vraiment actifs dans l'établissement de la science politique. Mais ils n'en rempliront
pas moins, dans cette grande fondation, une fonction très-
importante, quoique passive, celle de juges naturels des
travaux. Les résultats obtenus par les hommes qui suivront
la nouvelle direction philosophique, n'auront de valeur et
d'influence, qu'autant qu'ils seront adoptés par les savans
spéciaux, comme ayant le même caractère que leurs travaux habituels.

Nous avons cru devoir donner cette explication, pour
prévenir une objection qui se présente naturellement à
l'esprit de la plupart des lecteurs. Mais, du reste, il est
évident que cette distinction entre la portion de la classe
scientifique qui doit être active, et la portion qui doit être
simplement passive dans l'élaboration de la doctrine organique, est tout à fait secondaire, et qu'elle n'affecte en
rien l'assertion fondamentale établie dans le texte.

vaux industriels. Ces deux pouvoirs doivent donc naturellement procéder pour la formation de ce système, comme ils procéderont, quand il sera établi, pour son application journalière, à cela près de l'importance supérieure du travail qu'il faut exécuter aujourd'hui. Il y a, dans ce travail, une partie spirituelle qui doit être traitée la première, et une partie temporelle qui le sera consécutivement. Ainsi, c'est aux savans à entreprendre la première série de travaux, et aux industriels les plus importants à organiser, d'après les bases qu'elle aura établies, le système administratif. Telle est la marche simple indiquée par la nature des choses, qui enseigne que les classes mêmes qui sont les élémens des pouvoirs d'un nouveau système et qui doivent un jour être placées à sa tête, peuvent seules le constituer, parce qu'elles seules sont capables d'en bien saisir l'esprit, et que seules elles sont poussées dans ce sens par l'impulsion combinée de leurs habitudes et de leurs intérêts.

Une autre considération rend encore plus palpable la nécessité de confier aux savans positifs le travail théorique de la réorganisation sociale.

Il a été observé, dans le chapitre précédent, que la doctrine critique a produit dans la plupart des têtes, et tend à fortifier de plus en plus l'habitude de s'établir juge suprême des idées politiques générales. Cet état anarchique des intelligences, érigé en principe fondamental, est un obstacle évident à la réorganisation de la société. Ce serait donc vainement que des capacités réellement compétentes formeraient la vraie doctrine organique destinée à terminer la crise actuelle, si, par leur situation antécédente, elles ne possédaient, de fait, le pouvoir reconnu de faire autorité. Sans cette condition, leur travail, soumis au contrôle arbitraire et vaniteux d'une politique d'inspiration, ne saurait jamais être uniformément adopté. Or, si l'on jette un coup d'œil sur la société, on reconnaîtra bientôt que cette influence spirituelle se trouve aujourd'hui exclusivement entre les mains des savans. Eux seuls exercent, en matière de théorie, une autorité non contestée. Ainsi, indépendamment de ce que seuls ils sont compétents pour former la nouvelle doctrine organique, ils sont exclusivement investis de la force morale nécessaire pour en déterminer l'admission. Les obstacles que présente pour cela le préjugé critique de la souveraineté morale, conçue comme un droit inné dans tout individu, seraient insurmontables à tout autre qu'à eux. L'unique levier qui puisse renverser ce préjugé se trouve entre leurs mains. C'est l'habitude contractée peu à peu par la société, depuis la fondation des sciences positives, de se soumettre aux décisions des savans pour toutes les idées théoriques particulières, habitude que les savans étendront aisément aux idées théoriques générales, quand ils se seront chargés de les coordonner.

Ainsi, les savans possèdent aujourd'hui, à l'exclusion de toute autre classe, les deux élémens fondamentaux du gouvernement moral, la capacité et l'autorité théorique.

Un dernier caractère essentiel, non moins propre que les précédents à la force scientifique, mérite encore d'être indiqué.

La crise actuelle est évidemment commune à tous les peuples de l'Europe occidentale, quoique tous n'y participent point au même degré. Néanmoins, elle est traitée par chacun d'eux comme si elle était simplement nationale. Mais il faut évidemment à une crise européenne un traitement européen.

Cet isolement des peuples est une conséquence nécessaire de la chute du système théologique et féodal, par laquelle se sont trouvés dissous les liens spirituels que ce système avait établis entre les peuples de l'Europe, et qu'on a vainement essayé de remplacer par un état d'opposition hostile réciproque, déguisé sous le nom d'équilibre européen. La doctrine critique est incapable de rétablir l'harmonie qu'elle a détruit dans son ancien principe fondamental; et, au contraire, elle l'éloigne. D'abord, par sa nature, elle tend à l'isolement; et, en second lieu, les peuples ne sauraient s'entendre complètement sur les principes mêmes de cette doctrine, parce que chacun d'eux prétend, d'après elle, modifier l'ancien système à des degrés différents.

La vraie doctrine organique peut seule produire cette union, si impérieusement réclamée par l'état de la civilisation européenne. Elle doit forcément la déterminer en présentant, à tous les peuples de l'Europe occidentale, le système d'organisation sociale auquel ils sont tous actuellement appelés, et dont chacun d'eux jouira d'une manière complète à une époque plus ou moins rapprochée, suivant l'état spécial de ses lumières. Il faut observer, d'ailleurs, que cette union sera plus parfaite que celle produite par l'ancien système, laquelle n'existait que sous le rapport spirituel; tandis qu'aujourd'hui elle doit également avoir lieu sous le rapport temporel, de sorte que ces peuples sont appelés à former une véritable société générale, complète et permanente. Et, en effet, si c'était ici le lieu d'entreprendre un tel examen, il serait aisé de montrer que chacun des peuples de l'Europe occidentale est placé, par la nuance particulière de son état de civilisation, dans la situation la plus favorable pour traiter telle ou telle partie du système général ; d'où résulte l'utilité immédiate de leur coopération. Or, il suit de là que ces peuples doivent également travailler en commun à l'établissement du nouveau système.

En considérant, sous ce point de vue, la nouvelle doctrine organique, il est clair que la force destinée à la former et à l'établir, devant satisfaire à la condition de déterminer la combinaison des différents peuples civilisés, doit être une force européenne. Or, telle est encore là propriété spéciale, non moins exclusive que toutes celles précédemment énumérées, de la force scientifique. Il est sensible que les savans seuls forment une véritable coalition, compacte, active, dont tous les membres s'entendent et se correspondent avec facilité et d'une manière continue, d'un bout de l'Europe à l'autre. Cela tient à ce qu'eux seuls aujourd'hui ont des idées communes, un langage uniforme, un but d'activité général et permanent. Aucune autre classe ne possède ce puissant avantage, parce qu'aucune autre ne remplit ces conditions dans leur intégrité. Les industriels même, si éminemment portés à l'union par la nature de leurs travaux et de leurs habitudes, se laissent encore trop maîtriser par les inspirations hostiles d'un patriotisme sauvage, pour qu'il puisse, dès aujourd'hui, s'établir entre eux une véritable combinaison européenne. C'est à l'action des savans qu'il est réservé de la produire.

Il est sans doute superflu de démontrer que la liaison actuelle des savans prendra une intensité beaucoup plus grande, lorsqu'ils dirigeront leurs forces générales vers la formation de la nouvelle doctrine sociale. Cette conséquence est évidente, puisque la force d'un lien social est nécessairement proportionnée à l'importance du but de l'association.

Pour bien apprécier, dans toute son étendue, la valeur de cette force européenne particulière aux savans, il faut comparer la conduite des rois, sous le rapport qui nous occupe, à celle des peuples.

Il a été observé plus haut, que les rois, tout en se dirigeant d'après un plan absurde dans son principe, procèdent à son exécution d'une manière beaucoup plus méthodique que les peuples, parce que la ligne qu'ils suivent est toute décrite dans le passé de la manière la plus détaillée. Ainsi, sous le rapport que nous considérons, les rois combinent leurs efforts dans

toute l'Europe, tandis que les peuples s'isolent.
Par ce seul fait, les rois ont un avantage relatif
sur les peuples, contre lequel ceux-ci ne peuvent lutter par aucun autre moyen, ce qui le
rend d'une extrême importance.

Les chefs de l'opinion des peuples n'ont d'autre ressource que de se récrier contre une telle
supériorité de position, qui n'en existe pas moins
pour cela. Ils proclament, en thèse générale,
que les différents états n'ont aucun droit d'intervenir dans les réformes sociales les uns des autres. Or, ce principe, qui n'est autre chose que
l'application de la doctrine critique aux relations
extérieures, est absolument faux comme tous
les autres dogmes qui la composent; il n'est,
comme eux, que la généralisation vicieuse d'un
fait transitoire, la dissolution des liens qui existaient, sous l'influence de l'ancien système,
entre les nations européennes. Il est clair que
les peuples de l'Europe occidentale, par la conformité et l'enchaînement de leur civilisation,
envisagée, soit dans son développement successif, soit dans son état actuel, forment une grande
nation, dont les membres ont réciproquement
des droits, moins étendus sans doute, mais de
même nature que ceux des différentes portions
d'un état unique.

D'ailleurs, on voit que cette idée critique,

fût-elle vraie, n'atteint point à son but, et l'éloigne même, puisqu'elle tend à empêcher les peuples de s'unir. Comme une force ne peut être
contenue que par une autre, les peuples seront
évidemment, sous le rapport Européen, dans
un état d'infériorité à l'égard des rois, tant que
la force des savans, seule européenne, ne pré-
sidera point au grand travail de la réorganisation sociale. Elle seule peut être, pour les peuples, l'équivalent réel de la sainte-alliance, à
cela près de la supériorité nécessaire d'une coalition spirituelle sur une coalition purement temporelle.

Ainsi, en dernière analyse, la nécessité de
confier aux savans les travaux théoriques préliminaires reconnus indispensables pour réorganiser la société, se trouve solidement fondée
sur quatre considérations distinctes, dont chacune suffirait seule pour l'établir : 1°. les savans,
par leur genre de capacité et de culture intellectuelles sont seuls compétents pour exécuter
ces travaux; 2°. cette fonction leur est destinée
par la nature des choses, comme étant le pouvoir spirituel du système à organiser; 3°. ils possèdent exclusivement l'autorité morale nécessaire
aujourd'hui pour déterminer l'adoption de là
nouvelle doctrine organique, lorsqu'elle sera
formée; 4°. enfin, de toutes les forces sociales

existantes, celle des savans est la seule qui soit européenne. Un tel ensemble de preuves doit, sans doute, mettre la grande mission théorique des savans à l'abri de toute incertitude et de toute contestation.

Il résulte, de tout ce qui précède, que les erreurs capitales commises par les peuples dans leur manière de concevoir la réorganisation de la société, ont, pour cause première, la marche vicieuse d'après laquelle ils ont procédé à cette réorganisation ; que le vice de cette marche consiste en ce que la réorganisation sociale a été regardée comme une opération purement pratique, tandis qu'elle est essentiellement théorique; que la nature des choses et les expériences historiques les plus convaincantes, prouvent la nécessité absolue de diviser le travail total de la réorganisation en deux séries, l'une théorique, l'autre pratique, dont la première doit être préalablement exécutée, et est destinée à servir de base à la seconde ; que l'exécution préliminaire des travaux théoriques exige la mise en activité d'une nouvelle force sociale, distincte de celles qui ont jusqu'ici occupé la scène, et qui sont absolument incompétentes; enfin, que, par plusieurs raisons très-décisives, cette nouvelle force doit être celle des savans adonnés à l'étude des sciences d'observation.

L'ensemble de ces idées peut être envisagé comme ayant eu pour objet de porter par degrés l'esprit des hommes méditatifs au point de vue élevé d'où on peut embrasser, d'un seul coup d'œil général, et les vices de la marche suivie jusqu'à présent pour réorganiser la société, et le caractère de celle qui doit être adoptée aujourd'hui. Tout se réduit, en dernier lieu, à faire établir, pour la politique, par les forces combinées des savans européens, une théorie positive, distincte de la pratique, et ayant pour objet la conception du nouveau système social correspondant à l'état présent des lumières. Or, en y réfléchissant, on verra que cette conclusion se résume dans cette seule idée : *les savans doivent aujourd'hui élever la politique au rang des sciences d'observation.*

Tel est le point de vue culminant et définitif auquel il faut se placer. De ce point de vue, il est aisé de resserrer dans une série de considérations très-simples, la substance de tout ce qui a été dit depuis le commencement de cet ouvrage. Il reste à faire cette importante généralisation, qui peut seule fournir les moyens d'aller plus loin, en permettant de rendre la pensée plus rapide.

Par la nature même de l'esprit humain, chaque branche de nos connaissances est nécessai-

rement assujettie dans sa marche à passer successivement par trois états théoriques différents:
l'état théologique ou fictif; l'état métaphysique
ou abstrait; enfin, l'état scientifique ou positif.

Dans le premier, des idées surnaturelles servent à lier le petit nombre d'observations isolées dont la science se compose alors. En d'autres termes, les faits observés sont *expliqués*,
c'est-à-dire, *vus à priori*, d'après des faits in-
ventés. Cet état est nécessairement celui de toute
science au berceau. Quelque imparfait qu'il soit,
c'est le seul mode de liaison possible à cette époque. Il fournit, par conséquent, le seul instru-
ment au moyen duquel on puisse raisonner sur
les faits, en soutenant l'activité de l'esprit, qui
a besoin par-dessus tout d'un point de ralliement
quelconque. En un mot, il est indispensable
pour permettre d'aller plus loin.

Le second état est uniquement destiné à servir de moyen de transition du premier vers le
troisième. Son caractère est bâtard, il lie les
faits d'après des idées qui ne sont plus tout-à-fait
surnaturelles, et qui ne sont pas encore entièrement naturelles. En un mot, ces idées sont
des abstractions personnifiées, dans lesquelles
l'esprit peut voir à volonté ou le nom mystique
d'une cause surnaturelle, ou l'énoncé abstrait

d'une simple série de phénomènes, suivant qu'il est plus près de l'état théologique ou de l'état scientifique. Cet état métaphysique suppose que les faits, devenus plus nombreux, se sont en même temps rapprochés d'après les analogies plus étendues.

Le troisième état est le mode définitif de toute science quelconque; les deux premiers n'ayant été destinés qu'à le préparer graduellement. Alors, les faits sont liés d'après des idées ou lois générales d'un ordre entièrement positif, suggérées et confirmées par les faits eux-mêmes, qui souvent même ne sont que de simples faits assez généraux pour devenir des principes. On tâche de les réduire toujours au plus petit nombre possible, mais sans jamais imaginer rien d'hypothétique qui ne soit de nature à être vérifié un jour par l'observation, et en ne les regardant, dans tous les cas, que comme un moyen d'expression générale pour les phénomènes.

Les hommes, auxquels la marche des sciences est familière, peuvent aisément vérifier l'exactitude de ce résumé historique général, par rapport aux quatre sciences fondamentales aujourd'hui positives : l'astronomie, la physique, la chimie et la physiologie, aussi bien que pour les sciences qui s'y rattachent. Ceux même qui n'ont considéré les sciences que dans leur état présent, peuvent faire cette vérification pour la physiologie qui, quoique devenue enfin aussi positive que les trois autres, existe encore sous les trois formes dans les différentes classes d'esprits, inégalement contemporaines. Ce fait est surtout manifeste pour la portion de cette science qui considère les phénomènes spécialement appelés *moraux*, conçus par les uns comme le résultat d'une action surnaturelle continue, par d'autres comme les effets incompréhensibles de l'activité d'un être abstrait, et par d'autres, enfin, comme tenant à des conditions organiques susceptibles d'être démontrées, et au-delà desquelles on ne saurait remonter.

En considérant la politique comme une science, et lui appliquant les observations précédentes, on trouve qu'elle a déjà passé par les deux premiers états, et qu'elle est prête aujourd'hui à atteindre au troisième.

La doctrine des rois représente l'état théologique de la politique. C'est effectivement sur des idées théologiques qu'elle est fondée en dernière analyse. Elle montre les relations sociales comme basées sur l'idée surnaturelle du droit divin. Elle explique les changemens politiques successifs de l'espèce humaine, par une direction surnaturelle immédiate, exercée d'une manière continue depuis le premier homme jusqu'à présent. C'est ainsi que la politique a été uniquement conçue, jusqu'à ce que l'ancien système ait commencé à décliner.

La doctrine des peuples exprime l'état métaphysique de la politique. Elle est fondée en totalité sur la supposition abstraite et métaphysique d'un contrat social primitif, antérieur à tout développement des facultés humaines par la civilisation. Les moyens habituels de raisonnement qu'elle emploie sont les droits, envisagés comme naturels et communs à tous les hommes au même degré, qu'elle fait garantir par ce contrat. Telle est la doctrine primitivement critique, tirée, à l'origine, de la théologie, pour lutter contre l'ancien système, et qui ensuite a été envisagée comme organique. C'est Rousseau principalement qui l'a résumée sous une forme systématique, dans un ouvrage qui a servi et qui sert encore de base aux considérations vulgaires sur l'organisation sociale.

Enfin, la doctrine scientifique de la politique considère l'état social sous lequel l'espèce humaine a toujours été trouvée par les observateurs comme la conséquence nécessaire de son organisation. Elle conçoit le but de cet état social comme déterminé par le rang que l'homme occupe dans le système naturel, tel qu'il est fixé par les faits, et sans être envisagé comme susceptible d'explication. Elle voit, en effet, résulter de ce rapport fondamental la tendance constante de l'homme à agir sur le surplus de la nature, pour la modifier à son avantage. Elle considère ensuite l'ordre social comme ayant pour objet final de développer collectivement cette tendance naturelle, de la régulariser et de la concerter pour que l'action utile produite soit la plus grande possible. Cela posé, elle essaie de rattacher aux lois fondamentales de l'organisation humaine, par des observations directes sur le développement collectif de l'espèce, la marche qu'elle a suivie et les états intermédiaires par lesquels elle a été assujettie à passer avant de parvenir à cet état définitif. En se dirigeant d'après cette série d'observations, elle envisage les perfectionnemens réservés à chaque époque comme dictés, à l'abri de toute hypothèse, par le point de ce développement auquel l'espèce humaine est parvenue. Elle conçoit ensuite, pour chaque degré de civilisation, les combinaisons politiques comme ayant uniquement pour objet de faciliter les pas qui tendent à se faire après qu'ils ont été terminés avec précision.

Tel est l'esprit de la doctrine positive qu'il s'agit d'établir aujourd'hui, en se proposant pour but d'en faire application à l'état présent

de l'espèce humaine civilisée, et en ne considérant les états antérieurs que comme nécessaires à observer pour établir les lois fondamentales de la science.

Il est aisé de s'expliquer tout à la fois pourquoi la politique n'a pas pu devenir plutôt une
science positive, et pourquoi elle y est appelée
aujourd'hui.

Deux conditions fondamentales, distinctes
quoique inséparables, étaient indispensables
pour cela.

En premier lieu, il fallait que toutes les
sciences particulières fussent successivement
devenues positives; car l'ensemble ne pouvait
être tel quand tous les élémens ne l'étaient pas.
Cette condition est aujourd'hui remplie.

Les sciences sont devenues positives, l'une
après l'autre, dans l'ordre où il était naturel
que cette révolution s'opérât. Cet ordre est celui du degré de complication plus ou moins
grand de leurs phénomènes, ou, en d'autres
termes, de leur rapport plus ou moins intime
avec l'homme. Ainsi, les phénomènes astronomiques d'abord, comme étant les plus simples, et ensuite successivement, les physiques,
les chimiques et les physiologiques, ont été
ramenés à des théories positives; ceux-ci à une
époque toute récente. La même réforme ne pou-

vait s'effectuer qu'en dernier lieu pour les phénomènes politiques qui sont les plus compliqués, puisqu'ils dépendent de tous les autres.
Mais il est évidemment aussi nécessaire qu'elle
s'effectue alors, qu'il eût été impossible qu'elle
arrivât plutôt.

En second lieu, il fallait que le système social préparatoire, dans lequel l'action sur la
nature n'était que le but indirect de la société,
fût parvenu à sa dernière époque.

D'une part, en effet, la théorie ne pouvait
jusqu'alors s'établir parce qu'elle aurait été trop
en avant de la pratique. Étant destinée à la diriger, elle ne saurait la devancer jusqu'au point
de la perdre de vue. D'une autre part, elle n'aurait pas eu plutôt une base expérimentale suffisante. Il fallait l'établissement d'un système
d'ordre social, admis par une population très-
nombreuse, et composée de plusieurs grandes
nations, et toute la durée possible de ce système, pour qu'une théorie pût se fonder sur
cette vaste expérience.

Cette seconde condition est aujourd'hui satisfaite aussi-bien que la première. Le système
théologique, destiné à préparer l'esprit humain
au système scientifique, est parvenu au terme
de sa carrière. Cela est incontestable, puisque
le système métaphysique, dont l'unique objet

est de renverser le système théologique, a généralement obtenu la prépondérance parmi les
peuples. La politique scientifique doit donc naturellement s'établir, puisque, vu l'impossibilité absolue de se passer d'une théorie, il faudrait, si cela n'avait pas lieu, supposer que la
politique théologique se reconstituât; la politique métaphysique n'étant pas, à proprement
parler, une vraie théorie, mais une doctrine
critique, bonne seulement pour une transition.

En résumé, il n'y a donc jamais eu de révolution morale à la fois plus inévitable, plus
mûre et plus urgente, que celle qui doit maintenant élever la politique au rang des sciences
d'observation entre les mains des savans européens combinés. Cette révolution peut seule faire
intervenir, dans la grande crise actuelle, une
force vraiment prépondérante, seule capable de
la régler, et de préserver la société des explo-
sions terribles et anarchiques dont elle est menacée, en la plaçant dans la véritable route
du système social perfectionné, que réclame impérieusement l'état de ses lumières.

Pour mettre en activité le plus promptement
possible les forces scientifiques destinées à remplir cette salutaire mission, il fallait présenter
le prospectus général des travaux théoriques à

exécuter pour réorganiser la société, en élevant la politique au rang des sciences d'observation. Nous avons osé concevoir ce plan, et nous le proposons solennellement aux savans de l'Europe.

Profondément convaincus que, lorsque cette discussion sera engagée, notre plan, adopté ou rejeté, conduira nécessairement à la formation du plan définitif; nous ne craignons pas de sommer tous les savans européens, au nom de la société, menacée d'une longue et terrible agonie dont leur intervention peut seule la préserver, d'émettre publiquement et librement leur opinion motivée par rapport au tableau général de travaux organiques que nous leur soumettons.

Ce prospectus se compose de trois séries de travaux.

La première a pour objet la formation du système d'observations historiques sur la marche générale de l'esprit humain, destiné à être la base positive de la politique, de manière à lui faire perdre entièrement le caractère théologique et le caractère métaphysique, pour lui imprimer le caractère scientifique.

La seconde tend à fonder le système complet d'éducation positive qui convient à la société régénérée, se constituant pour agir sur la nature, ou, en d'autres termes, elle se propose de perfectionner cette action en tant qu'elle dépend des facultés de l'agent.

La troisième enfin consiste dans l'exposition générale de l'action collective que, dans l'état actuel de toutes leurs connaissances, les hommes civilisés peuvent exercer sur la nature pour la modifier à leur avantage, en dirigeant toutes leurs forces vers ce but, et en n'envisageant les combinaisons sociales que comme des moyens d'y atteindre.

PREMIÈRE SÈRIE DE TRAVAUX.

La condition fondamentale à remplir, pour traiter la politique d'une manière positive, consiste à déterminer avec précision les limites dans lesquelles sont renfermées, par la nature des choses, les combinaisons d'ordre social. En d'autres termes, il faut que, dans la politique, à l'exemple des autres sciences, le rôle de l'observation et celui de l'imagination soient rendus parfaitement distincts, et que le second soit subordonné au premier.

Pour présenter dans tout son jour cette idée capitale, il est nécessaire de comparer l'esprit général de la politique positive avec celui de la politique théologique et de la politique métaphysique. Afin de simplifier ce parallèle, on doit envelopper ces deux-ci dans une même considération ; ce qui ne saurait altérer les résultats, puisque, d'après le chapitre précédent, la seconde n'est au fond qu'une nuance de la première, dont elle ne diffère essentiellement que par un caractère moins prononcé.

L'état théologique et l'état métaphysique d'une science quelconque ont pour caractère commun la prédominance de l'imagination sur l'observation. La seule différence qui existe

entre eux sous ce point de vue, c'est que l'imagination s'exerce dans le premier sur des êtres
surnaturels, et dans le second sur des abstractions personnifiées.

La conséquence nécessaire et constante d'un
tel état de l'esprit humain, est de persuader à
l'homme que, sous tous les rapports, il est le
centre du système naturel, et, par suite, qu'il
est doué d'une puissance d'action indéfinie sur
les phénomènes. Cette persuasion résulte évidemment, d'une manière directe, de la suprématie exercée par l'imagination qui se combine
avec le penchant organique en vertu duquel
l'homme est porté à se former, en général, des
idées exagérées de son importance et de son
pouvoir. Une telle illusion forme le trait caractéristique le plus sensible de cette enfance de la
raison humaine.

Considérées du point de vue philosophique,
les révolutions qui ont fait passer les différentes
sciences à l'état positif, ont eu pour effet général
d'établir en sens inverse cet ordre primitif de
nos idées.

Le caractère fondamental de ces révolutions
a été de transporter à l'observation la prépondérance jusqu'alors exercée par l'imagination. Par
suite, les conséquences ont également été ren-
versées. L'homme a été déplacé du centre de la

nature pour se placer au rang qu'il y occupe
effectivement. De même, son action a été renfermée dans ses limites réelles, en la réduisant à
modifier plus ou moins, les uns par les autres,
un certain nombre des phénomènes qu'il est
destiné à observer.

Il suffit d'indiquer l'aperçu historique précédent, pour qu'il soit aussitôt vérifié, à l'égard
des sciences aujourd'hui positives, par tous ceux
qui en ont des notions claires.

Ainsi, en astronomie, l'homme a commencé
par regarder les phénomènes célestes, sinon
comme soumis à son influence, du moins comme
ayant, avec tous les détails de son existence, des
rapports directs et intimes; il a fallu toute la
puissance des démonstrations les plus fortes et
les plus multipliées, pour qu'il se résignât à
n'occuper qu'une place subalterne et imperceptible dans le système général de l'univers. De
même, en chimie, il a cru d'abord pouvoir
modifier au gré de ses désirs la nature intime
des corps, avant de se réduire à observer les
effets de l'action réciproque des différentes subs-
tances terrestres. Pareillement en médecine,
c'est après avoir long-temps espéré de rectifier
à volonté les dérangemens de son organisation,
et même de résister indéfiniment aux causes
de destruction, qu'il a enfin reconnu que son

action était nulle quand elle ne concourait pas avec celle de l'organisation; et à plus forte raison lorsqu'elle lui était opposée.

La politique n'a pas échappé plus que les autres sciences à cette loi fondée sur la nature des choses. L'état dans lequel elle s'est toujours trouvée jusqu'à présent, et dans lequel elle se trouve encore, correspond avec une analogie parfaite à ce qu'était l'astrologie pour l'astronomie, l'alchimie pour la chimie, et la recherche de la panacée universelle pour la médecine.

D'abord, il est évident, d'après le chapitre précédent, que la politique théologique et la politique métaphysique, envisagées, quant à leur manière de procéder, s'accordent à faire dominer l'imagination sur l'observation. Sans doute, on ne saurait prétendre que jusqu'ici l'observation n'ait pas été employée dans la politique théorique; mais elle ne l'a été que d'une manière subalterne, toujours aux ordres de l'imagination, comme elle l'était, par exemple, en chimie, à l'époque de l'alchimie.

Cette prépondérance de l'imagination a dû avoir nécessairement pour la politique des conséquences analogues à celles ci-dessus décrites pour les autres sciences. C'est ce qu'on peut aisément vérifier par des observations directes sur l'esprit commun de la politique théologique et de la politique métaphysique, considérées du point de vue théorique.

L'homme a cru jusqu'à présent à la puissance illimitée de ses combinaisons politiques pour le perfectionnement de l'ordre social. En d'autres termes, l'espèce humaine a été envisagée jusqu'ici en politique, comme n'ayant pas d'impulsion qui lui soit propre, comme pouvant toujours recevoir passivement celle quelconque que le législateur, armé d'une autorité suffisante, voudra lui donner.

Par une conséquence nécessaire, l'absolu a toujours régné et règne encore dans la politique théorique, soit théologique, soit métaphysique. Le but commun qu'elles se proposent, est d'établir, chacune à sa manière, le type éternel de l'ordre social le plus parfait, sans avoir en vue aucun état de civilisation déterminé. L'une et l'autre prétendent avoir trouvé exclusivement un système d'institutions qui atteint à ce but. La seule chose qui les distingue à cet égard, c'est que la première interdit formellement toute modification importante au plan qu'elle a tracé, tandis que la seconde permet l'examen, pourvu qu'il soit dirigé dans le même sens. A cela près, leur caractère est également absolu.

Cet absolu est encore plus sensible dans leurs applications à la politique pratique. Chacune

d'elles voit dans son système d'institutions, une
sorte de panacée universelle applicable, avec une
infaillible sécurité, à tous les maux politiques,
de quelque nature qu'ils puissent être, et quel
que soit le degré actuel de civilisation du peuple auquel le remède est destiné. De même
aussi, toutes deux jugent les régimes des différents peuples aux diverses époques de civilisation, uniquement d'après leur plus ou moins
de conformité ou d'opposition avec le type invariable de perfection qu'elles ont établi. Ainsi,
pour en citer un exemple récent et sensible, les
partisans de la politique théologique et ceux de
la politique métaphysique ont proclamé, tour
à tour et à très-peu d'intervalle, l'organisation
sociale de l'Espagne supérieure à celle des nations européennes les plus avancées, sans que
ni les uns ni les autres aient tenu aucun compte
de l'infériorité actuelle des Espagnols en civilisation à l'égard des Français et des Anglais,
au-dessus desquels on les a placés, quant au
régime politique. De tels jugemens, qu'il serait
aisé de multiplier, montrent avec évidence
combien il est dans l'esprit de la politique théologique et de la politique métaphysique, de
faire abstraction totale de l'état de la civilisation.

Il importe de remarquer à cet égard, pour
achever de les caractériser, qu'elles s'accordent,

en général, par des motifs différents, à faire
coïncider la perfection de l'organisation sociale
avec un état de civilisation très-imparfait. On
voit même que les partisans les plus conséquents
de la politique métaphysique, tels que Rousseau
qui l'a coordonnée, ont été conduits jusqu'à
regarder l'état social comme une dégénération
d'un état de nature composé par leur imagination, ce qui n'est que l'analogue métaphysique
de l'idée théologique relative à la dégradation
de l'espèce humaine par le péché originel.

Ce résumé exact confirme que la prépondérance de l'imagination sur l'observation, a produit, en politique, des résultats parfaitement
semblables à ceux qu'elle avait engendrés dans
les autres sciences, avant qu'elles fussent devenues positives. La recherche absolue du meilleur gouvernement possible, abstraction faite
de l'état de la civilisation, est évidemment tout-
à-fait du même ordre que celle d'un traitement
général applicable à toutes les maladies et à tous
les tempéramens.

En cherchant à réduire à sa plus simple expression l'esprit général de la politique théologique
et métaphysique, on voit, par ce qui précède,
qu'il se ramène à deux considérations essentielles. Relativement à la manière de procéder,
il consiste dans la prédominance de l'imagina-

tion sur l'observation. Relativement aux idées
générales destinées à diriger les travaux, il consiste, d'une part, à envisager l'organisation sociale d'une manière abstraite, c'est-à-dire,
comme indépendante de l'état de la civilisation ;
et, d'une autre part, à regarder la marche de
la civilisation comme n'étant assujétie à aucune loi.

En prenant cet esprit en sens inverse, on doit
nécessairement trouver celui de la politique positive, puisque la même opposition s'observe,
d'après ce qui a été établi ci-dessus, entre l'état
conjectural et l'état positif de toutes les autres
sciences. On ne fera, par cette opération intellectuelle, qu'étendre à l'avenir l'analogie observée dans le passé. En effectuant l'opération,
on est conduit aux résultats suivans.

En premier lieu, pour rendre positive la
science politique, il faut y introduire, comme
dans les autres sciences, la prépondérance de
l'observation sur l'imagination. En second lieu,
pour que cette idée fondamentale puisse être
réalisée, il faut concevoir, d'une part, l'organisation sociale comme intimement lliée avec
l'état de la civilisation et déterminée par lui ;
d'une autre part, il faut considérer la marche
de la civilisation comme assujétie à une loi invariable fondée sur la nature des choses. La po-

litique ne saurait devenir positive, ou, ce qui
revient au même, l'observation ne pourrait y
prendre le dessus sur l'imagination, tant que ces
deux dernières conditions ne seront pas remplies.
Mais il est clair, réciproquement, que, si elles
le sont, si la théorie de la politique est toute
entière établie dans cet esprit, l'imagination se
trouvera, par le fait, subordonnée à l'observation, et la politique sera positive. Ainsi c'est à
ces deux conditions que tout se ramène en dernière analyse.

Telles sont donc les deux idées capitales qui
doivent présider aux travaux positifs sur la politique théorique. Vu leur extrême importance,
il est indispensable de les considérer dans un
plus grand détail. Il ne s'agit point ici d'en établir la démonstration, qui sera présisément le
résultat des travaux à effectuer. Il est uniquement question d'en présenter un énoncé assez
complet pour que les esprits capables d'en juger
puissent en faire une sorte de vérification anti-
cipée en les comparant aux faits généralement
connus; vérification suffisante pour se convaincre
de la possibilité de traiter la politique à la manière des sciences d'observation. Notre but principal sera atteint, si nous avons donné naissance
à cette conviction.

La civilisation consiste, à proprement parler,

dans le développement de l'esprit humain, d'une part, et, de l'autre, dans le développement de l'action de l'homme sur la nature, qui en est la conséquence. En d'autres termes, les élémens dont se compose l'idée de civilisation, sont, les sciences, les beaux-arts et l'industrie ; cette dernière expression étant prise dans le sens le plus étendu, celui que nous lui avons toujours donné.

En considérant la civilisation sous ce point de vue précis et élémentaire, il est aisé de sentir que l'état de l'organisation sociale est essentiellement dépendant de celui de la civilisation, et qu'il en doit être regardé comme une conséquence, tandis que la politique d'imagination l'envisage comme en étant isolé, et même tout-à-fait indépendant.

L'état de la civilisation détermine nécessairement celui de l'organisation sociale, soit au spirituel, soit au temporel, sous les deux rapports les plus importans. D'abord, il en détermine la nature, car il fixe le but d'activité de la société ; de plus, il en prescrit la forme essentielle, car il crée et développe les forces sociales temporelles et spirituelles destinées à diriger cette activité générale. Il est clair, en effet, que l'activité collective du corps social n'étant que la somme des activités individuelles de tous ses membres, di-

rigées vers un but commun, ne saurait être
d'une autre nature que ses élémens, qui sont
évidemment déterminés par l'état plus ou moins
avancé des sciences, des beaux-arts et de l'industrie. Il est encore plus sensible qu'il y aurait
impossibilité à concevoir l'existence prolongée
d'un système politique, qui n'investirait pas du
pouvoir suprême les forces sociales prépondérantes, dont la nature est prescrite invariable-
ment par l'état de la civilisation. Ce que le raisonnement indique, l'expérience le confirme.

Toutes les variétés d'organisation sociale, qui
ont existé jusqu'à présent, n'ont été que des modifications plus ou moins étendues d'un système
unique, le système militaire et théologique. La
formation primitive de ce système a été une
conséquence évidente et nécessaire de l'état imparfait de la civilisation à cette époque. L'industrie étant dans l'enfance, la société a dû naturellement prendre la guerre pour but d'activité, surtout si l'on considère qu'un tel état de
choses en facilitait les moyens, en même temps
qu'il en imposait la loi par les stimulants les
plus énergiques qui agissent sur l'homme, le
besoin d'exercer ses facultés et celui de vivre. De
même, il est clair que l'état théologique dans
lequel se trouvaient alors toutes les idées théologiques particulières, imprimait forcément le

même caractère aux idées générales destinées à
servir de lien social. Le troisième élément de
civilisation, les beaux-arts, était alors prédominant; et, c'est lui, en effet, qui a principalement fondé, d'une manière régulière, cette
première organisation. S'il ne se fût pas développé, il serait impossible d'imaginer comment
la société eût pu s'organiser.

Si l'on observe ensuite les modifications successives que ce système primitif a éprouvées jusqu'à nos jours, et qui ont été prises par les métaphysiciens pour autant de systèmes différens,
on trouvera le même résultat. On verra dans
toutes des effets inévitables de l'extension toujours croissante acquise par l'élément scientifique et l'élément industriel, presque nuls à l'o-
rigine. C'est ainsi que le passage du polytéisme
au théisme, et, plus tard, la réforme du protestantisme, ont été produits principalement
par les progrès continus, quoique lents, des connaissances positives, ou, en d'autres termes,
par l'action exercée sur les anciennes idées générales par les idées particulières qui avaient
cessé peu à peu d'être du même ordre qu'elles.
De même, sous le rapport temporel, le passage
de l'état romain à l'état féodal; et, plus clairement encore, la décadence de celui-ci par l'affranchissement des communes et ses suites,

doivent être essentiellement rapportés à l'importance progressive de l'élément industriel. En un mot, tous les faits généraux constatent l'étroite dépendance de l'organisation sociale par rapport à la civilisation.

Les meilleurs esprits, ceux qui sont le plus rapprochés de l'état positif de la politique, commencent aujourd'hui à entrevoir ce principe fondamental. Ils sentent qu'il y a absurdité à concevoir isolément le système politique, à faire dériver de lui les forces de la société, dont il reçoit au contraire les siennes, sous peine de nullité. En un mot, ils admettent déjà que l'ordre politique n'est et ne peut être que l'expression de l'ordre civil, ce qui signifie, en d'autres termes, que les forces sociales prépondérantes finissent, de toute nécessité, par devenir dirigeantes. Il n'y a plus qu'un pas à faire de là pour arriver à reconnaître la subordination du système politique à l'égard de l'état de la civilisation. Car, s il est clair que l'ordre politique est l'expression de l'ordre civil, il est, au moins aussi évident que l'ordre civil lui-même n'est que l'expression de l'état de la civilisation.

Sans doute, l'organisation sociale réagit à son tour, d'une manière inévitable et plus ou moins énergique, sur la civilisation. Mais cette influence qui n'est que secondaire, malgré sa très-grande importance, ne doit pas faire intervertir l'ordre naturel de dépendance. La preuve que cet ordre est réellement tel qu'il vient d'être indiqué, peut se tirer de cette réaction même, envisagée convenablement. Car, il est d'expérience constante, que si l'organisation sociale est constituée en sens contraire de la civilisation, la seconde finit toujours par l'emporter sur la première.

On doit donc admettre, comme une des deux idées fondamentales qui fixent l'esprit de la politique positive, que l'organisation sociale ne doit pas être considérée, soit dans le présent, soit dans le passé, isolément de l'état de la civilisation dont elle doit être envisagée comme une dérivation nécessaire. Si, pour faciliter l'étude, on juge quelquefois utile de les examiner séparément, cette abstraction doit toujours être conçue comme simplement provisoire, et ne doit jamais faire perdre de vue la subordination établie par la nature des choses.

La seconde idée fondamentale consiste en ce que les progrès de la civilisation se développent suivant une loi nécessaire.

L'expérience du passé prouve, de la manière la plus décisive, que la civilisation est assujétie dans son développement progressif à une marche naturelle et irrévocable, dérivée des lois de l'organisation humaine, et qui devient, à son

tour, la loi suprême de tous les phénomènes politiques.

Il ne peut, évidemment, être question ici d'exposer avec précision les caractères de cette loi,
et sa vérification par les faits historiques, même
les plus sommaires. C'est l'objet de la seconde
partie de ce volume. Il ne s'agit maintenant que
de présenter quelques considérations sur cette
idée fondamentale.

Une première considération doit faire sentir
la nécessité de supposer une telle loi, pour l'explication des phénomènes politiques.

Tous les hommes qui ont une certaine connaissance des faits historiques les plus marquans,
quelles que soient d'ailleurs leurs opinions spéculatives, conviendront que, si l'on envisage
l'ensemble de l'espèce humaine policée, elle a
fait, en civilisation, des progrès non interrom-
pus et toujours croissans depuis les temps historiques les plus reculés jusqu'à nos jours. Dans
cette proposition, le mot de civilisation est entendu tel qu'il a été expliqué ci-dessus, et en
y comprenant, de plus, comme conséquence,
l'organisation sociale.

On ne peut élever aucun doute raisonnable sur
ce grand fait pour l'époque qui s'étend depuis le
onzième siècle jusqu'à présent, c'est-à-dire, depuis l'introduction des sciences d'observation en

Europe par les Arabes et l'affranchissement des communes. Mais il n'est pas moins incontestable pour l'époque précédente. Les savans ont, aujourd'hui, bien reconnu que les prétentions des érudits au sujet des connaissances scientifiques très-avancées des anciens, sont dénuées de tout fondement réel. Il est prouvé que les Arabes les ont dépassés. Il en a été de même, et encore plus clairement, de l'industrie, du moins dans tout ce qui exige une véritable capacité, et qui n'est pas l'effet de circonstances purement accidentelles. Lors même qu'on excepterait les beaux-arts, cette exclusion, qui s'explique d'une manière toute naturelle, laisserait à la proposition une généralité suffisante. Enfin, quant à l'organisation sociale, il est de la dernière évidence qu'elle a fait, dans la même période, des progrès du premier ordre, par l'établissement du christianisme, et par la formation du régime féodal, bien supérieur aux organisations grecques et romaines.

Il est donc certain que la civilisation a marché continuellement et sous tous les rapports.

D'un autre côté, sans adopter, relativement au passé, l'esprit de dénigrement, aveugle autant qu'injuste, introduit par la métaphysique, on ne peut s'empêcher de reconnaître que, par suite de l'état d'enfance dans lequel la politique a été jusqu'ici , les combinaisons pratiques qui ont été dirigées sur la civilisation n'étaient pas toujours les plus propres à la faire marcher , et souvent même tendaient beaucoup plus par elles-mêmes à entraver sa marche qu'à la favoriser. Il y a eu des époques dans lesquelles toute l'action politique principale a été combinée dans un sens entièrement stationnaire ; ce sont, en général, celles de la décadence des systèmes, celles, par exemple, de l'empereur Julien, de Philippe II et des Jésuites ; et, en dernier lieu, celle de Bonaparte. Qu'on observe d'ailleurs, d'après la discussion précédente, que l'organisation sociale ne règle point la marche de la civilisation, dont elle est, au contraire, le produit.

La guérison fréquente des maladies sous l'influence de traitemens évidemment vicieux, a fait connaître aux médecins l'action puissante qu'exerce spontanément tout corps vivant pour rétablir les dérangemens accidentels de son organisation. De même, l'avancement de la civilisation à travers des combinaisons politiques défavorables, prouve clairement que la civilisation est assujétie à une marche naturelle, indépendante de toutes les combinaisons, et qui les domine. Si on n'admettait pas ce principe, il n'y aurait d'autre parti à prendre pour expliquer un tel fait, pour comprendre comment la civilisation a presque toujours profité des fautes qui ont été commises au lieu d'en être retardée, que de recourir à une direction surnaturelle immédiate et continue, à l'exemple de la politique théologique.

Au reste, il convient d'observer à ce sujet que trop souvent on a regardé comme défavorables à la marche de la civilisation, des causes qui ne l'étaient qu'en apparence. La raison en est surtout que les meilleurs esprits même n'ont pas eu égard jusqu'à présent à une des lois essentielles des corps organisés, qui s'applique aussi-bien à l'espèce humaine agissant collectivement qu'à un individu isolé. Cette loi consiste dans la nécessité des résistances, jusqu'à un certain degré, pour que toutes les forces soient pleinement développées. Mais cette remarque n'affecte en rien la considération précédente. Car, si les obstacles sont nécessaires pour que les forces se déploient, ils ne les produisent pas.

La conclusion déduite de cette première considération serait beaucoup fortifiée, si l'on tenait compte de l'identité remarquable observée dans le développement de la civilisation de différens peuples, entre lesquels on ne peut raisonnablement supposer aucune communication politique.

Cette identité n'a pu être produite que par l'influence d'une marche naturelle de civilisation, uniforme pour tous les peuples, parce qu'elle dérive des lois fondamentales de l'organisation humaine, qui sont communes à tous. Ainsi, par exemple, les mœurs des premiers temps de la Grèce, telles qu'Homère les a décrites, retrouvées de nos jours, avec une très-grande similitude, chez les nations sauvages de l'Amérique septentrionale; la féodalité observée chez les Malais avec le même caractère essentiel qu'elle eut en Europe au onzième siècle, etc.; ne peuvent évidemment s'expliquer que de cette seule manière.

Une seconde considération peut rendre très-facile à sentir l'existence d'une loi naturelle qui préside au développement de la civilisation.

Si l'on admet, conformément à l'aperçu ci-dessus présenté, que l'état du régime social est une dérivation nécessaire de celui de la civilisation, on pourra dégager, de l'observation de la marche, cet élément compliqué; et ce qui sera vu pour les autres ne lui en sera pas moins applicable comme conséquence.

En réduisant ainsi la question à ses moindres termes, il devient aisé d'apercevoir que la civilisation est assujétie à une marche déterminée et invariable.

Une philosophie superficielle, qui ferait de ce monde une scène à miracles, a prodigieusement exagéré l'influence du hasard, c'est-à-dire, des causes isolées, dans les choses humaines. Cette exagération est surtout manifeste pour les sciences et pour les arts. Entre autres exemples remarquables, chacun connaît la singulière admiration dont plusieurs hommes d'esprit ont été pénétrés, en pensant à la loi de la gravitation universelle révélée à Newton par la chute d'une pomme.

Il est aujourd'hui généralement reconnu, par tous les hommes sensés, que le hasard n'a qu'une part infiniment petite dans les découvertes scientifiques et industrielles; qu'il ne joue un rôle essentiel que dans des découvertes sans aucune importance. Mais à cette erreur il en a succédé une autre, qui, beaucoup moins déraisonnable en elle-même, présente néanmoins à l'effet presque les mêmes inconvéniens. Le rôle du hasard a été transporté au génie avec un caractère à peu près semblable. Cette transformation n'explique guère mieux les actes de l'esprit humain.

L'histoire des connaissances humaines prouve cependant, de la manière la plus sensible, et les meilleurs esprits l'ont déjà reconnu, que tous les travaux s'enchaînent dans les sciences et dans les arts, soit dans la même génération, soit d'une génération à l'autre; de telle sorte, que les découvertes d'une génération préparent celles de la suivante, comme elles avaient été préparées par celles de la précédente. On a constaté que la puissance du génie isolé est beaucoup moindre que celle qu'on lui avait supposée. L'homme le plus justement illustré par de grandes découvertes, doit presque toujours la plus grande partie de ses succès à ses prédécesseurs dans la carrière qu'il parcourt. En un mot, l'esprit humain suit dans le développement des sciences et des arts, une marche déterminée, supérieure aux plus grandes forces intellectuelles, qui n'apparaissent, pour ainsi dire, que comme instrumens destinés à produire à temps nommé les découvertes successives.

En se bornant à considérer les sciences, qu'on peut suivre avec plus de facilité depuis des temps reculés, on voit, en effet, que les grandes époques historiques de chacune d'elles, c'est-à-dire, son passage par l'état théologique, l'état métaphysique, et enfin l'état positif, sont rigoureusement déterminées. Ces trois états se succèdent nécessairement suivant cet ordre fondé sur la nature de l'esprit humain. La transition de l'un à l'autre se fait d'après une marche dont les pas principaux sont analogues

pour toutes les sciences, et dont aucun homme
de génie ne saurait franchir un seul intermédiaire essentiel. Si, de cette division générale,
on passe aux sous-divisions de l'état scientifique
ou définitif, on observe encore la même loi.
Ainsi, par exemple, la grande découverte de la
gravitation universelle a été préparée par les
travaux des astronomes et des géomètres du
seizième et du dix-septième siècles, principalement par ceux de Kepler et d'Huyghens, sans
lesquels elle eût été impossible, et qui ne pouvaient manquer de la produire tôt ou tard.

Il ne saurait donc être douteux, d'après ce
qui précède, que la marche de la civilisation,
considérée dans ses élémens, ne soit assujétie
à une loi naturelle et constante qui domine
toutes les divergences humaines particulières.
Comme l'état de l'organisation sociale suit nécessairement celui de la civilisation, la même
conclusion s'applique donc à la civilisation, envisagée tout à la fois dans son ensemble et dans
ses élémens.

Les deux considérations ci-dessus énoncées,
suffisent, non pour démontrer complètement la
marche nécessaire de la civilisation, mais pour
faire sentir son existence, pour montrer la possibilité de déterminer avec précision tous ses
attributs en l'étudiant par l'observation appro-

fondie du passé, et de créer ainsi la politique positive.

Il s'agit maintenant de fixer exactement le but pratique de cette science, ses points de contact généraux avec les besoins de la société, et surtout avec la grande réorganisation que réclame si impérieusement l'état actuel du corps social.

Pour cela, il faut d'abord préciser les limites dans lesquelles est renfermée toute action politique réelle.

La loi fondamentale qui régit la marche naturelle de la civilisation, prescrit rigoureusement tous les états successifs par lesquels l'espèce humaine est assujétie à passer dans son développement général. D'un autre côté, cette loi résulte nécessairement de la tendance instinctive de l'espèce humaine à se perfectionner. Par conséquent, elle est autant au-dessus de notre dépendance que les instincts individuels dont la combinaison produit cette tendance permanente.

Comme aucun phénomène connu n'autorise à penser que l'organisation humaine soit sujette à aucun changement capital, la marche de la civilisation qui en dérive est donc essentiellement inaltérable, quant au fond. En termes plus précis, aucun des degrés intermédiaires qu'elle fixe ne peut être franchi, et aucun pas rétrograde véritable ne peut être fait.

Seulement, la marche de la civilisation est modifiable, en plus ou en moins, dans sa vitesse, entre certaines limites, par plusieurs causes physiques et morales, susceptibles d'estimation. Au nombre de ces causes, sont les combinaisons politiques. Tel est le seul sens dans lequel il soit donné à l'homme d'influer sur la marche de sa propre civilisation.

Cette action relativement à l'espèce, est tout à fait analogue à celle qui nous est permise par rapport à l'individu, analogie qui résulte de l'identité d'origine. On peut, par des moyens convenables, accélérer ou retarder jusqu'à un certain point limité, le développement d'un instinct individuel; mais on ne peut, ni le détruire, ni le dénaturer. Il en est de même de l'instinct de l'espèce, proportion gardée, quant aux limités, de la vie de l'espèce comparée à celle de l'individu.

La marche naturelle de la civilisation, détermine donc, pour chaque époque, à l'abri de toute hypothèse, les perfectionnemens que doit subir l'état social, soit dans ses élémens, soit dans son ensemble. Ceux-là seuls peuvent s'exécuter, et ils s'exécutent nécessairement, à l'aide des combinaisons faites par les philosophes et

par les hommes d'état, ou malgré ces combinaisons.

Tous les hommes qui ont exercé une action
réelle et durable sur l'espèce humaine, soit au
temporel, soit au spirituel, ont été guidés et
soutenus par cette vérité fondamentale, que
l'instinct ordinaire du génie leur a fait entrevoir,
quoiqu'elle ne soit pas encore établie sur une
démonstration méthodique. Ils ont aperçu à
chaque époque, quels étaient les changemens
qui tendaient à s'effectuer, d'après l'état de la
civilisation, et ils les ont proclamés, en proposant à leurs contemporains les doctrines ou les
institutions correspondantes. Quand leur aperçu
a été très-conforme au véritable état des choses,
les changemens se sont prononcés ou consolidés
presqu'immédiatement. De nouvelles forces sociales, qui, depuis long-temps, se développaient
en silence, ont tout à coup apparu à leurs voix
sur la scène politique avec toute la vigueur de
la jeunesse.

L'histoire n'ayant été écrite et étudiée jusqu'à
présent que dans un esprit superficiel, de telles
coïncidences, des effets aussi frappans, au lieu
d'instruire les hommes, comme il serait naturel
de le supposer, n'ont fait que les étonner. Ces
faits mal vus contribuent même à maintenir
encore la croyance théologique et métaphysi-

que de la puissance indéfinie et créatrice des législateurs sur la civilisation. Ils maintiennent cette idée superstitieuse dans des esprits qui seraient disposés à la rejeter, si elle ne semblait appuyée sur l'observation. Ce fâcheux effet résulte de ce que, dans ces grands événemens, on ne voit que les hommes, et jamais les choses qui les poussent avec une force irrésistible. Au lieu de reconnaître l'influence prépondérante de la civilisation, on regarde les efforts de ces hommes prévoyans comme les véritables causes des perfectionnemens qui se sont opérés, et qui auraient eu également lieu, un peu plus tard, sans leur intervention. On ne se met pas en peine de l'énorme disproportion de la prétendue cause avec l'effet, disproportion qui rendrait l'explication beaucoup plus inintelligible que le fait lui-même. On s'attache à ce qui est apparent, et on néglige le réel, qui est derrière. En un mot, suivant l'ingénieuse expression de madame de Staël, on prend les acteurs pour la pièce.

Une telle erreur est absolument de même nature que celle des Indiens attribuant à Christophe Colomb l'éclipse qu'il avait prévue.

En général, quand l'homme paraît exercer une grande action, ce n'est point par ses propres forces, qui sont extrêmement petites. Ce sont toujours des forces extérieures qui agissent pour lui, d'après des lois sur lesquelles il ne peut rien. Tout son pouvoir réside dans son intelligence, qui le met en état de connaître ces lois par l'observation, de prévoir leurs effets, et, par suite, de les faire concourir au but qu'il se propose, pourvu qu'il emploie ces forces d'une manière conforme à leur nature. L'action une fois produite, l'ignorance des lois naturelles conduit le spectateur, et quelquefois l'acteur lui-même, à rapporter au pouvoir de l'homme ce qui n'est dû qu'à sa prévoyance.

Ces observations générales s'appliquent à une action politique, de la même manière, et par les mêmes raisons qu'à une action physique, chimique et physiologique. Toute action politique est suivie d'un effet réel et durable, quand elle s'exerce dans le même sens que la force de la civilisation, lorsqu'elle se propose d'opérer des changemens que cette force commande actuellement. L'action est nulle, ou, du moins, éphémère, dans toute autre hypothèse.

Le cas le plus vicieux est, sans contredit, celui où le législateur, soit temporel, soit spirituel, agit, à dessein ou non, dans un sens rétrograde. Car, il se constitue alors en opposition avec ce qui seul peut faire sa force. Mais cette marche est tellement le régulateur exact de l'action politique, que cette action est en-

core nulle , malgré la tendance progressive qui
est en sa faveur , quand elle veut avancer plus
qu'il n'est déterminé. L'expérience prouve , en
effet, que le législateur , de quelque puissance
qu'on le suppose revêtu, échoue nécessairement
s'il entreprend d'opérer des perfectionnemens ,
qui sont dans la ligne des progrès naturels de
la civilisation , mais trop au-dessus de son état
actuel. Ainsi, par exemple, les grandes tentatives de Joseph II pour civiliser l'Autriche ,
plus que ne le comportait son état présent, ont
été aussi complètement frappées de nullité que
les efforts immenses de Bonaparte pour faire
rétrograder la France vers le régime féodal ,
quoique tous deux fussent armés des pouvoirs
arbitraires les plus étendus.

Il suit des considérations précédemment indiquées, que la vraie politique, la politique positive, ne doit pas plus prétendre à gouverner
ses phénomènes , que les autres sciences ne gou-
vernent leurs phénomènes respectifs. Elles ont
renoncé à cette ambitieuse chimère qui carac-
térisa leur enfance, pour se borner à observer
leurs phénomènes et à les lier. La politique doit
faire de même. Elle doit uniquement s'occuper
de coordonner tous les faits particuliers relatifs
à la marche de la civilisation , de les réduire au
plus petit nombre possible de faits généraux ,

dont l'enchaînement doit mettre en évidence la loi naturelle de cette marche, en appréciant ensuite l'influence des diverses causes qui peuvent en modifier la vitesse.

L'utilité pratique de cette politique d'observation peut maintenant être précisée avec facilité.

La saine politique ne saurait avoir pour objet de faire marcher l'espèce humaine, qui se meut par une impulsion propre, suivant une loi aussi nécessaire, quoique plus modifiable, que celle de la gravitation. Mais elle a pour but de faciliter sa marche en l'éclairant.

Il y a une fort grande différence entre obéir à la marche de la civilisation sans s'en rendre compte, et y obéir avec connaissance de cause. Les changemens qu'elle commande n'ont pas moins lieu dans le premier cas que dans le second, mais ils se font attendre plus long-temps, et surtout ils ne s'opèrent qu'après avoir produit dans la société de funestes secousses, plus ou moins graves, suivant la nature et l'importance de ces changemens. Or, les froissemens de tout genre qui en résultent pour le corps social, peuvent être évités, en grande partie, par des moyens fondés sur la connaissance exacte des changemens qui tendent à s'effectuer.

Ces moyens consistent à faire que les perfectionnemens, une fois prévus, se prononcent

d'une manière directe, au lieu d'attendre qu'ils
se soient fait jour, par la seule force des choses,
à travers tous les obstacles engendrés par l'ignorance. En d'autres termes, le but essentiel de
la politique pratique est, proprement, d'éviter
les révolutions violentes qui naissent des entraves
mal entendues apportées à la marche de la civilisation, et de les réduire, le plus promptement
possible, à un simple mouvement moral, aussi
régulier, quoique plus vif, que celui qui agite
doucement la société dans les temps ordinaires.
Or, pour atteindre ce but, il est évidemment
indispensable de connaître, avec la plus grande
précision possible, la tendance actuelle de la civilisation, afin d'y conformer l'action politique.

Sans doute, il serait chimérique d'espérer
que des mouvemens qui compromettent, plus
ou moins, les ambitions et les intérêts de classes
entières, puissent s'opérer d'une manière parfaitement calme. Mais il n'est pas moins certain
que jusqu'ici on a donné à cette cause beaucoup
trop d'importance pour l'explication des révolutions orageuses, dont la violence a tenu, en
grande partie, à l'ignorance des lois naturelles
qui règlent la marche de la civilisation.

Il n'est que trop ordinaire de voir attribuer à
l'égoïsme ce qui ne tient essentiellement qu'à
l'ignorance ; et cette erreur funeste contribue à

entretenir l'irritation parmi les hommes, dans leurs relations privées et générales. Mais, dans le cas actuel, n'est-il pas évident que les hommes entraînés jusqu'à présent à se mettre, de fait, en opposition à la marche de la civilisation, ne l'auraient pas tenté si cette opposition eût été solidement démontrée? Nul n'est assez insensé pour se constituer, sciemment, en insurrection contre la nature des choses. Nul ne se plaît à exercer une action qu'il voit clairement devoir être éphémère. Ainsi, les démonstrations de la politique d'observation sont susceptibles d'agir sur les classes que leurs préjugés et leurs intérêts porteraient à lutter contre la marche de la civilisation.

On ne doit pas, sans doute, exagérer l'influence de l'intelligence sur la conduite des hommes. Mais, certainement, la force de la démonstration a une importance très-supérieure à celle qu'on lui a supposée jusqu'ici. L'histoire de l'esprit humain prouve que cette force a souvent déterminé, à elle seule, des changemens dans lesquels elle avait à lutter contre les plus grandes forces humaines réunies. Pour n'en citer que l'exemple le plus remarquable, c'est la seule puissance des démonstrations positives qui a fait adopter la théorie du mouvement de la terre, qui avait à vaincre non-seulement la résistance du pouvoir théologique, encore si vigoureux à cette époque, mais sur- tout l'orgueil de l'espèce humaine toute entière, appuyé sur les motifs les plus vraisemblables qu'une idée fausse ait jamais eu en sa faveur. Des expériences aussi décisives devraient nous éclairer sur la force prépondérante qui résulte des démonstrations véritables. C'est principale- ment parce qu'il n'y en a jamais eu encore dans la politique, que les hommes d'état se sont laissé entraîner dans de si grandes aberrations pratiques. Que les démonstrations paraissent, les aberrations cesseront bientôt.

Mais, d'ailleurs, à ne considérer que les intérêts, il est aisé de sentir que la politique positive doit fournir les moyens d'éviter les ré- volutions violentes.

En effet, si les perfectionnemens nécessités par la marche de la civilisation ont à combattre certaines ambitions et certains intérêts, il en existe aussi qui leur sont favorables. De plus, par cela même que ces perfectionnemens sont arrivés à leur maturité, les forces réelles en leur faveur sont supérieures aux forces opposées, quoique l'apparence ne l'indique pas toujours ainsi. Or, quand même on douterait, relative- ment à ces dernières, que la connaissance po- sitive de la marche de la civilisation pût être

utile pour les engager à subir avec résignation
une loi inévitable, son importance, par rapport
aux autres forces, ne saurait évidemment être
mise en question. Guidées par cette connaissance, les classes ascendantes, apercevant clairement le but qu'elles sont appelées à atteindre,
pourront y marcher d'une manière directe, au
lieu de se fatiguer en tâtonnemens et en dévia-
tions. Elles combineront avec sûreté les moyens
d'annuller d'avance toutes les résistances, et de
faciliter à leurs adversaires la transition vers le
nouvel ordre des choses. En un mot, le triomphe de la civilisation s'opérera d'une manière à
la fois aussi prompte et aussi calme que la
nature des choses le permet.

En résumé, la marche de la civilisation ne
s'exécute pas, à proprement parler, suivant une
ligne droite. Elle se compose d'une suite d'oscillations progressives, plus ou moins étendues
et plus ou moins lentes, en-deçà et en-delà
d'une ligne moyenne, comparables à celles que
présente le mécanisme de la locomotion. Or, ces
oscillations peuvent être rendues plus courtes
et plus rapides par des combinaisons politiques
fondées sur la connaissance du mouvement
moyen, qui tend toujours à prédominer. Telle
est l'utilité pratique permanente de cette connaissance. Elle a évidemment d'autant plus

d'importance , que les changemens nécessités par la marche de la civilisation sont eux-mêmes plus importans. Cette utilité est donc aujourd'hui au plus haut degré , puisque la réorganisation sociale qui peut seule terminer la crise actuelle est la plus complète de toutes les révolutions que l'espèce humaine a éprouvées.

La donnée fondamentale de la politique pratique générale , son point de départ positif, est donc la détermination de la tendance de la civilisation , afin d'y conformer l'action politique, et de rendre par là aussi douces et aussi courtes que possible les crises inévitables auxquelles l'espèce humaine est assujétie dans ses passages successifs par les différens états de civilisation.

De bons esprits , mais peu familiers avec la manière de procéder qui convient à l'esprit humain , tout en reconnaissant la nécessité de déterminer cette tendance de la civilisation , pour donner une base solide et positive aux combinaisons politiques, pourraient penser qu'il n'est pas indispensable pour la fixer d'étudier la marche générale de la civilisation depuis son origine , et qu'il suffit de la considérer dans son état présent. Cette idée est naturelle, vu la manière rétrécie dont la politique a été envisagée jusqu'à ce jour. Mais il est facile d'en montrer la fausseté.

L'expérience a prouvé que, tant que l'esprit de l'homme reste engagé dans une direction positive, il y a beaucoup d'avantages et nul inconvénient à ce qu'il s'élève au plus haut degré de généralité possible, parce qu'il lui est infiniment plus aisé de descendre que de monter. Dans l'enfance de la physiologie positive, on avait commencé par croire que, pour connaître l'organisation humaine, il suffisait d'étudier l'homme uniquement, ce qui était une erreur tout-à-fait analogue à celle dont il est ici question. On a reconnu depuis que, pour se former des idées bien nettes et convenablement étendues de l'organisation humaine, il était indispensable d'envisager l'homme comme un terme de la série animale; et même, par une vue plus générale encore, comme faisant partie de l'ensemble des corps organisés. La physiologie n'est définitivement constituée que depuis que la comparaison des différentes classes d'êtres vivans est largement établie, et qu'elle commence à être régulièrement employée dans l'étude de l'homme.

Il en est, en politique, des divers états de civilisation, comme des organisations diverses en physiologie. Seulement, les motifs qui obligent à considérer les différentes époques de civi-

lisation, sont encore plus directs que ceux qui
ont porté les physiologistes à établir la comparaison de toutes les organisations.

Sans doute, une étude de l'état présent de la
civilisation, envisagé en lui-même, indépendamment de ceux qui l'ont précédé, est propre à
fournir des matériaux très-utiles pour la formation de la politique positive, pourvu que les
faits soient observés d'une manière philosophique. Il est même certain que c'est par des études
de ce genre que les véritables hommes d'état ont
pu jusqu'à présent modifier les doctrines conjecturales qui dirigeaient leur esprit, de façon
à les rendre moins discordantes avec les besoins
réels de la société. Mais il n'en reste pas moins
évident qu'une telle étude est d'une insuffisance
totale pour former une vraie politique positive.
Il est impossible d'y voir autre chose que des
matériaux. En un mot, l'observation de l'état
présent de la civilisation, considéré isolément,
ne peut pas plus déterminer la tendance actuelle
de la société, que ne pourrait le faire l'étude de
toute autre époque isolée.

La raison en est, que, pour établir une loi,
il ne suffit pas d'un terme, car il faut au moins
en avoir trois, afin que la liaison, découverte
par la comparaison des deux premiers, et vérifiée par le troisième, puisse servir à trouver

le suivant, ce qui est le but final de toute loi.

Lorsqu'en suivant une institution et une idée sociale, ou bien un système d'institutions et une doctrine entière, depuis leur naissance jusqu'à l'époque actuelle, on trouve que, à partir d'un certain moment, leur empire a toujours été en diminuant ou toujours en augmentant, on peut prévoir avec une complète certitude, d'après cette série d'observations, le sort qui leur est réservé. Dans le premier cas, il sera constaté qu'elles vont en sens contraire de la civilisation, d'où il résultera qu'elles sont destinées à disparaître. Dans le second, au contraire, on conclura qu'elles doivent finir par dominer. L'époque de la chute ou celle du triomphe pourront même être calculées à peu près par l'étendue et la vitesse des variations observées. Une telle étude est donc évidemment une source féconde d'instruction positive.

Mais que peut apprendre l'observation isolée d'un seul état, dant lequel tout est confondu, les doctrines, les institutions, les classes qui descendent, et les doctrines, les institutions, les classes qui montent, sans compter l'action éphémère qui ne tient qu'à la routine du moment? Quelle sagacité humaine pourrait, dans un assemblage aussi hétérogène, ne pas s'exposer à prendre les uns pour les autres, ces élémens opposés? Comment discerner les réalités qui font si peu de bruit, au milieu des fantômes qui s'agitent sur la scène? Il est clair que, dans un tel désordre, l'observateur ne saurait marcher qu'en aveugle s'il n'est guidé par le passé, qui seul peut lui enseigner à diriger son coup-d'œil de manière à voir les choses comme elles sont au fond.

L'ordre chronologique des époques n'est point l'ordre philosophique. Au lieu de dire : le passé, le présent et l'avenir, il faudrait dire : le passé, l'avenir et le présent. Ce n'est, en effet, que lorsque, par le passé, on a conçu l'avenir, qu'on peut revenir utilement sur le présent, qui n'est qu'un point, de façon à saisir son véritable caractère.

Ces considérations, applicables à une époque quelconque, le sont, à bien plus forte raison, à l'époque actuelle. Aujourd'ui, trois systèmes différens co-existent dans le sein de la société; le système théologique et féodal, le système scientifique et industriel, enfin le système transitoire et bâtard des métaphysiciens et des légistes. Il est absolument au-dessus des forces de l'esprit humain d'établir, au milieu d'une telle confusion, une analyse claire et exacte, une statistique réelle et précise du corps social, **sans être éclairé par le flambeau du passé. On**

pourrait aisément démontrer que d'excellens esprits, faits par leur capacité pour s'élever à une
politique vraiment positive, si leurs facultés
eussent été mieux dirigées, sont restés plongés
dans la métaphysique pour avoir considéré isolément l'état présent des choses, ou même seulement pour n'avoir pas remonté assez haut dans
la série des observations.

Ainsi, l'étude, et l'étude aussi approfondie,
aussi complète que possible, de tous les états par
lesquels la civilisation a passé depuis son origine
jusqu'à présent; leur coordination, leur enchaînement successif, leur composition en faits
généraux propres à devenir des principes, en
mettant en évidence les lois naturelles du développement de la civilisation, le tableau philosophique de l'avenir social, tel qu'il dérive du
passé, c'est-à-dire, la détermination du plan
général de réorganisation destiné à l'époque
actuelle; enfin l'application de ces résultats à
l'état présent des choses, de manière à déterminer la direction qui doit être imprimée à
l'action politique pour faciliter la transition
définitive vers le nouvel état social. Tel est l'ensemble de travaux propres à établir pour la
politique une théorie positive qui puisse répondre aux besoins immenses et urgens de la
société.

Telle est la première série de recherches théoriques que nous osons proposer aux forces combinées des savans Européens.

Toutes les considérations exposées jusqu'ici ayant suffisamment indiqué l'esprit de la politique positive, sa comparaison avec la politique théologique et métaphysique peut acquérir plus de précision.

En les comparant d'abord sous le point de vue le plus important, par rapport aux besoins actuels de la société, on s'explique facilement la supériorité de la politique positive. Cette supériorité résulte de ce qu'elle *découvre* ce que les autres *inventent*. La politique théologique et métaphysique imaginent le système qui convient à l'état présent de la civilisation, d'après la condition absolue qu'il soit le meilleur possible. La politique positive le détermine par l'observation, uniquement comme devant être celui que la marche de la civilisation tend à produire. D'après cette manière différente de procéder, il serait également impossible et que la politique d'imagination trouvât la véritable réorganisation sociale, et que la politique d'observation ne la trouvât pas. L'une fait les plus grands efforts pour inventer le remède, sans considérer la maladie. L'autre, persuadée que la principale cause de guérison est la force vitale

8

du malade, se borne à prévoir, par l'observation, l'issue naturelle de la crise, afin de la faciliter en écartant les obstacles suscités par l'empirisme.

En second lieu, la politique scientifique peut seule présenter aux hommes une théorie sur laquelle il soit possible de s'entendre, ce qui, en un sens, est la condition la plus importante.

La politique théologique et métaphysique, recherchant le meilleur gouvernement possible, entraînent dans des discussions interminables; car cette question n'est point jugeable. Le régime politique doit être et il est nécessairement en rapport avec l'état de la civilisation; le meilleur, pour chaque époque, est celui qui s'y conforme le mieux. Il n'y a donc pas et il ne saurait y avoir de régime politique absolument préférable à tous autres, il y a seulement des états de civilisation plus perfectionnés les uns que les autres. Les institutions bonnes à une époque, peuvent être et sont même le plus souvent mauvaises à une autre, et réciproquement. Ainsi, par exemple, l'esclavage, qui est aujourd'hui une monstruosité, était certainement, à son origine, une très-belle institution, puisqu'elle avait pour objet d'empêcher le fort d'égorger le faible; c'était un intermédiaire inévitable dans le développement général de la civilisation,

comme nous l'établirons spécialement dans la
seconde partie de ce volume De même, en
sens inverse, la liberté, qui, dans une proportion raisonnable, est si utile à un individu
et à un peuple qui ont atteint un certain
degré d'instruction et contracté quelques habitudes de prévoyance, parce qu'elle permet le
développement de leurs facultés, est très-nui-
sible à ceux qui n'ont pas encore rempli ces deux
conditions, et qui ont indispensablement besoin, pour eux-mêmes autant que pour les autres, d'être tenus en tutelle. Il est donc évident
qu'on ne saurait s'entendre sur la question absolue du meilleur gouvernement possible. Il n'y
aurait d'autre expédient pour rétablir l'harmonie que de proscrire entièrement l'examen du
plan convenu, ainsi que l'a fait la politique théologique, plus conséquente que la politique métaphysique; parce que, ayant duré, elle a dû
remplir les conditions de là durée. On sait que
la métaphysique; en donnant, dans une telle
carrière, un libre essor à l'imagination, a conduit jusqu'à mettre en doute et même à nier
formellement l'utilité de l'état social lui-même
pour le bonheur de l'homme, ce qui rend saillante l'impossibilité de s'entendre sur de telles
questions.

Dans la politique scientifique, au contraire,
le but pratique étant de déterminer le système

que la marche de la civilisation, telle que le passé la montre, tend à produire aujourd'hui, la question est toute positive, et entièrement jugeable par l'observation. Le plus libre examen peut et doit être accordé, sans qu'on ait à craindre les divagations. Au bout d'un certain temps, tous les esprits compétents, et, à leur suite, tous les autres, doivent finir par s'entendre sur les lois naturelles de la marche de la civilisation, et sur le système qui en résulte, quelles qu'aient pu être d'abord leurs opinions spéculatives, comme on a fini par s'entendre sur les lois du système solaire, sur celles de l'organisation humaine, etc.

Enfin, la politique positive est la seule voie par laquelle l'espèce humaine puisse sortir de l'arbitraire, dans lequel elle restera plongée tant que la politique théologique et métaphysique domineront encore.

L'absolu, dans la théorie, conduit nécessairement à l'arbitraire, dans la pratique. Tant que l'espèce humaine est envisagée comme n'ayant pas d'impulsion qui lui soit propre, comme devant la recevoir du législateur, l'arbitraire existe forcément, au plus haut degré, et sous le rapport le plus essentiel, nonobstant les déclamations les plus éloquentes. C'est la nature des choses qui le veut ainsi. L'espèce humaine étant alors laissée à la discrétion du législateur, qui détermine pour elle le meilleur gouvernement possible, l'arbitraire peut bien être restreint dans les détails, mais on ne saurait évidemment le chasser de l'ensemble. Que le législateur suprême soit unique ou multiple, héréditaire ou électif, rien n'est changé à cet égard. La société toute entière se substituerait au législateur, s'il était possible, qu'il en serait encore de même. Seulement, l'arbitraire étant alors exercé par toute la société sur elle-même, les inconveniens deviendraient plus grands que jamais.

Au contraire, la politique scientifique exclut radicalement l'arbitraire, parce qu'elle fait disparaître l'absolu et le vague qui l'ont engendré et qui le maintiennent. Dans cette politique, l'espèce humaine est envisagée comme assujétie à une loi naturelle de développement, qui est susceptible d'être déterminée par l'observation, et qui prescrit, pour chaque époque, de la manière la moins équivoque, l'action politique qui peut être exercée. L'arbitraire cesse donc nécessairement. Le gouvernement des choses remplace celui des hommes. C'est alors qu'il y a vraiment *loi*, en politique, dans le sens réel et philosophique attaché à cette expression par l'illustre Montesquieu. Quelle que soit la forme du gouvernement, dans ses détails, l'arbitraire ne peut reparaître, au moins quant au fond. Tout est fixé, en politique, d'après une loi vraiment souveraine, reconnue supérieure à toutes les forces humaines, puisqu'elle dérive, en dernière analyse, de la nature de notre organisation, sur laquelle on ne saurait exercer aucune action. En un mot, cette loi exclut, avec la même efficacité, l'arbitraire théologique, ou le droit divin des rois, et l'arbitraire métaphysique, ou la souveraineté du peuple.

Si quelques esprits pouvaient voir, dans l'empire suprême d'une telle loi, une transformation de l'arbitraire existant, il faudrait les engager à se plaindre aussi du despotisme inflexible exercé sur toute la nature par la loi de la gravitation, et du despotisme non moins réel, mais plus analogue encore, comme plus modifiable, exercé par les lois de l'organisation humaine, dont celle de la civilisation n'est que le résultat.

Ce qui précède conduit naturellement à assigner avec exactitude les domaines respectifs de l'observation et de l'imagination en politique. Cette détermination achèvera d'esquisser l'esprit général de la nouvelle politique.

Il faut, à cet effet, distinguer deux ordres de travaux : les uns, qui composent proprement la science politique, sont relatifs à la formation du système qui convient à l'époque actuelle; les autres se rapportent à sa propagation.

Dans les premiers, il est clair que l'imagination ne doit jouer qu'un rôle absolument subalterne, toujours aux ordres de l'observation, comme dans les autres sciences. Quant à l'étude du passé, elle peut et doit être employée à inventer des moyens provisoires de lier les faits, jusqu'à ce que les liaisons définitives ressortent directement des faits eux-mêmes, ce qu'il faut toujours avoir en vue. Cet emploi de l'imagination ne doit même porter que sur des faits secondaires, sans quoi il serait évidemment vicieux. En second lieu, la détermination du système d'après lequel la société est aujourd'hui appelée à se réorganiser, doit se conclure presqu'en totalité de l'observation du passé. Cette étude déterminera, non-seulement l'ensemble de ce système, mais aussi les parties les plus importantes, jusqu'à un degré de précision dont les savans seront vraisemblablement étonnés quand ils mettront la main à l'œuvre. Néanmoins, il est certain que la précision obtenue par cette méthode, ne saurait descendre entièrement jusqu'au point où le système pourra être livré aux industriels, pour qu'ils le mettent en activité par leurs combinaisons pratiques, selon le plan' indiqué au chapitre précédent. Ainsi, sous ce second rapport, l'imagination devra encore remplir, dans la politique scientifique, une fonction secondaire, et qui consistera à porter jusqu'au degré de précision nécessaire l'esquisse du nouveau système, dont l'observation aura déterminé le plan général et les traits caractéristiques.

Mais il est un autre genre de travaux, également indispensables au succès définitif de la grande entreprise de réorganisation, quoique subordonnés aux précédens, et dans lesquels l'imagination retrouve son plein et entier exercice.

Dans la détermination du système nouveau, il est nécessaire de faire abstraction des avantages ou des inconvéniens de ce système. La question principale, la question unique, doit être : Quel est, d'après l'observation du passé, le système social destiné à s'établir aujourd'hui par la marche de la civilisation? Ce serait tout brouiller, et même manquer le but, que de s'occuper, d'une manière importante, de la bonté de ce système. On devra se borner à concevoir, en thèse générale, que l'idée positive de bonté et celle de conformité avec l'état de la civilisation, se confondant, à leur origine, on est certain d'avoir le meilleur système praticable aujourd'hui, en cherchant quel est le plus conforme à l'état de la civilisation. L'idée de bonté n'étant pas positive par elle-même, et ne le devenant que par sa relation avec la seconde, c'est donc à celle-ci qu'il faut uniquement s'attacher comme but direct des recherches, sans quoi la politique ne deviendrait pas positive. L'indication des avantages du nouveau système, de sa supériorité sur les précédens sous ce rapport, ne doit être qu'une chose tout-à-fait secondaire, sans aucune influence sur la direction des travaux.

Il est incontestable que, par une telle manière de procéder, on sera certain de fonder une politique vraiment positive, et vraiment en harmonie avec les grands besoins de la société. Mais, si c'est dans un tel esprit que le nouveau système doit être déterminé, il est clair que ce n'est pas sous une telle forme qu'il doit être présenté à la société pour entraîner son adoption définitive, car cette forme est fort loin d'être la plus propre à provoquer cette adhésion.

Pour qu'un nouveau système social s'établisse, il ne suffit pas qu'il ait été conçu convenablement, il faut encore que la masse de la société se passionne pour le constituer. Cette condition n'est pas seulement indispensable pour vaincre les résistances plus ou moins fortes que ce système doit rencontrer dans les classes en décadence. Elle l'est, surtout, pour satisfaire ce besoin moral d'exaltation inhérent à l'homme, quand il entre dans une carrière nouvelle; sans cette exaltation, il ne pourrait ni vaincre son inertie naturelle, ni secouer le joug si puissant des anciennes habitudes, ce qui, néanmoins, est nécessaire pour laisser à toutes ses facultés, dans leur nouvel emploi, un libre et plein développement. Une telle nécessité se montrant toujours dans les cas les moins compliqués, il serait contradictoire qu'elle n'eût pas lieu dans les changemens les plus complets et les plus importants, dans ceux qui doivent modifier le plus profondément l'existence humaine. Aussi, toute l'histoire dépose-t-elle en faveur de cette vérité.

Cela posé, il est clair que la manière dont le nouveau système pourra et devra être conçu et présenté par la politique scientifique, n'est nullement propre directement à remplir cette condition indispensable.

On ne passionnera jamais la masse des hommes pour un système quelconque, en leur prouvant qu'il est celui dont la marche de la civilisation, depuis son origine, a préparé l'établissement, et qu'elle appelle aujourd'hui à diriger la société. Une telle vérité est à la portée d'un trop petit nombre d'esprits, et exige même de leur part une trop longue suite d'opérations intellectuelles pour qu'elle puisse jamais passionner. Seulement, elle produira, dans les savans, cette conviction profonde et opiniâtre, résultat nécessaire des démonstrations positives, et qui offre plus de résistance, mais par cela même aussi moins d'activité, que la persuasion vive et entraînante produite par les idées qui émeuvent les passions.

Le seul moyen d'obtenir ce dernier effet, consiste à présenter aux hommes le tableau animé des améliorations que doit apporter dans la condition humaine le nouveau système, envisagé sous tous les points de vue différents, et abstraction faite de sa nécessité et de son opportunité. Cette perspective peut seule déterminer les hommes à faire en eux-mêmes la révolution morale nécessaire pour que le nouveau système puisse s'établir. Elle seule peut refouler l'égoïsme, devenu prédominant par la dissolution de l'ancien système, et qui, lorsque les idées auront été éclaircies par les travaux scientifiques, sera le seul grand obstacle au triomphe du nouveau. Elle seule enfin peut tirer la société de l'apathie, et lui imprimer, d'ensemble, cette activité qui doit devenir permanente, dans un état social qui tiendra toutes les facultés de l'homme en action continue.

Voilà donc un ordre de travaux dans lequel l'imagination doit jouer un rôle prépondérant. Son action ne saurait avoir aucun inconvénient, puisqu'elle s'exercera dans la direction établie par les travaux scientifiques, puisqu'elle se proposera pour but, non l'invention du système à constituer, mais l'adoption de celui qui aura été déterminé par la politique positive. Ainsi lancée, l'imagination doit être entièrement livrée à elle-même. Plus son allure sera franche et libre, plus l'action indispensable qu'elle doit exercer sera complète et salutaire.

Telle est la part spéciale réservée aux beaux-arts dans l'entreprise générale de la réorganisation sociale. Ainsi concourront à cette vaste entreprise toutes les forces positives; celle des savans, pour déterminer le plan du nouveau système; celle des artistes, pour provoquer l'adoption universelle de ce plan; celle des industriels, pour mettre le système en activité immédiate, par l'établissement des institutions pratiques nécessaires. Ces trois grandes forces se combineront alors entr'elles pour constituer le nouveau système, comme elles le feront, quand il sera formé, pour son application journalière.

Ainsi, en dernière analyse, la politique positive investit l'observation de la suprématie accordée à l'imagination par la politique conjecturale, dans la détermination du système social
convenable à l'époque actuelle. Mais, en même
temps, elle confie à l'imagination un nouveau
rôle, bien supérieur, aujourd'hui, à celui qu'elle
a dans la politique théologique et métaphysique,
où, quoique souveraine, elle languit, depuis
que l'espèce humaine s'est rapprochée de l'état
positif, dans un cercle d'idées usées et de ta-
bleaux monotones.

Après avoir esquissé l'esprit général de la politique positive, il est utile de jeter un coup-
d'œil sommaire sur les principales tentatives
faites jusqu'à ce moment dans le but d'élever la
politique au rang des sciences d'observation. Il
en résultera le double avantage, de constater,
par le fait, la maturité d'une telle entreprise, et
d'éclaircir encore l'esprit de la nouvelle politique, en le présentant sous plusieurs points de
vue distincts de ceux précédemment indiqués.

C'est à Montesquieu que doit être rapporté le
premier effort direct pour traiter la politique
comme une science de faits et non de dogmes.
Tel est, évidemment, le but véritable de l'*Esprit des lois*, aux yeux de quiconque a compris
cet ouvrage. L'admirable début dans lequel l'i-

dée générale de *loi* est présentée, pour la première fois, d'une manière vraiment philosophique, suffirait seul pour constater un tel dessein. Il est clair que Montesquieu s'est essentiellement proposé de rallier, autant que possible, sous un certain nombre de chefs principaux, tous les faits politiques dont il avait connaissance, et de mettre en évidence les lois de leur enchaînement.

S'il s'agissait ici d'apprécier le mérite d'un tel travail, il faudrait le juger d'après l'époque de son exécution. On verrait alors qu'il constate, de la manière la plus formelle, la supériorité philosophique de Montesquieu sur tous ses contemporains. S'être affranchi de l'esprit critique, dans le temps où il exerçait, jusque sur les plus fortes têtes, l'empire le plus despotique; avoir profondément senti le vide de la politique métaphysique et absolue, avoir éprouvé le besoin d'en sortir, au moment même où elle prenait, entre les mains de Rousseau, sa forme définitive, sont des preuves décisives de cette supériorité.

Mais, malgré la capacité de premier ordre dont Montesquieu a fait preuve, et qui sera de plus en plus sentie, il est évident que ses travaux sont bien loin d'avoir élevé la politique au rang des sciences positives. Ils n'ont nullement

satisfait aux conditions fondamentales indispensables pour que ce but puisse être atteint, et qui
ont été ci-dessus exposées.

Montesquieu n'a pas aperçu le grand fait général qui domine tous les phénomènes politiques, dont il est le véritable régulateur, le développement naturel de la civilisation. Il en
est résulté que ses recherches ne sauraient être
employées, dans la formation de la politique
positive, autrement que comme matériaux,
comme recueil d'observations et d'aperçus. Car,
les idées générales qui lui ont servi à lier les faits,
ne sont point positives.

Malgré les efforts évidens de Montesquieu
pour se dégager de la métaphysique, il n'a pu
y parvenir, et c'est d'elle, incontestablement,
qu'il a déduit sa conception principale. Cette
conception a le double défaut d'être dogmatique au lieu d'être historique, c'est-à-dire, de
ne pas avoir égard à la succession nécessaire des
divers états politiques; et, en second lieu, de
donner une importance exagérée à un fait secondaire, la forme du gouvernement. Aussi le
rôle prépondérant que Montesquieu a fait jouer
à cette idée, est-il purement d'imagination, et
en contradiction avec l'ensemble des observations les plus connues. En un mot, les faits politiques n'ont pas été vraiment *liés* par Montes-

quieu, comme ils doivent l'être dans toute science positive. Ils n'ont été que *rapprochés* d'après des vues hypothétiques, contraires, le plus souvent, à leurs rapports réels.

La seule partie importante des travaux théoriques de Montesquieu, qui soit véritablement dans une direction positive, est celle qui a pour objet de déterminer l'influence politique des circonstances physiques locales, agissant d'une manière continue, et dont l'ensemble peut être désigné sous le nom de climat. Mais il est aisé de voir que, même sous ce rapport, les idées produites par Montesquieu ne peuvent être employées qu'après avoir été totalement refondues, par suite du vice général qui caractérise sa manière de procéder.

Il est, en effet, bien reconnu, aujourd'hui, par tous les observateurs, que Montesquieu a beaucoup exagéré, sous plusieurs rapports, l'influence des climats. Cela est inévitable.

Sans doute, le climat exerce une action très-réelle et très-importante à connaître sur les phénomènes politiques. Mais cette action n'est qu'indirecte et secondaire. Elle se borne à accélérer ou à retarder jusqu'à un certain point, la marche naturelle de la civilisation, qui ne peut nullement être dénaturée par ces modifica- cations. Cette marche reste effectivement la

même, au fond, dans tous les climats, à la vitesse
près, parce qu'elle tient à des lois plus générales,
celles de l'organisation humaine, qui sont essentiellement uniformes dans les diverses loca-
lités. Puis donc que l'influence du climat sur
les phénomènes politiques n'est que modifica-
trice à l'égard de la marche naturelle de la civilisation, qui conserve son caractère de loi
suprême, il est clair que cette influence ne saurait être étudiée avec fruit et convenablement
appréciée, qu'après la détermination de cette
loi. Si l'on voulait considérer la cause indirecte
et subordonnée avant la cause directe et princi-
cipale, une telle infraction à la nature de l'esprit humain aurait pour résultat inévitable de
donner une idée absolument fausse de l'influence de la première, en la faisant confondre
avec celle de la seconde. C'est ce qui est arrivé
à Montesquieu.

La réflexion précédente sur l'influence du
climat est, évidemment, applicable à celle de
toutes les autres causes quelconques, qui peuvent modifier la marche de la civilisation dans
sa vitesse, sans l'altérer essentiellement. Cette
influence ne pourra être déterminée avec exactitude, que lorsque les lois naturelles de la civilisation auront été établies, en y faisant d'abord
abstraction de toutes ces modifications. Les as-

tronomes ont commencé par étudier les lois des mouvements planétaires, abstraction faite des perturbations. Quand ces lois ont été découvertes, les modifications ont pu être déterminées, et même ramenées au principe qui n'avait été d'abord établi que sur le mouvement principal. Si on eût voulu, dès l'origine, tenir compte de ces irrégularités, il est clair qu'aucune théorie exacte n'aurait jamais pu être formée. Il en est absolument de même dans le cas présent.

L'insuffisance de la politique de Montesquieu se vérifie clairement dans ses applications aux besoins de la société.

La nécessité d'une réorganisation sociale dans les pays les plus civilisés, était aussi réelle à l'époque de Montesquieu qu'elle l'est aujourd'hui. Car, le système féodal et théologique était déjà détruit dans ses bases fondamentales. Les événemens qui se sont développés depuis, n'ont fait que rendre cette nécessité plus sensible et plus urgente, en complétant la destruction de l'ancien système. Néanmoins, Montesquieu n'a pas donné pour but pratique à ses travaux la conception d'un nouveau système social. Comme il n'avait pas lié les faits politiques d'après une théorie propre à mettre en évidence le besoin d'un système nouveau dans l'état que la

société avait atteint, et, en même temps, à déterminer le caractère général de ce système, il a
dû se borner, et il s'est borné, quant à la pratique, à indiquer des améliorations de détail,
conformes à l'expérience, et qui n'étaient que
de simples modifications, plus ou moins importantes, du système théologique et féodal.

Sans doute, Montesquieu a montré par là une
sage retenue, en renfermant ses idées pratiques
dans les limites que les faits lui imposaient, à
la manière imparfaite dont il les avait étudiés,
lorsqu'il lui eût été, au contraire, si facile d'inventer des utopies. Mais il a constaté en même
temps, d'une manière décisive, l'insuffisance
d'une théorie qui n'était pas susceptible de correspondre aux besoins les plus essentiels de la
pratique.

Ainsi, en résumé, Montesquieu a senti la nécessité de traiter la politique à la manière des
sciences d'observation; mais il n'a pas conçu le
travail général qui doit lui imprimer ce caractère. Ses recherches n'en ont pas moins eu la
plus grande importance. Elles ont facilité à l'esprit humain les moyens de combiner les idées
politiques, en lui présentant une grande masse
de faits, rapprochés d'après une théorie qui,
fort éloignée encore de l'état positif, en était ce-

pendant beaucoup plus près que toutes celles précédemment produites.

La conception générale du travail propre à élever la politique au rang des sciences d'observation, a été découverte par Condorcet. Il a vu nettement, le premier, que la civilisation est assujétie à une marche progressive dont tous les pas sont rigoureusement enchaînés les uns aux autres suivant des lois naturelles, que peut dévoiler l'observation philosophique du passé, et qui déterminent, pour chaque époque, d'une manière entièrement positive, les perfectionnemens que l'état social est appelé à éprouver, soit dans ses parties, soit dans son ensemble. Non-seulement Condorcet a conçu par là le moyen de donner à la politique une vraie théorie positive, mais il a tenté d'établir cette théorie en exécutant l'ouvrage intitulé : *Esquisse d'un tableau historique des progrès de l'esprit humain*, dont le titre seul et l'introduction suffiraient pour assurer à son auteur l'honneur éternel d'avoir créé cette grande idée philosophique.

Si cette découverte capitale est jusqu'ici demeurée entièrement stérile, si elle n'a fait encore presque aucune sensation, si personne n'a marché dans la ligne que Condorcet a indiquée, si, en un mot, la politique n'est point devenue positive, il faut l'attribuer, en grande partie, à ce que l'esquisse tracée par Condorcet a été exécutée dans un esprit absolument contraire au but de ce travail. Il en a entièrement méconnu les conditions les plus essentielles, de telle sorte que l'ouvrage est à refondre en totalité. C'est ce qu'il importe d'établir.

En premier lieu, la distribution des époques, est, dans un travail de cette nature, la partie la plus importante du plan, ou, pour mieux dire, elle constitue à elle seule le plan lui-même, considéré dans sa plus grande généralité, car elle fixe le mode principal de coordination des faits observés. Or, la distribution adoptée par Condorcet est absolument vicieuse, en ce qu'elle ne satisfait pas même à la plus palpable des conditions, celle de présenter une série homogène. On voit que Condorcet n'a nullement senti l'importance d'une disposition philosophique des époques de la civilisation. Il n'a pas vu que cette disposition doit être elle-même l'objet d'un premier travail général, le plus difficile de ceux auxquels la formation de la politique positive doit donner lieu. Il a cru pouvoir coordonner convenablement les faits en prenant, presqu'au hasard, pour origine de chaque époque, un événement remarquable, tantôt industriel, tantôt scientifique, tantôt politique. En procédant áinsi, il ne sortait pas du cercle des historiens littérateurs. Il lui était impossible de former une vraie théorie, c'est-à-dire, d'établir entre les faits un enchaînement réel, puisque ceux qui devaient servir à lier tous les autres étaient déjà isolés entre eux.

Les naturalistes, étant de tous les savans ceux qui ont à former les classifications les plus étendues et les plus difficiles, c'est entre leurs mains que la méthode générale des classifications a dû faire ses plus grands progrès. Le principe fondamental de cette méthode est établi, depuis qu'il existe, en botanique et en zoologie, des classifications philosophiques, c'est-à-dire, fondées sur des rapports réels, et non sur des rapprochemens factices. Il consiste en ce que l'ordre de généralité des différens degrés de division, soit, autant que possible, exactement conforme à celui des rapports observés entre les phénomènes à classer. De cette manière, la hiérarchie des familles, des genres, etc., n'est autre chose que l'énoncé d'une série coordonnée de faits généraux, partagée en différens ordres de suites, de plus en plus particulières. En un mot, la classification n'est alors que l'expression philosophique de la science, dont elle suit les progrès. Connaître la classification, c'est connaître

la science, au moins dans sa partie la plus importante.

Ce principe est applicable à une science quelconque. Ainsi, la science politique se constituant à l'époque où il a été découvert, employé,
et solidement vérifié, elle doit profiter de cette
idée philosophique trouvée par d'autres sciences, en la prenant pour guide dans sa distribution des divers âges de la civilisation. Les motifs pour disposer, dans l'histoire générale de
l'espèce humaine, les différentes époques de
civilisation dans l'ordre de leurs rapports naturels, sont absolument semblables à ceux des
naturalistes pour ranger d'après la même loi
les organisations animales et végétales. Seulement, ils ont encore plus de force.

Car, si une bonne coordination des faits est
fort importante dans une science quelconque,
elle est tout dans la science politique, qui, sans
cette condition, manquerait entièrement son but
pratique. Ce but est, comme on sait, de déterminer, par l'observation du passé, le système
social que la marche de la civilisation tend à
produire aujourd'hui. Or, cette détermination
ne peut résulter que d'une bonne coordination
des états de civilisation antérieurs, qui fasse
ressortir la loi de cette marche. Il est clair, d'a-
près cela, que les faits politiques, quelque im-

portans qu'ils puissent être, n'ont de valeur pratique réelle que par leur coordination, tandis que, dans les autres sciences, la connaissance des faits a, le plus souvent, par elle-même, une première utilité, indépendante du mode de leur enchaînement.

Ainsi, les diverses époques de la civilisation, au lieu d'être distribuées sans ordre, d'après des événemens plus ou moins importants, comme l'a fait Condorcet, doivent être disposées d'après le principe philosophique, déjà reconnu par tous les savans comme devant présider aux classifications quelconques. La division principale des époques doit présenter l'aperçu le plus général de l'histoire de la civilisation. Les divisions secondaires, à quelque degré qu'on juge convenable de les pousser, doivent offrir successivement des aperçus de plus en plus précis de cette même histoire. En un mot, la table des époques doit être arrêtée de manière à offrir, par elle seule, l'expression abrégée de l'ensemble du travail. Sans cela, on n'aurait fait qu'un travail purement provisoire, n'ayant qu'une valeur de matériaux, avec quelque perfection qu'il fût exécuté.

C'est assez dire qu'une telle division ne saurait être inventée, et que, même dans son plus haut degré de généralité, elle ne peut résulter que d'une première ébauche du tableau, d'un premier coup-d'œil sur l'histoire générale de la civilisation. Sans doute, quelqu'importante, quelqu'indispensable que soit cette manière de procéder, pour la formation de la politique positive, elle serait impraticable, et il faudrait se résigner à ne faire d'abord qu'un travail simplement provisoire, si ce travail ne se trouvait déjà suffisamment préparé. Mais les histoires écrites jusqu'à ce jour, et surtout celles qui ont été produites depuis environ un demi-siècle, quoique fort éloignées d'avoir été conçues dans l'esprit convenable, présentent à peu près l'équivalent de cette collection préliminaire de matériaux. On peut donc s'occuper directement d'une coordination définitive.

Nous avons présenté dans le chapitre précédent, mais seulement sous le rapport spirituel, un aperçu général qui nous paraît remplir les conditions ci-dessus exposées pour la division principale du passé. Il est le résultat d'une première étude philosophique sur l'ensemble de l'histoire de la civilisation.

Nous croyons que cette histoire peut être partagée en trois grandes époques, ou états de civilisation, dont le caractère est parfaitement distinct, au temporel et au spirituel. Elles embrassent la civilisation considérée à la fois dans ses élémens et dans son ensemble, ce qui est, évidemment, d'après les vues indiquées plus haut, une condition indispensable.

La première est l'époque théologique et militaire.

Dans cet état de la société, toutes les idées théoriques, tant générales que particulières, sont d'un ordre purement surnaturel. L'imagination domine franchement et complétement sur l'observation, à laquelle tout droit d'examen est interdit.

De même, toutes les relations sociales, soit particulières, soit générales, sont franchement et complétement militaires. La société a pour but d'activité unique et permanent, la conquête. Il n'y a d'insdustrie que ce qui est indispensable pour l'existence de l'espèce humaine. L'esclavage pur et simple des producteurs est la principale institution.

Tel est le premier grand système social produit par la marche naturelle de la civilisation. Il a existé dans ses éléments, à partir de la première formation des sociétés régulières et permanentes. Il ne s'est complétement établi dans son ensemble, qu'après une longue suite de générations.

La seconde époque est l'époque métaphysique et légiste. Son caractère général est de n'en avoir aucun bien tranché. Elle est intermédiaire et bâtarde, elle opère une transition.

Sous le rapport spirituel, elle a déjà été caractérisée dans le chapitre précédent. L'observation est toujours dominée par l'imagination, mais elle est admise à la modifier entre certaines limites. Ces limites sont ensuite reculées successivement, jusqu'à ce que l'observation conquière enfin le droit d'examen sur tous les points. Elle l'obtient d'abord sur toutes les idées théoriques particulières, et, peu à peu, par l'usage qu'elle en fait, elle finit par l'acquérir aussi sur les idées théoriques générales, ce qui est le terme naturel de la transition. Ce temps est celui de la critique et de l'argumentation.

Sous le rapport temporel, l'industrie a pris plus d'extension, sans être encore prédominante. Par suite, la société n'est plus franchement militaire, et n'est pas encore franchement industrielle, soit dans ses élémens, soit dans son ensemble. Les relations sociales particulières sont modifiées. L'esclavage individuel n'est plus direct; le producteur, encore esclave, commence à obtenir quelques droits de la part du militaire. L'industrie fait de nouveaux progrès, ils aboutissent enfin à l'abolition totale de l'esclavage individuel. Après cet affranchissement, les producteurs restent encore soumis à l'arbitraire collectif. Cependant, les relations sociales générales commencent bientôt à se modifier aussi. Les deux buts d'activité, la conquête et la production, sont menés de front. L'industrie est d'abord ménagée et protégée comme moyen militaire. Plus tard, son importance augmente, et la guerre finit par être conçue, à son tour, systématiquement, comme moyen de favoriser l'industrie, ce qui est le dernier état de ce régime intermédiaire.

Enfin, la troisième époque est l'époque scientifique et industrielle. Toutes les idées théoriques particulières sont devenues positives, et les idées générales tendent à le devenir. L'observation a dominé l'imagination, quant aux premières, et elle l'a détrônée, sans avoir encore aujourd'hui pris sa place, quant aux secondes.

Au temporel, l'industrie est devenue prépondérante. Toutes les relations particulières se sont établies peu à peu sur des bases industrielles. La société, prise collectivement, tend à s'organiser de la même manière, en se donnant pour but d'activité unique et permanent, la production.

En un mot, cette dernière époque est déjà écoulée, quant aux élémens, et elle est prête à commencer, quant à l'ensemble. Son point de départ direct date de l'introduction des sciences

positives en Europe par les Arabes, et de l'affranchissement des communes, c'est-à-dire, du
onziéme siècle environ.

Pour prévenir toute obscurité dans l'application de cet aperçu général, il faut ne jamais
perdre de vue que la civilisation a dû marcher,
quant aux élémens spirituels et temporels de
l'état social, avant de marcher, quant à l'ensemble. Par suite, les trois grandes époques
successives ont nécessairement commencé plutôt pour les élémens que pour l'ensemble; ce
qui pourrait occasionner quelque confusion, si
on ne se rendait compte, avant tout, de cette
différence inévitable.

Tels sont donc les caractères principaux des
trois époques dans lesquelles on peut partager
toute l'histoire de la civilisation, depuis le temps
où l'état social a commencé à prendre une véritable consistance jusqu'à présent. Nous osons
proposer aux savans cette première division du
passé, qui nous paraît remplir les grandes conditions d'une bonne classification de l'ensemble
des faits politiques.

Si elle est adoptée, il faudra trouver au moins
une sous-division, pour qu'il soit possible d'exécuter convenablement une première esquisse du
grand tableau historique. La division principale
facilitera la découverte de celles qui devront lui

succéder, en fournissant les moyens de considérer les phénomènes d'une manière générale
et positive tout à la fois. Il est clair aussi que
ces diverses sous-divisions, d'après le principe
fondamental des classifications, devront être entièrement conçues dans le même esprit que la
division principale, et n'en présenter qu'un simple développement.

Après avoir examiné le travail de Condorcet,
quant à la distribution des époques, il faut l'envisager par rapport à l'esprit qui a présidé à son
exécution.

Condorcet n'a pas vu que le premier effet direct d'un travail pour la formation de la politique positive, devait être, de toute nécessité, de
faire disparaître irrévocablement la philosohie
critique du dix-huitième siècle, en tournant
toutes les forces des penseurs vers la réorganisation de la société, but pratique d'un tel travail. Il n'a pas senti, par conséquent, que la
condition préliminaire la plus indispensable à
remplir pour celui qui voulait exécuter cette
importante entreprise, était de se dépouiller,
autant que possible, des préjugés critiques in-
troduits dans toutes les têtes par cette philosophie. Au lieu de cela, il s'est laissé dominer
aveuglement par ces préjugés, il a condamné le
passé au lieu de l'observer ; et, par suite, son

ouvrage n'a été qu'une longue et fatigante décla-
mation, dont il ne résulte réellement aucune
instruction positive.

L'admiration et l'improbation des phénomènes doivent être bannies avec une égale sévérité
de toute science positive, parce que chaque
préoccupation de ce genre a pour effet direct et
inévitable d'empêcher ou d'altérer l'examen. Les
astronomes, les physiciens, les chimistes et
les physiologistes, n'admirent ni ne blâment
leurs phénomènes respectifs, ils les observent,
quoique ces phénomènes puissent donner une
ample matière aux considérations de l'un et l'autre genre, comme il y en a eu beaucoup d'exemples. Les savans laissent avec raison de tels effets
aux artistes, dans le domaine desquels ils tom-
bent réellement.

Il en doit être, sous ce rapport, dans la politique comme dans les autres sciences. Seulement, cette réserve y est beaucoup plus nécessaire, précisément parce qu'elle y est plus difficile, et qu'elle altère l'examen plus profondément, attendu que, dans cette science, les phénomènes touchent aux passions de bien plus près
que dans toute autre. Ainsi, sous ce seul rapport, l'esprit critique auquel Condorcet s'est
laissé entraîner, est directement contraire à celui qui doit régner dans la politique scientifique,

quand même tous les reproches qu'il adresse au passé seraient exactement fondés. Mais il y a plus.

Sans doute, suivant une remarque déjà faite dans ce chapitre, les combinaisons pratiques des hommes d'état n'ont pas toujours été conçues de la manière convenable, et souvent même elles ont été dirigées en sens contraire de la civilisation. Si l'on précise cette remarque, on voit qu'elle se borne, pour tous les cas, à ce que les hommes d'état ont cherché à prolonger, au-delà de leur terme naturel, des doctrines et des institutions qui n'étaient plus en harmonie avec l'état de la civilisation; et, certes, une telle erreur paraîtra fort excusable, en considérant que jusqu'ici il n'y a eu aucun moyen positif de la reconnaître. Mais transporter à des systèmes entiers d'institutions et d'idées ce qui n'est relatif qu'à des faits secondaires; montrer, par exemple, comme n'ayant jamais été qu'un obstacle à la civilisation, le système féodal et théologique, dont l'établissement a été, au contraire, le plus grand progrès provisoire de la société, et sous l'heureuse influence duquel elle a fait tant de conquêtes définitives; représenter, pendant une longue suite de siècles, les classes placées à la tête du mouvement général comme occupées à suivre une conspiration permanente contre l'espèce humaine; un tel esprit, aussi absurde dans son principe que révoltant dans ses consé- quences, est un résultat insensé de la philoso- phie du siècle dernier, à l'empire de laquelle il est déplorable qu'un homme tel que Condorcet n'ait pu se soustraire.

Cette absurdité, née de l'impuissance d'aper- cevoir dans toutes ses parties principales l'en- chaînement naturel des progrès de la civilisation, en rend évidemment l'explication impossible. Aussi, le travail de Condorcet présente-t-il une contradiction générale et continue.

D'un côté, il proclame hautement que l'état de la civilisation au dix-huitième siècle est in- finiment supérieur, sous une foule de rapports, à ce qu'elle était à l'origine. Mais ce progrès total ne saurait être que la somme des progrès partiels faits par la civilisation dans tous les états intermédiaires précédents. Or, d'un autre côté, en examinant successivement ces divers états, Condorcet les présente, presque toujours, comme ayant été, sous les points de vue les plus essentiels, des temps de rétrogradation. Il y a donc miracle perpétuel, et la marche pro- gressive de la civilisation devient un effet sans cause.

Un esprit absolument opposé doit dominer dans la vraie politique positive.

10

Les institutions et les doctrines doivent être regardées comme ayant été, à toutes les époques, aussi parfaites que le comportait l'état présent de la civilisation ; ce qui ne saurait être autrement, au bout d'un certain temps, du moins, puisqu'elles sont nécessairement déterminées par lui. De plus, dans leur période de pleine vigueur, elles ont toujours eu le caractère progressif, et en aucun cas, elles n'ont eu le caractère rétrograde, car elles n'auraient pas pu tenir contre la marche de la civilisation, dont elles empruntent toutes leurs forces. Seulement, dans leurs époques de décadence, elles ont eu ordinairement le caractère stationnaire, ce qui s'explique de soi-même, en partie, par la répugnance à la destruction, aussi naturelle aux systèmes politiques qu'aux individus, et, en partie, par l'état d'enfance dans lequel la politique a été jusqu'ici.

Il faut considérer de la même manière les passions développées aux diverses époques par les classes dirigeantes. Dans les temps de leur virilité, les forces sociales prépondérantes sont nécessairement généreuses, car elles n'ont plus à acquérir et elles ne craignent pas encore de perdre. C'est uniquement lorsque leur décadence se manifeste, qu'elles deviennent égoïstes, parce que

tous leurs efforts ont pour objet de conserver
un pouvoir dont les bases sont détruites.

Ces divers aperçus sont évidemment conformes aux lois de la nature humaine, et ils
permettent seuls d'expliquer d'une manière satisfaisante les phénomènes politiques. Ainsi, en
dernière analyse, au lieu de voir dans le passé
un tissu de monstruosités, on doit être porté,
en thèse générale, à regarder la société comme
ayant été, le plus souvent, aussi bien dirigée,
sous tous les rapports, que la nature des choses
le permettait.

Si quelques faits particuliers semblent d'abord
contredire ce fait général, il est toujours plus
philosophique de chercher à rétablir la liaison,
que de s'en dispenser en proclamant, d'après le
premier coup-d'œil, la réalité de cette opposition. Car, ce serait s'écarter entièrement de
toute subordination scientifique bien entendue
que de faire régir le fait le plus important et le
plus souvent vérifié par un fait secondaire et
moins fréquent.

Il est, du reste, évident, qu'il faut se garder,
autant que possible, de toute exagération dans
l'emploi de cette idée générale, comme de toute
autre.

On trouvera, sans doute, quelque ressem-
blance entre l'esprit de la politique positive, en-

visagé sous ce point de vue, et le fameux dogme
théologique et métaphysique de l'optimisme.
L'analogie est réelle, au fond. Mais il y a la
différence incommensurable, d'un fait général
observé, à une idée hypothétique et purement
d'invention. La distance est encore plus sensible
dans les conséquences.

Le dogme théologique et métaphysique, en
proclamant, d'une manière absolue, que tout est
aussi bien qu'il peut jamais être, tend à rendre
l'espèce humaine stationnaire, en lui ôtant toute
perspective d'amélioration réelle. L'idée positive, que, pour un temps durable, l'organisation sociale est toujours aussi parfaite que le
comporte, à chaque époque, l'état de la civilisation, loin d'arrêter le désir des améliorations,
ne fait, au contraire, que lui imprimer une impulsion pratique plus efficace, en dirigeant vers
leur but véritable, le perfectionnement de la
civilisation, des efforts qui seraient restés sans
effet, si on les eût dirigés immédiatement sur
l'organisation sociale. D'ailleurs, comme il n'y
a dans une telle idée rien de mystique ni d'absolu, elle engage l'homme à rétablir l'harmonie entre le régime politique et l'état de la
civilisation, dans le cas prévu où cette relation
nécessaire est momentanément dérangée. Seulement elle éclaire cette opération, en avertis-

sant de ne pas prendre dans une telle liaison l'effet pour la cause.

Il est utile d'observer sur cette analogie, que ce n'est pas la seule fois que la philosophie positive s'approprie, par une transformation convenable, une idée générale primitivement inventée par la philosophie théologique et métaphysique. Les véritables idées générales ne perdent jamais leur valeur comme moyen de raisonnement, quelque vicieux que soit leur entourage. La marche ordinaire de l'esprit humain est de les approprier à ses différents états, en transformant leur caractère. C'est ce qu'on peut vérifier dans toutes les révolutions qui ont fait passer les diverses branches de nos connaissances à l'état positif.

Ainsi, par exemple, la doctrine mystique de l'influence des nombres, née de l'école pythagoricienne, a été réduite par les géomètres à cette idée simple et positive : des phénomènes peu compliqués sont susceptibles d'être ramenés à des lois mathématiques. De même encore, la doctrine des causes finales a été convertie par les physiologistes dans le principe des conditions d'existence. Les deux idées positives diffèrent, sans doute, extrêmement des deux idées théologiques et métaphysiques: Mais celles-ci n'en sont pas moins le germe évident des premières. Une opération philosophique bien dirigée a suffi

pour donner le caractère positif à ces deux aperçus hypothétiques, produits du génie dans l'enfance de la raison humaine. Cette transformation d'ailleurs n'a point altéré, et même elle
a augmenté leur valeur comme moyen de raisonnement.

Les mêmes réflexions s'appliquent exactement
aux deux idées politiques générales, l'une positive, l'autre fictive, comparées ci-dessus.

Avant de quitter l'examen du travail de Condorcet, il convient d'en déduire un troisième
point de vue sous lequel peut être présenté l'esprit de la politique positive.

On a beaucoup reproché à Condorcet d'avoir
osé terminer son ouvrage par un tableau de l'a-
venir. Cette conception hardie est, au contraire,
la seule vue philosophique d'une haute importance introduite par Condorcet dans l'exécution
de son travail, et elle devra être précieusement
conservée dans la nouvelle histoire de la civilisation, dont un tel tableau est évidemment la
conclusion naturelle.

Ce qu'on pouvait avec raison reprocher à
Condorcet, c'était, non d'avoir voulu déterminer l'avenir, mais de l'avoir mal déterminé. Cela
a tenu à ce que son étude du passé était absolument vicieuse, d'après les motifs précédemment
indiqués. Condorcet ayant mal coordonné le

passé, l'avenir n'en résultait pas. Cette insuffisance de l'observation l'a réduit à composer l'a-
venir essentiellement d'après son imagination;
et, par une suite nécessaire, il l'a mal conçu.
Mais cet insuccès, dont la cause est sensible, ne
prouve point qu'à l'aide d'un passé bien coordonné, on ne puisse, en effet, déterminer avec
sûreté l'aspect général de l'avenir social.

Une telle idée ne paraît étrange, que parce
qu'on n'est pas encore habitué à considérer la
politique comme une véritable science. Car, si
on l'envisageait ainsi, la détermination de l'avenir par l'observation philosophique du passé,
semblerait, au contraire, une idée très-naturelle
avec laquelle tous les hommes sont familiarisés
pour les autres classes de phénomènes.

Toute science a pour but la prévoyance. Car
l'usage général des lois établies d'après l'observation des phénomènes, est de prévoir leur succession. En réalité, tous les hommes, quelque
peu avancés qu'on les suppose, font de véritables prédictions, toujours fondées sur le même
principe, la connaissance de l'avenir par celle
du passé. Tous prédisent, par exemple, les effets généraux de la pesanteur terrestre, et une
foule d'autres phénomènes assez simples et assez
fréquents pour que leur ordre de succession devienne sensible au spectateur le moins capable

et le moins attentif. La faculté de prévoyance, dans chaque individu, a pour mesure sa science. La prévoyance de l'astronome qui prédit, avec une précision parfaite, l'état du système solaire un très-grand nombre d'années à l'avance, est absolument de même nature que celle du sauvage qui prédit le prochain lever du soleil. Il n'y a de différence que dans l'étendue de leurs connaissances.

Il est donc évidemment très-conforme à la nature de l'esprit humain, que l'observation du passé puisse dévoiler l'avenir, en politique, comme elle le fait en astronomie, en physique, en chimie et en physiologie.

Une telle détermination doit même être regardée comme le but direct de la science politique, à l'exemple des autres sciences positives. Il est clair en effet, que la fixation du système social auquel la marche de la civilisation appelle aujourd'hui l'élite de l'espèce humaine, fixation qui constitue le véritable objet pratique de la politique positive, n'est autre chose qu'une détermination générale du prochain avenir social, tel qu'il résulte du passé.

En résumé, Condorcet a conçu, le premier, la véritable nature du travail général qui doit élever la politique au rang des sciences d'observation. Mais il l'a exécuté dans un esprit abso-

lumént vicieux , sous les rapports les plus essentiels. Le but a été entièrement manqué, d'a-
bord quant à la théorie, et par suite quant à la
pratique. Ainsi, ce travail doit être de nouveau
conçu en totalité, d'après des vues vraiment
philosophiques, en ne regardant la tentative de
Condorcet que comme marquant le but réel de
la politique scientifique.

Afin de compléter l'examen sommaire des efforts faits jusqu'ici pour élever la politique au
rang des sciences positives , il reste à considérer
deux autres tentatives, qui ne sont pas comme
les deux précédentes, dans la véritable ligne des
progrès de l'esprit humain en politique , mais
qu'il est néanmoins utile de signaler.

Le besoin de rendre positive la science sociale
est si réel aujourd'hui, cette grande entreprise
est tellement parvenue à sa maturité, que plusieurs esprits supérieurs ont essayé d'atteindre
à ce but en traitant la politique comme une application d'autres sciences déjà positives, dans le
domaine desquelles ils ont cru pouvoir la faire
rentrer. Comme ces tentatives étaient, par leur
nature, inexécutables, elles ont été beaucoup
plus projetées que suivies. Il suffira donc de les
envisager du point de vue le plus général.

La première a consisté dans les efforts faits
pour appliquer à la science sociale l'analyse ma-

thématique, en général, et spécialement celle de
ses branches qui se rapporte au calcul des probabilités. Cette direction a été ouverte par Condorcet (1), et suivie principalement par lui.
D'autres géomètres ont marché sur ses traces,
et partagé ses espérances, sans ajouter rien de
vraiment essentiel à ses travaux, du moins sous
le rapport philosophique. Tous se sont accordés
à regarder cette manière de procéder comme la
seule qui pût imprimer à la politique un caractère positif.

Les considérations exposées dans ce chapitre
nous semblent établir suffisamment qu'une telle
condition n'est nullement nécessaire pour que
la politique devienne une science positive. Mais
il y a plus : cette manière d'envisager la science
sociale est purement chimérique, et, par conséquent, tout-à-fait vicieuse, comme il est aisé
de le reconnaître.

S'il était ici question de porter un jugement

---

(1) Un tel projet, de la part de Condorcet, prouve, conformément à l'examen précédent, qu'il était fort loin d'a-
voir conçu, d'une manière nette, l'importance capitale
de l'histoire de la civilisation ; puisque s'il avait clairement
vu, dans l'observation philosophique du passé, le moyen
de rendre positive la science sociale, il ne l'aurait pas cherché ailleurs.

détaillé sur les travaux de ce genre exécutés jusqu'ici, on constaterait bientôt qu'ils n'ont réellement ajouté aucune notion de quelqu'importance à la masse des idées acquises. On verrait, par exemple, que les efforts des géomètres, pour élever le calcul des probabilités au-dessus de ses applications naturelles, n'ont abouti, dans leur partie la plus essentielle et la plus positive, qu'à présenter, relativement à la théorie de la certitude, comme terme d'un long et pénible travail algébrique, quelques propositions presque triviales, dont la justesse est aperçue du premier coup-d'œil avec une parfaite évidence par tout homme de bon sens. Mais nous devons nous borner à examiner l'entreprise en elle-même, et dans sa plus grande généralité.

En premier lieu, les considérations par lesquelles plusieurs physiologistes, et surtout Bichat, ont montré, en général, l'impossibilité radicale de faire aucune application réelle et importante de l'analyse mathématique aux phénomènes des corps organisés, s'appliquent, d'une manière directe et spéciale, aux phénomènes moraux et politiques, qui ne sont qu'un cas particulier des premiers.

Ces considérations sont fondées sur ce que la plus indispensable condition préliminaire, pour que des phénomènes soient susceptibles d'être ramenés à des lois mathématiques, c'est que leurs degrés de quantité soient fixes. Or, dans tous les phénomènes physiologiques, chaque effet, partiel ou total, est assujéti à d'immenses variations de quantité, qui se succèdent avec la plus grande rapidité, et d'une manière tout-à-fait irrégulière, sous l'influence d'une foule de causes diverses qui ne comportent aucune estimation précise. Cette extrême variabilité est un des grands caractères des phénomènes propres aux corps organisés; elle constitue une de leurs différences les plus tranchées avec ceux des corps bruts. Elle interdit évidemment tout espoir de les soumettre jamais à de véritables calculs, tels, par exemple, que ceux des phénomènes astronomiques, les plus propres de tous à servir de type dans les comparaisons de ce genre.

Cela posé, on conçoit aisément que cette variabilité perpétuelle d'effets, tenant à l'excessive complication des causes qui concourent à les produire, doit être la plus grande possible pour les phénomènes moraux et politiques de l'espèce humaine, qui forment la classe la plus compliquée des phénomènes physiologiques. Ils sont, en effet, ceux de tous dont les degrés de quantité présentent les variations les plus étendues, les plus multipliées et les plus irrégulières.

Si l'on pèse convenablement ces considérations, nous croyons qu'on n'hésitera pas à af-
firmer, sans craindre d'avoir une trop faible idée
de la portée de l'esprit humain, que, non-seule-
lement dans l'état présent de nos connaissances;
mais dans le plus haut degré de perfectionnement auquel elles soient susceptibles d'atteindre,
toute grande application du calcul à la science
sociale est et restera nécessairement impossible.

En second lieu, quand on supposerait qu'un
tel espoir pût jamais se réaliser, il demeurerait
incontestable que, même pour y parvenir, la
science politique doit d'abord être étudiée d'une
manière directe, c'est-à-dire, en s'occupant uniquement de coordonner la série des phénomènes politiques.

En effet, de quelque haute importance que
soit l'analyse mathématique, considérée dans
ses véritables usages, il ne faut pas perdre de
vue qu'elle n'est qu'une science purement ins-
trumentale, ou de méthode. Par elle-même,
elle n'enseigne rien de réel; elle ne devient une
source féconde de découvertes positives, qu'en
s'appliquant à des phénomènes observés.

Dans la sphère des phénomènes qui comportent cette application, elle ne saurait jamais avoir
lieu immédiatement. Elle suppose toujours,

dans la science correspondante, un degré préliminaire de culture et de perfectionnement, dont le terme naturel est la connaissance de lois précises dévoilées par l'observation relativement à la quantité des phénomènes. Aussitôt que de telles lois sont découvertes, quelqu'imparfaites qu'elles soient, l'analyse mathématique devient applicable. Dès lors, par les puissants moyens de déduction qu'elle présente, elle permet de réduire ces lois à un très-petit nombre, souvent à une seule, et d'y faire rentrer, de la manière la plus précise, une foule de phénomènes qu'elles ne semblaient pas d'abord pouvoir comprendre. En un mot, elle établit dans la science une coordination parfaite, qui ne pourrait être obtenue, au même degré, par aucune autre voie. Mais il est évident que toute application de l'analyse mathématique, tentée avant que cette condition préliminaire de la découverte de certaines lois calculables ait été remplie, serait absolument illusoire. Bien loin de pouvoir rendre positive aucune branche de nos connaissances, elle n'aboutirait qu'à replonger l'étude de la nature dans le domaine de la métaphysique, en transportant aux abstractions le rôle exclusif des observations.

Ainsi, par exemple, on conçoit que l'analyse mathématique ait été appliquée avec un grand succès à l'astronomie, soit géométrique, soit mécanique, à l'optique, à l'acoustique, et tout récemment à la théorie de la chaleur, quand une fois les progrès de l'observation ont conduit ces diverses parties de la physique à établir entre les phénomènes quelques lois précises de quantité ; tandis que, avant ces découvertes, une telle application n'aurait eu aucune base réelle, aucun point de départ positif. De même, encore, les chimistes qui croient le plus fortement aujourd'hui à la possibilité d'appliquer un jour, d'une manière large et en même temps positive, l'analyse mathématique aux phénomènes chimiques, ne cessent pas pour cela de les étudier directement, bien convaincus qu'une longue série de recherches d'observation et d'expérience pourra seule dévoiler les lois numériques sur lesquelles cette application doit être fondée pour avoir de la réalité.

La condition indispensable qui vient d'être indiquée, est d'autant plus difficile à remplir, elle exige un degré préalable de culture et de perfectionnement d'autant plus grand, dans la science correspondante, que les phénomènes en sont plus compliqués. C'est ainsi que l'astronomie est devenue, au moins dans sa partie géométrique, une branche des mathématiques appliquées avant l'optique, celle-ci avant l'acoustique, et la théorie de la chaleur en dernier lieu. C'est ainsi, encore, que la chimie est aujourd'hui fort loin de cette état, si elle doit y parvenir jamais.

En jugeant, d'après ces principes incontestables, l'application du calcul aux phénomènes physiologiques en général, et, en particulier, aux phénomènes sociaux de l'espèce humaine, on voit d'abord que, même en admettant la possibilité de cette application, elle ne dispenserait nullement de l'étude directe des phénomènes, qu'elle prescrit, au contraire, comme condition préalable. De plus, si l'on considère attentivement la nature de cette condition, on sentira qu'elle exige, dans la physique des corps organisés en général, et surtout dans la physique sociale, un degré de perfectionnement qui, lors même qu'il ne serait pas chimérique, ne pourrait évidemment être atteint qu'après des siècles de culture. La découverte de lois précises et calculables, en physiologie, représenterait un degré d'avancement très-supérieur à celui qu'imaginent ceux-mêmes des physiologistes qui conçoivent les espérances les plus étendues des destinées futures de cette science. En réalité, d'après les motifs indiqués plus haut, un tel état de perfection doit être regardé comme absolument chimérique, incom-

patible avec la nature des phénomènes, et tout-
à-fait disproportionné à la portée véritable de
l'esprit humain.

Les mêmes raisons s'appliquent évidemment,
et avec plus de force encore, à la science politique, vu le degré plus grand de complication
de ses phénomènes. Imaginer qu'il serait possible un jour de découvrir quelques lois de
quantité entre les phénomènes de cette science,
ce serait la supposer perfectionnée à un degré
tel que, même avant d'être parvenue à ce point,
tout ce qu'elle a de vraiment intéressant à trouver serait complètement obtenu, dans une proportion qui surpasse de beaucoup tous les désirs qu'on peut raisonnablement former. Ainsi,
l'analyse mathématique ne deviendrait applicable qu'à l'époque où son application ne pourrait plus avoir aucune importance réelle.

Il résulte des considérations précédentes,
que, d'un côté, la nature des phénomènes politiques interdit absolument tout espoir de leur
appliquer jamais l'analyse mathématique; et,
d'un autre côté, que cette application, à la supposer possible, ne pourrait nullement servir
à élever la politique au rang des sciences positives, puisqu'elle exigerait, pour être praticable, que la science fût faite.

Les géomètres n'ont pas fait assez d'attention

11

jusqu'à présent à la grande division fondamentale de nos connaissances positives, en étude des corps bruts et étude des corps organisés. Cette division, que l'esprit humain doit aux physiologistes, est aujourd'hui établie sur des bases inébranlables, et se confirme de plus en plus à mesure qu'elle est méditée davantage. Elle limite, d'une manière précise et irrévocable, les véritables applications des mathématiques, dans leur plus grande extension possible. On peut établir en principe, que jamais l'analyse mathématique ne saurait étendre son domaine au-delà de la physique des corps bruts, dont les phénomènes sont les seuls qui offrent le degré de simplicité, et par suite, de fixité nécessaire pour pouvoir être ramenés à des lois numériques.

Si l'on considère combien, même dans les applications les plus simples de l'analyse mathématique, sa marche devient embarrassée lorsqu'elle veut rapprocher suffisamment l'état abstrait de l'état concret, combien cet embarras augmente à mesure que les phénomènes se compliquent, on sentira que la sphère de ses attributions réelles est bien plutôt exagérée que rétrécie par le principe précédent.

Le projet de traiter la science sociale comme une application des mathématiques, afin de la

rendre positive, a pris sa source dans le préjugé
métaphysique, que, hors des mathématiques,
il ne peut exister de véritable certitude. Ce préjugé était naturel à l'époque où tout ce qui était
positif se trouvait être du domaine des mathématiques appliquées, et où, par conséquent,
tout ce qu'elles n'embrassaient pas était vague et
conjectural. Mais depuis la formation de deux
grandes sciences positives, la chimie, et la physiologie surtout, dans lesquelles l'analyse ma-
thémathique ne joue aucun rôle, et qui n'en
sont pas moins reconnues aussi certaines que
les autres, un tel préjugé serait absolument
inexcusable.

Ce n'est point comme étant des applications
de l'analyse mathématique que l'astronomie,
l'optique, etc., sont des sciences positives et
certaines. Ce caractère leur vient d'elles-mêmes,
il résulte de ce qu'elles sont fondées sur des faits
observés, et il ne pouvait résulter que de là,
car l'analyse mathématique, isolée de l'observation de la nature, n'a qu'un caractère métaphysique. Seulement, il est certain que dans les
sciences auxquelles les mathématiques ne sont
pas applicables, on doit beaucoup moins perdre
de vue la stricte observation directe; les déductions ne peuvent point être aussi prolongées avec
sûreté, parce que les moyens de raisonnement

sont bien moins parfaits. A cela près, la certitude est tout aussi complète, en se renfermant
dans les limites convenables. On obtient, sans
doute, une moins bonne coordination, mais elle
est suffisante pour les besoins réels des applications de la science.

La recherche chimérique d'une perfection
impossible n'aurait d'autre résultat que de retarder nécessairement les progrès de l'esprit humain, en consumant en pure perte de grandes
forces intellectuelles, et en détournant les efforts
des savans de leur véritable direction d'efficacité
positive. Tel est le jugement définitif que nous
croyons pouvoir porter des essais faits ou à faire
pour appliquer l'analyse mathématique à la physique sociale.

Une seconde tentative, infiniment moins vicieuse, dans sa nature, que la précédente, mais
pareillement inexécutable, est celle qui a eu
pour objet de rendre positive la science sociale,
en la ramenant à être essentiellement une simple conséquence directe de la physiologie. Cabanis est l'auteur de cette conception, et c'est
surtout par lui qu'elle a été suivie. Elle constitue le véritable but philosophique de son célèbre ouvrage sur le *Rapport du physique et du
moral de l'homme*, aux yeux de quiconque a
considéré la doctrine générale exposée dans cet

ouvrage comme organique, et non comme pu‑
rement critique.

Les considérations présentées dans ce chapitre
sur l'esprit de la politique positive, prouvent
pour cet essai, comme pour le précédent, qu'il
était nécessairement mal conçu. Mais il s'agit
actuellement d'en indiquer le vice avec préci‑
sion.

Il consiste en ce qu'une telle manière de pro‑
céder annulle l'observation directe du passé so‑
cial, qui doit servir de base fondamentale à la
politique positive.

La supériorité de l'homme sur les autres ani‑
maux, ne pouvant avoir et n'ayant, en effet,
d'autre cause que la perfection relative de son
organisation, tout ce qu'a fait l'espèce humaine et
tout ce qu'elle peut faire doit, évidemment, être
regardé, en dernière analise, comme une con‑
séquence nécessaire de son organisation, modi‑
fiée, dans ses effets, par l'état de l'extérieur. En
ce sens, la physique sociale, c'est-à-dire l'étude
du développement collectif de l'espèce humaine,
est réellement une branche de la physiologie,
c'est-à-dire, de l'étude de l'homme, conçue dans
toute son extension. En d'autres termes, l'his‑
toire de la civilisation n'est autre chose que la
suite et le complément indispensable de l'histoire
naturelle de l'homme.

Mais, autant il importe de bien concevoir et de ne jamais perdre de vue cette incontestable filiation, autant il serait mal entendu d'en conclure qu'il ne faut pas établir de division tranchée entre la physique sociale et la physiologie proprement dite.

Quand les physiologistes étudient l'histoire naturelle d'une espèce animale douée de sociabilité, celle des castors, par exemple, ils y comprennent avec raison l'histoire de l'action collective exercée par la communauté. Ils ne jugent pas nécessaire d'établir une ligne de démarcation entre l'étude des phénomènes sociaux de l'espèce, et celle des phénomènes relatifs à l'individu isolé. Un tel défaut de précision n'a dans ce cas aucun inconvénient réel, quoique les deux ordres de phénomènes soient distincts. Car, la civilisation des espèces sociables les plus intelligentes se trouvant arrêtée presqu'à son origine, principalement par l'imperfection de leur organisation, et secondairement par la prépondérance de l'espèce humaine, l'esprit n'éprouve aucune peine, dans un enchaînement aussi peu prolongé, à rattacher directement tous les phénomènes collectifs aux phénomènes individuels. Ainsi, le motif général qui fait établir les divisions afin de faciliter l'étude, savoir, l'impossibilité pour l'intelligence humaine de suivre une chaîne de déductions trop étendue, n'existe point alors.

Qu'on suppose, au contraire, l'espèce des castors devenue plus intelligente, que sa civilisation puisse se développer librement, de telle sorte qu'il y ait enchaînement continu de progrès d'une génération à l'autre, on sentira bientôt la nécessité de traiter séparément l'histoire des phénomènes sociaux de l'espèce. On pourra bien encore, pour les premières générations, rattacher cette étude à celle des phénomènes de l'individu. Mais à mesure qu'on s'éloignera de l'origine, cette déduction deviendra plus difficile à établir, et enfin, il y aura impossibilité totale de la suivre. C'est précisément ce qui existe, au plus haut degré, par rapport à l'homme.

Sans doute, les phénomènes collectifs de l'espèce humaine reconnaissent pour dernière cause, comme ses phénomènes individuels, la nature spéciale de son organisation. Mais l'état de la civilisation humaine à chaque génération ne dépend immédiatement que de celui de la génération précédente, et ne produit immédiatement que celui de la suivante. Il est possible de suivre, avec toute la précision suffisante, cet enchaînement, à partir de l'origine, en ne liant, d'une manière directe, chaque terme qu'au précédent et au suivant. Il serait, au contraire, absolument au-dessus des forces de notre esprit, de rattacher un terme quelconque de la série au point de départ primitif, en supprimant toutes les relations intermédiaires.

La témérité d'une telle entreprise, dans l'étude de l'espèce, pourrait être assimilée, dans l'étude de l'individu, à celle d'un physiologiste qui, considérant que les divers phénomènes des âges successifs sont uniquement la conséquence et le développement nécessaire de l'organisation primitive, s'efforcerait de déduire l'histoire d'une époque quelconque de la vie de l'état de l'individu à sa naissance, déterminé avec une grande précision, et se croirait ainsi dispensé d'examiner directement les divers âges pour connaître avec exactitude le développement total. L'erreur est même beaucoup plus grande, par rapport à l'espèce, qu'elle ne le serait, quant à l'individu, attendu que, dans le premier cas, les termes successifs à coordonner sont, à la fois, bien plus compliqués et bien plus nombreux que le second.

En s'obstinant à suivre cette marche impraticable, outre qu'on ne pourrait nullement étudier, d'une manière satisfaisante, l'histoire de la civilisation, on serait inévitablement conduit à tomber dans des erreurs capitales. Car, dans l'impossibilité absolue de rattacher directement

les divers états de civilisation au point de départ primitif et général établi par la nature spéciale de l'homme, on serait bientôt entraîné à
faire dépendre immédiatement de circonstances
organiques secondaires ce qui est une conséquence éloignée des lois fondamentales de l'organisation.

C'est ainsi, par exemple, que plusieurs physiologistes recommandables ont été amenés à supposer aux caractères nationaux une importance
évidemment exagérée dans l'explication des phénomènes politiques. Ils leur ont attribué des
différences de peuple à peuple qui ne tiennent,
dans presque tous les cas, qu'à des époques de
civilisation inégales. Il en est résulté le fâcheux
effet de regarder comme invariable, ce qui n'est
certainement que momentané. De telles dévia-
tions, dont il serait aisé de multiplier les exemples, et qui dérivent toutes du même vice primitif dans la manière de procéder, confirment
clairement la nécessité de séparer l'étude des
phénomènes sociaux de celle des phénomènes
physiologiques ordinaires.

Les géomètres qui se sont élevés à des idées
philosophiques, conçoivent, en thèse générale,
tous les phénomènes de l'univers, tant ceux des
corps organisés que ceux des corps bruts,
comme tenant à un petit nombre de lois com-

munes, immuables. Les physiologistes observent à cet égard, avec juste raison, que quand
même toutes ces lois seraient un jour parfaitement connues, l'impossibilité de déduire d'une
manière continue obligerait à conserver entre
l'étude des corps vivants et celle des corps inertes
la même division qui est aujourd'hui fondée sur
la diversité des lois. Un motif exactement semblable s'applique directement à la division entre
la physique sociale et la physiologie proprement
dite, c'est-à-dire, entre la physiologie de l'espèce et celle de l'individu. La distance est, sans
doute, beaucoup moins grande, puisqu'il ne
s'agit que d'une division secondaire, tandis que
l'autre est principale. Mais, il y a pareillement
impossibilité de déduire, quoique ce ne soit pas
au même degré.

L'insuffisance totale de cette manière de procéder se vérifie aisément, si, au lieu de la considérer seulement par rapport à la théorie de la
politique positive, on l'envisage, relativement
au but pratique actuel de cette science, savoir,
la détermination du système suivant lequel la
société doit être réorganisée aujourd'hui.

On peut, sans doute, établir, d'après les lois
physiologiques, quel est, en général, l'état de
civilisation le plus conforme à la nature de l'espèce humaine. Mais, d'après ce qui précède,

il est clair qu'on ne saurait aller plus loin par
ce moyen. Or, une telle notion, isolée, est de
pure spéculation, et ne peut aboutir, dans la
pratique, à aucun résultat réel et positif. Car,
elle ne met nullement à portée de connaître,
d'une manière positive, à quelle distance l'espèce humaine se trouve actuellement de cet
état, ni la marche qu'elle doit suivre pour y
parvenir, ni enfin le plan général de l'organisation sociale correspondante. Ces déterminations
indispensables ne peuvent évidemment résulter que d'une étude directe de l'histoire de la
civilisation.

Si, malgré cela, l'on veut s'efforcer de donner une existence pratique à cet aperçu spécu-
latif et nécessairement incomplet, on ne saurait éviter de tomber aussitôt dans l'absolu.
Car, on fait consister alors toute l'application
réelle de la science sociale dans la formation
d'un type invariable de perfection vague, sans
aucune distinction d'époques, à la manière de la
politique conjecturale. Les conditions d'après
lesquelles l'excellence de ce type se trouve fixée,
sont certainement d'un ordre beaucoup plus
positif que celles qui servent de guides à la politique théologique et métaphysique. Mais cette
modification ne change pas le caractère absolu,
qui est inhérent à une telle question, dans quel-

que sens qu'on la suppose traitée. La politique ne saurait donc jamais devenir vraiment positive par cette manière de procéder.

Ainsi, soit sous le point de vue théorique, soit sous le point de vue pratique, il est également vicieux de concevoir la science sociale comme une simple conséquence de la physiologie.

Le véritable rapport direct entre la connaissance de l'organisation humaine et la science politique, telle que ce chapitre l'a caractérisée, consiste en ce que la première doit fournir à la seconde son point de départ.

C'est à la physiologie qu'il appartient exclusivement d'établir, d'une manière positive, les causes qui rendent l'espèce humaine susceptible d'une civilisation constamment progressive, tant que l'état de la planète qu'elle habite n'y met point un obstacle insurmontable. Elle seule peut tracer le véritable caractère et la marche générale nécessaire de cette civilisation. Elle seule enfin permet d'éclaircir la formation des premières aggrégations d'hommes, et de conduire l'histoire de l'enfance de notre espèce jusqu'à l'époque où elle est parvenue à donner l'essor à sa civilisation par la création d'un langage.

C'est à ce terme que s'arrête naturellement le rôle des considérations physiologiques direc-

tés dans la physique sociale, qui doit alors se
fonder uniquement sur l'observation immédiate
des progrès de l'espèce humaine. Plus avant, la
difficulté de déduire deviendrait aussitôt trop
grande, parce que, à partir de cette époque, la
marche de la civilisation acquiert tout à coup
beaucoup plus de rapidité, de façon que les
termes à coordonner se multiplient brusque-
ment. D'un autre côté, les fonctions que la physiologie doit remplir dans l'étude du passé social ne seraient plus nécessaires alors; elle n'aurait plus pour but d'utilité de suppléer au défaut d'observations directes. Car, à dater de l'é-
tablissement d'une langue, il existe des don-
nées immédiates sur le développement de la civilisation, en sorte qu'il n'y a point de lacune
dans l'ensemble des considérations positives.

Il faut ajouter à ce qui précède, pour avoir
un aperçu complet du rôle véritable de la physiologie dans la physique sociale, que, comme
l'a très-bien senti Condorcet, le développement
de l'espèce n'étant que la somme des développemens individuels combinés, qui s'enchaînent
d'une génération à l'autre, il doit nécessairement présenter des traits de conformité généraux avec l'histoire naturelle de l'individu. Par
cette analogie, l'étude de l'homme isolé fournit
encore certains moyens de vérifications et de rai-

sonnement pour celle de l'espèce, distincts de
ceux qui viennent d'être indiqués, et qui, quoique moins importants, ont l'avantage de s'étendre à toutes les époques.

En résumé, quoique la physiologie de l'espèce et celle de l'individu soient deux sciences
absolument du même ordre, ou plutôt, deux
portions distinctes d'une science unique, il n'en
est pas moins indispensable de les concevoir et
de les traiter séparément. Il faut que la première
prenne sa base et son point de départ dans la
seconde, pour être vraiment positive. Mais elle
doit ensuite être étudiée d'une manière isolée,
en s'appuyant sur l'observation directe des phénomènes sociaux.

Il était naturel qu'on cherchât à faire rentrer
entièrement la physique sociale dans le domaine
de la physiologie, quand on ne voyait pas d'autre moyen de lui imprimer le caractère positif.
Mais cette erreur n'aurait plus d'excuse, aujour-
d'hui qu'il est facile de se convaincre de la possibilité de rendre positive la science politique,
en la fondant sur l'observation immédiate du
passé social.

En second lieu, au moment où l'étude des
fonctions intellectuelles et affectives est sortie
du domaine de la métaphysique pour entrer
dans celui de la physiologie, il était très-diffi-

cile d'éviter toute exagération dans la fixation
de la véritable sphère physiologique, et de n'y
pas comprendre aussi l'examen des phénomènes
sociaux. L'époque des conquêtes ne peut pas
être celle des limites précises. Aussi, Cabanis,
qui a été un des principaux coopérateurs de
cette grande révolution, est-il particulièrement
excusable de s'être fait illusion à cet égard. Mais
aujourd'hui qu'une sévère analyse peut et doit
succéder à l'entraînement de la première impulsion, aucune cause ne peut plus empêcher
de méconnaître la nécessité d'une division, indispensablement exigée par la faiblesse de l'esprit humain.

Nul motif réel ne peut plus porter à isoler,
dans l'étude de l'individu, les phénomènes spécialement appelés moraux, des autres phénomènes. La révolution qui les a tous liés entr'eux
doit être regardée comme le pas le plus essentiel
que la physiologie ait fait jusqu'ici, sous le rapport philosophique.

Au contraire, des considérations du premier
ordre d'importance démontrent l'absolue nécessité de séparer l'étude des phénomènes collectifs
de l'espèce humaine, de celle des phénomènes
individuels, en établissant, du reste, entre ces
deux grandes sections de la physiologie totale,
leur relation naturelle. S'efforcer de faire dispa-

raître cette indispensable division, ce serait tomber dans une erreur analogue, quoiqu'inférieure, à celle si justement combattue par les
vrais physiologistes, qui présente l'étude des
corps vivans comme conséquence et un appendice de celle des corps inertes.

Telles sont les quatre tentatives principales
faites jusqu'à présent dans le but d'élever la politique au rang des sciences d'observation, et
dont l'ensemble constate, de la manière la plus
décisive, la nécessité et la maturité de cette
grande entreprise. L'examen spécial de chacune
d'elles confirme, sous un point de vue distinct,
les principes antérieurement exposés dans ce
chapitre, sur le véritable moyen de donner à la
politique un caractère positif; et, par suite,
d'arrêter avec sûreté la conception générale du
nouveau système social, qui peut seul terminer
la crise actuelle de l'Europe civilisée.

On peut donc regarder comme établi *à priori*
et *à postériori* sur des démonstrations réelles,
que, pour atteindre ce but capital, il faut regarder la science politique comme une physique
particulière, fondée sur l'observation directe
des phénomènes relatifs au développement collectif de l'espèce humaine, ayant pour objet la
coordination du passé social, et pour résultat

la détermination du système que la marche de la civilisation tend à produire aujourd'hui.

Cette physique sociale est, évidemment, aussi positive qu'aucune autre science d'observation. Sa certitude intrinsèque est tout aussi réelle (1). Les lois qu'elle découvre, satisfaisant à l'ensemble des phénomènes observés, leur application mérite une entière confiance.

Comme toutes les autres, cette science possède, en outre, des moyens généraux de vérification, même indépendamment de sa relation nécessaire avec la physiologie. Ces moyens sont fondés sur ce que, dans l'état présent de l'espèce humaine, considérée en totalité, tous les degrés de civilisation co-existent sur les divers points du globe, depuis celui des sauvages de la Nouvelle-Zélande, jusqu'à celui des Français et des Anglais. Ainsi, l'enchaînement établi d'après la succession des temps, peut être vérifié par la comparaison des lieux.

---

(1) Il est, sans doute, superflu de s'arrêter à réfuter les objections infiniment exagérées, présentées par plusieurs auteurs, et surtout par Volney, contre la certitude des faits historiques. Quand même on accorderait à ces objections toute la latitude que ces écrivains leur ont donnée, elles ne porteraient en aucune manière sur les faits d'un certain degré d'importance et de généralité, qui sont les seuls à considérer dans l'étude de la civilisation.

Au premier abord , cette nouvelle science
semble réduite à la simple observation , et totalement privée du secours des expériences , ce
qui ne l'empêcherait pas d'être positive, témoin
l'astronomie. Mais , en physiologie , indépendamment des expériences sur les animaux , les
cas pathologiques sont réellement un équivalent
d'expériences directes sur l'homme , parce qu'ils
altèrent l'ordre habituel des phénomènes. De
même , et par un motif semblable , les époques
multipliées où les combinaisons politiques ont
tendu, plus ou moins , à arrêter le développement de la civilisation, doivent être regardées
comme fournissant à la physique sociale de véritables expériences , encore plus propres que
l'observation pure à dévoiler ou à confirmer les
lois naturelles qui président à la marche collective de l'espèce humaine.

Si, comme nous osons l'espérer, les considérations présentées dans ce chapitre font sentir
aux savans l'importance et la possibilité d'établir une politique positive dans l'esprit que nous
avons indiqué , nous présenterons alors avec
plus de détail notre opinion sur la manière
d'exécuter cette première série de travaux. Mais
nous croyons utile de rappeler, en terminant ,
la nécessité de la diviser , avant tout , en deux

ordres, l'un, de travaux généraux, l'autre, de travaux particuliers.

Le premier ordre doit avoir pour objet d'établir la marche générale de l'espèce humaine, abstraction faite de toutes les causes quelconques qui peuvent modifier la vitesse de sa civilisation ; et, par suite, de toutes les diversités observées de peuple à peuple, quelque grandes qu'elles puissent être. Dans le second ordre, on se proposera d'estimer l'influence de ces causes modificatrices ; et, par suite, de former le tableau définitif, dans lequel chaque peuple occupera la place spéciale correspondante à son développement propre.

L'une et l'autre classe de travaux, et surtout la dernière, sont d'ailleurs susceptibles, dans leur exécution, de plusieurs degrés de généralité, dont la nécessité se fera vraisemblablement sentir aux savans.

L'obligation de traiter le premier ordre de travaux avant le second, est fondée sur ce principe évident, applicable à la physiologie de l'espèce comme à celle de l'individu, que les idiosyncrasies ne doivent être étudiées qu'après l'établissement des lois générales. Il faudrait renoncer absolument à obtenir aucune notion nette, si cette règle était violée.

Quant à la possibilité de procéder ainsi, elle

résulte de ce qu'il y a, aujourd'hui, un assez grand nombre de points particuliers bien éclaircis, pour qu'on puisse s'occuper directement d'une coordination générale. Les physiologistes n'ont pas attendu, pour se former une idée de l'ensemble de l'organisation, que toutes les fonctions spéciales fussent connues. Il doit en être de même dans la physique sociale.

En précisant davantage les considérations précédentes, on voit qu'elles tendent à établir que, dans la formation de la science politique, il faut procéder du général au particulier. Or, si l'on examine ce précepte d'une manière directe, il est aisé d'en reconnaître la justesse.

La marche que suit l'esprit humain dans la recherche des lois qui régissent les phénomènes naturels, présente, sous le rapport qui nous occupe, une importante différence, suivant qu'il étudie la physique des corps bruts, ou celle des corps organisés.

Dans la première, l'homme se trouvant former une partie imperceptible d'une suite immense de phénomènes, dont il ne peut espérer, sans une folle présomption, d'apercevoir jamais l'ensemble, il est obligé, aussitôt qu'il commence à les étudier dans un esprit positif, de considérer d'abord les faits les plus particuliers, pour s'élever ensuite graduellement à la découverte de

quelques lois générales, qui deviennent plus
tard le point de départ de ses recherches. Au
contraire, dans la physique des corps organisés,
l'homme étant lui-même le type le plus complet
de l'ensemble des phénomènes, ses découvertes
positives commencent nécessairement par les
faits les plus généraux, qui lui prêtent ensuite
une lumière indispensable pour éclaircir l'étude
d'un genre de détails dont, par leur nature, la
connaissance précise lui est à jamais interdite.
En un mot, dans les deux cas, l'esprit humain
procède du connu à l'inconnu; mais, dans le
premier, il s'élève d'abord du particulier au
général, parce que la connaissance des détails
est plus immédiate pour lui que celle des masses;
tandis que, dans le second, il commence par
descendre du général au particulier, parce qu'il
connaît plus directement l'ensemble que les
parties. Le perfectionnement de chacune des
deux sciences consiste essentiellement, sous le
rapport philosophique, à lui permettre d'adopter la méthode de l'autre, sans que celle-ci lui
devienne cependant jamais aussi propre que sa
méthode primitive.

Après avoir considéré cette loi du point de
vue le plus élevé de la philosophie positive, on
peut la vérifier facilement en observant la marche qu'a suivie jusqu'à ce jour le développe-

ment des sciences naturelles, depuis le moment où chacune d'elles a cessé définitivement d'avoir le caractère théologique ou métaphysique (1).

En effet, dans l'étude des corps bruts, en l'examinant d'abord quant à ses divisions principales, on voit l'astronomie, la physique et la chimie, commencer par être absolument isolées les unes des autres, et se rapprocher ensuite sous des rapports de plus en plus multipliés, tellement qu'enfin on peut aujourd'hui apercevoir en elles une tendance manifeste à ne former qu'un seul corps de doctrine. De même, en considérant à part chacune d'elles, on la voit naître de l'étude de faits d'abord incohérens, et arriver par degrés aux généralités actuellement connues. C'est seulement dans l'astronomie, et dans quelques sections de la physique terrestre, que l'esprit humain a pu parvenir jusqu'ici à suivre, sous des rapports fondamentaux, la marche opposée. On peut même dire, que, en astronomie, la marche primitive n'a été changée par la loi de la gravitation universelle, que sous un rapport réellement secondaire, quant à

---

(1) Il est essentiel de faire attention à cette restriction ; car nous ne croyons pas que cette loi soit exactement applicable à l'époque théologique ou métaphysique, destinée à préparer pour chaque science l'époque positive.

l'ensemble des phénomènes, quoique principal relativement à nous. Car cette loi n'embrasse point encore, et probablement même n'embrassera jamais, dans ses applications, les faits astronomiques les plus généraux, qui consistent dans les relations des différents systèmes solaires, dont nous n'avons jusqu'ici aucune connaissance. Cette remarque, portant sur la branche la plus parfaite de la physique inorganique, offre une vérification saillante du principe que nous considérons.

Si l'on examine maintenant la partie de ce principe qui se rapporte à l'étude des corps vivants, la confirmation en est aussi sensible. En premier lieu, l'enchaînement général des fonctions dont se compose une organisation, est certainement mieux connu aujourd'hui que l'action partielle de chaque organe; et de même, sous un point de vue plus étendu, l'étude des relations générales qui existent entre les diverses organisations, soit animales, soit végétales, est, sans doute, plus avancée que celle de chaque organisation particulière. En second lieu, les principales branches dont se compose aujourd'hui la physique organique, ont été d'abord confondues, et ce n'est qu'en vertu des progrès de la physiologie positive qu'on est parvenu à analyser avec précision les différents points de vue généraux sous lesquels un corps vivant peut être envisagé, de manière à fonder sur ces distinctions une division rationelle de la science. Cela est même tellement exact, que vu le peu de temps depuis lequel la physique des corps organisés est devenue vraiment positive, la distribution de ses parties principales n'est pas encore arrêtée d'une manière parfaitement nette. Le fait est plus sensible encore en passant de la science aux savans, car ceux-ci sont évidemment bien moins spéciaux dans leur ordre de travaux que les savans livrés à l'étude des corps bruts.

On peut donc regarder comme établi par l'observation et par le raisonnement, que l'esprit humain procède principalement du particulier au général dans la physique inorganique, et, au contraire, du général au particulier dans la physique organique; que, du moins, c'est incontestablement suivant cette marche que s'effectuent pendant long-temps les progrès de la science, depuis le moment où elle prend le caractère positif.

Si la seconde partie de cette loi a été méconnue jusqu'à présent, si l'on a cru que, dans un ordre quelconque de recherches, l'esprit humain procédait toujours nécessairement du particulier au général, cette erreur s'explique d'une manière très-naturelle, en considérant que la physique des corps bruts ayant dû se développer la première, c'est sur l'observation de

la marche qui lui est propre qu'ont dû être primitivement fondés les préceptes de la philosophie positive. Mais la prolongation d'une telle
erreur cesserait d'être excusable, aujourd'hui
que l'observation philosophique peut porter sur
les deux ordres de sciences naturelles.

En appliquant à la physique sociale, qui n'est
qu'une branche de la physiologie, le principe
que nous venons d'établir, il démontre évidemment la nécessité de commencer, dans l'é-
tude du développement de l'espèce humaine,
par la coordination des faits les plus généraux,
pour descendre ensuite graduellement à un enchaînement de plus en plus précis. Mais afin de
ne laisser aucune incertitude sur ce point essentiel, il convient de vérifier le principe d'une manière directe dans ce cas particulier.

Tous les ouvrages historiques écrits jusqu'à
ce jour, même les plus recommandables, n'ont
eu essentiellement, et n'ont dû avoir de toute
nécessité que le caractère d'*annales*, c'est-à-dire
de description et de disposition chronologique
d'une certaine suite de faits particuliers, plus
ou moins importants, et plus ou moins exacts,
mais toujours isolés entre eux. Sans doute, les
considérations relatives à la coordination et à la
filiation des phénomènes politiques n'y ont pas
été entièrement négligées, surtout depuis un

demi-siècle. Mais il est clair que ce mélange n'a point encore refondu le caractère de ce genre de composition, qui n'a pas cessé d'être littéraire (1). Il n'existe point jusqu'ici de véritable *histoire*, conçue dans un esprit scientifique, c'est-à-dire, ayant pour but la recherche des lois qui président au développement social de l'espèce humaine, ce qui est précisément l'objet de la série de travaux que nous considérons dans ce chapitre.

La distinction précédente suffit pour expliquer pourquoi on a cru presqu'universellement jusqu'ici qu'il fallait procéder, en histoire, du particulier au général, et pourquoi, au contraire, on doit aujourd'hui procéder du général au particulier, sous peine de n'obtenir aucun résultat.

Car, lorsqu'il s'agit seulement de construire avec exactitude des *annales* générales de l'espèce

---

(1) Il ne s'agit ici que d'établir un fait, et non de le juger. Nous sommes, d'ailleurs, très-convaincus de l'utilité et même de la nécessité absolue de cette classe d'écrits comme travail préliminaire. On ne nous soupçonnera pas sans doute de penser qu'il pût y avoir d'histoire sans annales. Mais il est également certain que des annales ne sont pas plus de l'histoire que des recueils d'observations météorologiques ne sont de la physique.

humaine, il faut évidemment commencer par former celles des différents peuples, et celles-ci ne peuvent être fondées que sur des chroniques de provinces et de villes, ou même sur de simples biographies. Pareillement, sous un autre rapport, pour former les annales complètes de chaque fraction quelconque de population, il est indispensable de réunir une suite de documens séparés relatifs à chacun des points de vue sous lesquels elle doit être considérée. C'est ainsi qu'on doit nécessairement procéder pour parvenir à composer les faits généraux qui sont les matériaux de la science politique, ou plutôt le sujet sur lequel portent ses combinaisons. Mais une marche toute opposée devient indispensable, aussitôt qu'on arrive à la formation directe de la science, c'est-à-dire, à l'étude de l'enchaînement des phénomènes.

En effet, par leur nature même, toutes les classes de phénomènes sociaux se développent simultanément, et sous l'influence les unes des autres, de telle sorte qu'il est absolument impossible de s'expliquer la marche suivie par aucune d'elles, sans avoir préalablement conçu d'une manière générale la progression de l'ensemble.

Chacun reconnaît, par exemple, aujourd'hui, que l'action réciproque des divers états euro-

péens est trop importante , pour que leurs histoires puissent être véritablement séparées. Mais
la même impossibilité n'est pas moins sensible ,
relativement aux divers ordres de faits politiques
qu'on observe dans une société unique. Les progrès d'une science ou d'un art ne sont-ils pas
en connexion évidente avec ceux des autres
sciences ou des autres arts ? Le perfectionnement de l'étude de la nature, et celui de l'action
sur la nature, ne tiennent-ils pas l'un à l'autre ?
Tous deux ne sont-ils pas étroitement liés avec
l'état de l'organisation sociale , et réciproquement? Ainsi , pour connaître avec précision les
lois réelles du développement spécial de la branche la plus simple du corps social , il faudrait
nécessairement obtenir à la fois la même précision
pour toutes les autres , ce qui est d'une absurdité manifeste.

On doit donc , au contraire , se proposer d'a-
bord de concevoir dans sa plus grande généralité le phénomène du développement de l'espèce
humaine, c'est-à-dire, d'observer et d'enchaîner
entre eux les progrès les plus importants qu'elle
a faits successivement dans les principales directions différentes. On tendra ensuite à donner
par degrés à ce tableau une précision de plus
en plus grande, en sous-divisant toujours davantage les intervalles d'observation , et les classes

de phénomènes à observer. De même, sous le rapport pratique, l'aspect de l'avenir social, déterminé d'abord d'une manière générale, en résultat d'une première étude du passé, deviendra de plus en plus détaillé à mesure que la connaissance de la marche antérieure de l'espèce humaine se développera davantage. La dernière perfection de la science, qui, vraisemblablement ne sera jamais atteinte d'une manière complète, consisterait, sous le rapport théorique, à faire concevoir avec exactitude depuis l'origine la filiation des progrès d'une génération à l'autre, soit pour l'ensemble du corps social, soit pour chaque science, chaque art, et chaque partie de l'organisation politique; et sous le rapport pratique, à déterminer rigoureusement dans tous ses détails essentiels le système que la marche naturelle de la civilisation doit rendre dominant.

Telle est la méthode strictement dictée par la nature de la physique sociale.

CATÉCHISME

DES

INDUSTRIELS.

———

QUATRIÈME CAHIER.

DE L'IMPRIMERIE DE SÉTIER,
Cour des Fontaines, n° 7, à Paris.

AVANT-PROPOS.

CE quatrième cahier sera divisé en deux parties, et il présentera cela de remarquable, que les deux parties dont il sera composé, auront un caractère bien distinct, quoique les mêmes idées soient exposées dans l'une et dans l'autre.

Dans la première partie, nous ne nous adresserons qu'à la seule raison ; nous exposerons le système d'organisation sociale réclamé par l'état des lumières et par les progrès de la civilisation ; nous mettrons en évidence cette vérité qui doit servir de base à toute la politique actuelle : *les intérêts généraux de la société, tant sous les rapports physiques que sous les rapports moraux, doivent être dirigés par les hommes dont les capacités sont de l'utilité la plus générale et la plus positive.*

15

Dans la seconde partie, nous essaierons de faire entrer en activité les passions généreuses des hommes qui possèdent les capacités les plus positives. Nous ferons tous nos efforts pour diriger leurs travaux vers le plus grand but d'utilité publique qui puisse être conçu, celui de faire entrer dans leurs mains la haute direction de la société; c'est-à-dire, nous tâcherons de passionner les hommes les plus capables pour leurs intérêts particuliers, ce moyen nous paraissant le meilleur pour obtenir des résultats avantageux au bien public, attendu que les intérêts particuliers des hommes les plus capables sont ceux qui peuvent servir le mieux les intérêts généraux.

Nous croyons devoir joindre à cette annonce un aperçu des idées qui seront exposées dans ce cahier, et des raisons qui nous ont déterminés à discuter ces idées de deux manières différentes.

L'esclavage qui a pesé tant de siècles sur la classe industrielle, c'est-à-dire, sur l'immense majorité de la nation, n'a encore été complètement anéanti qu'en France. C'est seulement depuis la révolution, et par l'effet de la révolution, que ses derniers restes ont disparu ; et ce n'est par conséquent que depuis cette époque, et en France seulement, qu'il est devenu possible de travailler à l'établissement d'une organisation sociale, ayant directement pour objet l'amélioration du sort de la majorité. Car jusqu'à l'entière abolition de l'esclavage, la politique n'a pu employer que des moyens indirects pour atteindre à ce grand but.

D. *Quoique vous ne présentiez dans cet avant-propos vos idées que par aperçu, il est indispensable que vous constatiez, au moins par aperçu, l'exactitude des faits qui servent de base à vos opinions.*

Montrez-nous que c'est seulement en France, et par l'effet de la révolution, que les restes de l'esclavage ont été complètement anéantis. Beaucoup de personnes pensent, en opposition avec ce que vous avancez, que l'esclavage était anéanti en France long-temps avant la révolution; et un plus grand nombre imagine que les États - Unis d'Amérique avaient effectué chez eux cette grande amélioration, avant que la nation française eût commencé sa révolution.

R. En 1789, au moment que la révolution a éclaté, il y avait encore en Franche-Comté et sur plusieurs autres points du territoire français, des main-mortables; ainsi l'esclavage existait encore dans un état de grande crudité à l'égard d'une partie de la nation; le corps entier de la nation supportait, à cette époque, des restes d'esclavage, puisque l'ancien axiome féodal *point de terre sans seigneur,* était encore admis, et qu'il ne fut entièrement aboli que dans la célèbre nuit du 4 août; puisque l'immense majorité de la nation était encore, suivant l'aimable expression de la noblesse, *taillable et corvéable à merci.*

Quant aux États-Unis d'Amérique, l'es-

clavage des Nègres subsiste encore dans la
Virginie et dans les autres États méridio-
naux, et il existe dans les États septentrio-
naux une classe nombreuse d'hommes qu'on
appelle engagés, et qui se trouvent, pendant la durée de leurs engagemens, dans
un véritable esclavage; ceux qui les ont
achetés des capitaines qui les ont amenés
d'Europe, ayant le droit de les vendre pour
le temps de leur engagement.

D. *Si vous désirez donner au lecteur
par cet avant-propos une idée précise
des opinions que vous produirez dans le
cahier, il est nécessaire que vous éclair-
cissiez plusieurs autres points; par
exemple celui-ci:*

*Vous prétendez que l'anéantissement
de quelques légers restes d'esclavage
qui subsistaient encore en 1789, doit déterminer un changement radical dans
l'organisation sociale. Votre opinion à
cet égard a grand besoin d'être motivée,
car l'expérience des siècles prouve que
les améliorations dans l'organisation*

*sociale ne se sont opérées que graduelle-
ment, successivement, et très-lentement.
On a vu l'esclavage devenir de moins en
moins rigoureux à mesure que les lumières ont fait des progrès ; on a vu le
système d'organisation sociale se perfectionner à mesure que l'esclavage est devenu moins rigoureux. Quelques légers
restes d'esclavage subsistaient encore en
1789, la révolution les a anéantis : il doit
certainement en résulter un perfectionnement dans l'organisation sociale; mais
nous ne voyons point de raison pour que
ce changement soit radical; nous ne con-
cevons point pourquoi la politique qui a
précédé cet événement se trouverait séparée de celle qui le suivra par une ligne de démarcation fortement tracée.*

R. Si on observe la manière dont se développent les individus de l'espèce humaine,
au moral et au physique, depuis leur naissance jusqu'à leur virilité, on reconnaît que
leur développement s'opère de deux manières différentes, et qui concourent cepen-

dant vers un but commun, celui du plus grand perfectionnement de leurs forces morales et physiques dont leur organisation soit susceptible.

Depuis la naissance des individus, jusqu'à l'époque de leur virilité, il s'effectue en eux un perfectionnement du moral et du physique, qui est graduel et continu, mais qui est très-lent.

Ils éprouvent aussi plusieurs crises qui déterminent en eux des progrès généraux et très-rapides.

L'âge de sept ans est signalé chez eux par une crise de dentition, à la suite de laquelle leurs facultés sentimentales, et leur capacité en mémoire, prennent un accroissement subit.

Vers l'âge de quatorze ans, les passions tendantes à s'affranchir de la dépendance à l'égard des parens, et à former des liaisons de son choix, s'enflamment dans l'individu, en même temps qu'il acquiert la faculté de produire son semblable.

A vingt et un ans, l'homme, parvenu au

développement complet de ses forces morales et physiques, acquiert le caractère qui
est propre à son individu; ses facultés se
coordonnent et se dirigent vers le but qui
attrait le plus spécialement son organisation
particulière.

Si on observe ensuite les lois et les usages
que la société a établis pour régler sa conduite
à l'égard des enfans, depuis leur naissance
jusqu'à leur vingt et unième année, on voit
que les législateurs ont reconnu l'existence
et les effets des trois crises dont nous venons
de parler, et qu'ils ont proportionné les
droits qu'ils ont accordés à la génération
ascendante, d'après l'opinion qu'ils ont
conçue du développement intellectuel
qu'elle devait acquérir à sept, à quatorze et
à vingt et un ans.

Et il est de fait qu'ils ont déclaré les enfans au-dessous de sept ans incapables de
commettre de péchés, c'est-à-dire, incapables
de régler eux-mêmes leur conduite, et par
conséquent de commettre des fautes dont

ils fussent responsables, et qui fussent jus-
ticiables des lois divines ou humaines; ils
ont, en conséquence, construit la loi de
manière que ses dispositions relatives aux
enfans, n'ayant pas atteint leur septième
année, n'ont pour objet que d'établir une
surveillance générale de la société sur la
conduite de leurs protecteurs naturels, et
les moyens de pouvoir les remplacer quand
ils venaient à leur manquer.

Les législateurs n'ont soumis qu'à des
punitions correctionnelles les enfans jusqu'à
l'âge de quatorze ans, quelque graves que
fussent les fautes qu'ils vinssent à commettre; et ils les ont admis seulement à l'éman-
cipation, dans le cas où ils auraient perdu
leurs parens.

C'est à l'âge de vingt et un ans qu'ils ont
fixé la majorité, comme étant l'époque à laquelle les individus ont, en général, acquis
un développement d'intelligence suffisant,
et une capacité de prévoyance assez étendue
pour que les intérêts généraux de la société

n'exigent plus qu'ils soient soumis à une surveillance particulière.

Si, à la suite de cette classe d'observations, l'on examine les usages admis par l'université, relativement à l'éducation et à l'instruction publique, on reconnaît qu'ils cadrent très-exactement avec les dispositions législatives dont nous venons de parler.

L'instruction publique des enfans ne commence pas avant l'âge de sept ans.

Depuis sept ans jusqu'à quatorze, l'éducation joue un rôle plus important que l'instruction, c'est-à-dire, les surveillans de la conduite des enfans, pendant ce laps de temps, exercent dans les pensions et dans les colléges une plus grande influence sur eux que les professeurs dont ils reçoivent l'instruction.

Depuis quatorze jusqu'à vingt et un ans, l'influence des professeurs sur les éleves est beaucoup plus grande que celle exercée sur eux par leurs surveillans.

Et à vingt et un ans ceux qui continuent

à suivre des cours au collége de France ou dans d'autres établissemens d'instruction publique, se trouvent débarrassés de toute espèce de surveillance.

Enfin, si l'on observe le degré de développement intellectuel auquel se trouve aujourd'hui parvenue la nation française (qui s'est placée, par sa révolution, en tête de l'espèce humaine sous le rapport de la civilisation), on reconnaît qu'elle a subi sa troisième crise, et que son âge social actuel correspond à celui de vingt et un ans pour les individus; on reconnaît aussi qu'elle a proclamé sa majorité dans la nuit du 4 août, en abolissant toutes les institutions dérivées de l'état d'esclavage, qui avait été la situation primitive de la classe industrielle, c'est-à-dire, du corps de la nation.

Et après cela, si on veut produire une conclusion, on combinera ensemble les observations de différentes espèces que nous venons de présenter, on les méditera, et on en tirera nécessairement la conséquence suivante.

Le peuple français, étant parvenu à sa majorité comme nation, par l'effet des progrès de son intelligence, il doit en résulter un changement radical dans son organisation sociale.

Parvenu au point de vue le plus élevé qui puisse se rencontrer sur la route de la civilisation, en suivant le sentier que nous venons de tracer, le philosophe découvrira d'une part le passé le plus reculé, de l'autre l'avenir le plus éloigné; il apercevra dans le fond du tableau la formation de l'esclavage, institution philanthropique pour l'époque de son établissement, puisqu'elle a sauvé la vie à des milliards d'hommes; puisque nous lui devons l'immense population à laquelle est parvenue l'espèce humaine, puisqu'elle a été favorable aux progrès des lumières, en fournissant le moyen à la classe des maîtres de s'occuper du développement de leur intelligence; ce qu'ils n'auraient pu faire sans l'établissement de l'esclavage, puisque leur temps et leurs forces auraient été occupés par les travaux néces-saires pour satisfaire leurs premiers besoins. Il considérera ensuite, avec une vive satis-faction, en suivant de l'œil cette partie de la route jusqu'au point où il se trouvera placé, l'adoucissement de l'esclavage, le progrès des lumières, l'amélioration gra-duelle du sort de l'espèce humaine, et enfin, chez la nation française qui forme aujour-d'hui son avant garde, l'anéantissement complet de l'esclavage et l'aptitude à rece-voir une organisation sociale, ayant direc-tement le bien de la majorité pour objet.

Se tournant ensuite du côté de l'avenir, il apercevra, dès les premiers pas à faire sur la route de la civilisation, la formation de trois grands professorats, ayant pour objet l'enseignement des principaux élémens de la science sociale, savoir :

Une chaire, ou plutôt des chaires assez multipliées en France, pour enseigner aux industriels de tous les genres et de tous les degrés d'importance, la conduite politique et industrielle qu'ils doivent tenir pour leur bien personnel et pour la plus grande satisfaction de leur classe, ainsi que pour développer en eux un grand sentiment de dignité, en leur apprenant que leur classe étant celle qui possède la plus grande capacité en administration, ce sont les plus importans d'entre eux qui doivent être chargés de diriger la haute administration de la fortune publique.

Une chaire de morale où on enseignera comment chaque individu, dans quelque position sociale qu'il se trouve, peut combiner son intérêt particulier avec le bien général, et dont les professeurs feront sentir à leurs auditeurs que l'homme se soumet volontairement au plus grand mal moral dont il puisse être affligé, quand il cherche son bien-être personnel dans une direction qu'il sait être nuisible à la société; tandis qu'il s'élève au plus haut degré de jouissance auquel il puisse atteindre, quand il travaille à l'amélioration de son sort personnel dans une direction qu'il sent clairement être utile à la majorité.

Une chaire de sciences positives, dans laquelle on enseignera les moyens généraux de modifier, de la manière la plus avantageuse pour l'homme, les phénomènes de la nature sur lesquels il peut exercer son influence, et dans laquelle on enseignera aussi comment chaque individu peut combiner son intérêt particulier avec l'intérêt général, et le grand avantage qui résulte pour chacun de bien faire cette combinaison.

De ce point de vue, le philosophe, à chaque coup d'œil alternatif qu'il donnera sur le passé et sur l'avenir, apercevra de plus en plus, des différences tranchées entre l'existence sociale de nos devanciers et celle de nos successeurs; il reconnaîtra que chez nos devanciers, le premier degré d'importance sociale était accordé à la naissance, à la faveur et à la capacité de gouverner, et en se retournant du côté de l'avenir, il apercevra l'importance sociale obtenue par la plus grande capacité en morale, en science ou en industrie.

16

En regardant les peuples en masse dans le passé, il les verra luttant entre eux à main armée : en les considérant dans l'avenir, il les verra rivalisant entre eux sous les trois grands rapports de la morale, de la science et de l'industrie.

Jusqu'à ce jour, les hommes ont marché dans la route de la civilisation à reculons, du côté de l'avenir; ils ont eu habituellement la vue fixée sur le passé et ils n'ont donné à l'avenir que des coups d'œil très-rares et très-superficiels. Aujourd'hui que l'esclavage est anéanti, c'est sur l'avenir que l'homme doit principalement fixer son attention.

L'action de gouverner a dû être, jusqu'à l'anéantissement de l'esclavage, l'action prépondérante; aujourd'hui, et de plus en plus, elle ne doit plus être qu'une action subalterne.

Voilà l'indication la plus claire que nous puissions donner en peu de mots des idées les plus générales que nous développerons, que nous discuterons, et que nous préciserons dans ce cahier.

Il nous reste maintenant à expliquer, mieux que nous n'avons pu le faire en tête de cet avant-propos, en quoi différera la manière dont nous exposerons ces idées dans la première et dans la seconde partie de ce cahier.

Prospectus de la première partie.

Nous récapitulons les progrès de la civilisation depuis Socrate jusqu'à ce jour.

En résumant cette récapitulation, nous trouvons et nous prouvons que l'adoption du plan d'organisation sociale que nous avons esquissé dans cet avant-propos, est une suite naturelle et une conséquence forcée des précédens de notre civilisation depuis vingt-quatre siècles.

Nous examinons ensuite la manière dont il doit être procédé à l'établissement de cette nouvelle organisation sociale, et nous traçons clairement la marche qui doit être suivie pour effectuer ce changement radical, sans que la tranquillité puisse être troublée un seul instant, sans même que le gouvernement ni le public puisse concevoir la moindre inquiétude à cet égard.

Enfin nous mettons en évidence cette vérité importante, qui résulte de la manière dont nous avons combiné la transition ; c'est que l'établissement de la nouvelle organisation sociale ne se trouve en contravention avec aucune des dispositions de la Charte, et que, loin de nuire à la royauté, elle en rendra l'existence plus brillante, plus importante et plus satisfaisante pour nos rois, tout en les mettant à l'abri des nombreux dangers auxquels ils ont été exposés, et des malheurs qui leur sont arrivés par l'effet des imperfections qui se sont trouvées dans la manière dont la royauté a été constituée jusqu'à ce jour.

Prospectus de la seconde partie de ce cahier.

Nous nous adressons d'abord aux hommes les plus distingués dans les capacités les plus générales et les plus positives, pour leur dire :

Messieurs les industriels, les moralistes et les savans, depuis que la nation a proclamé sa majorité en anéantissant complètement les restes de l'esclavage, ses intérêts moraux et physiques doivent être dirigés par les hommes les plus capables ; c'est-à-dire, ils doivent être dirigés par vous, et la capacité de gouverner ne doit plus exercer qu'une action secondaire dans l'organisation sociale : cependant les choses restent encore à peu près sur l'ancien pied. Le nombre des fonctionnaires publics est immense, les sommes qu'ils coûtent à la nation sont énormes ; partie de ces fonctionnaires ne doivent les places lucratives qu'ils occupent qu'à la considération que le gouvernement continue à accorder à la naissance, et l'autre partie ne doit son avancement qu'à l'opinion favorable que le gouvernement conçoit de leur capacité pour gouverner. D'où peut provenir, messieurs, le retard que la société éprouve dans l'allégement qu'elle pourrait obtenir ?

Ce retard, dans l'amélioration de notre existence sociale, provient évidemment de vous, de votre apathie en politique. Réveillez-vous donc ! tant que vous ne vous montrerez pas disposés à exercer les nouveaux droits, et à remplir les nouveaux devoirs qui résultent pour vous du fait que la nation est devenue majeure, nous ne profiterons point des avantages que l'état présent, que nos lumières et notre civilisation peuvent nous procurer.

C'est à vous, Messieurs les industriels les plus importans, à dire comment vous comptez administrer la fortune publique quand vous serez chargés de ce soin, et à prouver à la reine du monde, c'est-à-dire à l'opinion publique, que vous l'administrerez d'une manière beaucoup plus profi-

table pour la majorité de la nation qu'elle
ne l'a été jusqu'à ce jour.

C'est à vous, Messieurs les moralistes, à
prouver que le principe fondamental de la
morale divine, *ne faites pas à autrui ce
que vous ne voudriez pas qu'il vous fît,*
est susceptible d'applications tout-à-fait
neuves et infiniment plus précises depuis
que les progrès des lumières ont permis
d'anéantir complètement les restes de
l'esclavage.

C'est à vous, Messieurs les savans, à présenter des idées claires sur la manière dont
les intérêts particuliers peuvent se combiner avec les intérêts généraux, et à tracer
un plan d'instruction publique tel, que les
connaissances positives acquises soient répandues le plus promptement possible dans
toutes les classes de la société et dans tous
les rangs.

Et en nous adressant séparément, ainsi
que nous venons de le faire, à chacune de

ces grandes capacités positives, nous dirons clairement :

Aux industriels, les principes fondamentaux d'après lesquels ils doivent administrer la fortune publique;

Aux savans, la manière dont ils doivent s'y prendre pour établir une bonne combinaison des intérêts particuliers avec l'intérêt général;

Aux moralistes, les conséquences qu'ils doivent tirer dans les circonstances actuelles du principe de morale divine, *ne faites pas à autrui ce que vous ne voudriez pas qu'il vous fît*, principe qui doit régler la marche de la société plus qu'il ne l'a jamais fait jusqu'à ce jour, attendu qu'il n'a pu être appliqué aux rapports entre les gouvernans et les gouvernés, entre ceux qui font la loi et ceux qui y sont soumis, sans l'avoir fait que d'une manière très-indirecte, tant que le progrès des lumières n'est pas parvenu au point nécessaire pour permettre l'entier anéantissement de l'esclavage.

CATÉCHISME
DES INDUSTRIELS.

~~~~~~

QUATRIÈME CAHIER.

PREMIÈRE PARTIE.

D. *Allons-nous continuer l'examen que nous avions commencé dans le second cahier? allons-nous poursuivre la discussion entamée jusqu'à ce point que nous ayons complètement éclairci nos idées et arrêté notre opinion sur cette question importante?*

Les Français doivent-ils imiter les Anglais en politique? Doivent-ils établir chez eux l'organisation sociale qui a été adoptée dans la Grande-Bretagne, ou bien doivent-ils, de préférence, suivre vos conseils, établir chez eux le régime industriel dans toute sa pureté, et s'occuper, pour première mesure politique, d'obtenir du Roi qu'il veuille bien confier aux industriels les plus importans, le soin de

faire le projet de budget, et qu'il veuille bien
aussi déclarer que la classe industrielle forme
la première classe de ses sujets.

R. Nous terminerons plus tard la discussion
que vous venez de rappeler ; notre séance d'aujourd'hui sera consacrée à l'exposition du but
général de notre entreprise et à l'examen des
principes fondamentaux de notre système.

Notre entreprise a pour objet de déterminer
S. M. à placer la haute direction des affaires
publiques, savoir : pour les finances, dans les
mains des industriels les plus importans ; et,
pour toutes les affaires qui ne sont pas financières ou administratives, dans celles des savans
les plus capables.

Or, pour atteindre à ce but, nous avons trois
choses à faire :

1°. Exposer clairement aux industriels les
moyens qu'ils doivent employer pour obtenir
du Roi que S. M. veuille bien confier aux plus
importans d'entre eux le soin de faire le projet
du budget ;

2°. Faire connaître aux savans la manière
dont ils doivent s'y prendre pour obtenir de
S. M. que les plus capables d'entre eux soient
chargés du soin de diriger l'éducation publique
et les autres intérêts moraux de la société ;

3°. Enfin, indiquer aux industriels et aux

savans les bases de l'association qu'ils doivent
former pour atteindre au double but ; que les
industriels les plus importans soient chargés de
faire le projet de budget , et que les savans les
plus capables soient investis de la direction de
l'éducation publique et des autres intérêts moraux de la société.

Dans nos deux premières livraisons , nous
nous sommes occupés de donner des conseils
aux industriels , 1°. relativement à la marche
qu'ils devaient suivre pour atteindre au but
indiqué ci-dessus ;

2°. Nous leur avons indiqué la manière dont
ils devaient s'y prendre pour combiner leurs
forces et leurs capacités politiques avec celles
des savans. Dans cette quatrième livraison, c'est
directement aux savans que nous allons nous
adresser.

D. *Vous auriez dû vous adresser d'abord
aux savans, cela était plus naturel , cela
aurait été plus méthodique.*

R. Les savans rendent des services très-
importans à la classe industrielle ; mais ils reçoivent d'elle des services bien plus importans
encore, ils en reçoivent *l'existence;* c'est la classe
industrielle qui satisfait leurs premiers besoins,
ainsi que leurs goûts physiques de tous les genres; c'est elle qui leur fournit tous les instrumens

qui peuvent leur être utiles pour l'exécution de
leurs travaux.

La classe industrielle est la classe fondamentale, la classe nourricière de toute la société,
celle sans laquelle aucune autre ne pourrait sub-
sister : ainsi elle a le droit de dire aux savans, et
à plus forte raison à tous les autres non industriels, nous ne voulons vous nourrir, vous loger,
vous vêtir et satisfaire en général vos goûts physiques qu'à telle condition.

Votre observation nous a produit un effet
diamétralement opposé à celui que vous dési-
riez, elle nous fait prendre le parti de ne pas
nous adresser du tout aux savans, ou plutôt elle
nous détermine à ne nous adresser aux savans
que comme à une classe secondaire.

*D. Quoique vous n'adoptiez pas notre ob-
servation, elle vous aura rendu un service
très-important, celui de donner plus de fermeté à votre opinion et une grande clarté au
principe qui servira de base à votre système
politique.*

*Vous allez donc nous dire à quelle condi-
tion vous pensez que les industriels doivent
consentir à nourrir les savans et à satisfaire
tous leurs goûts physiques.*

R. Nous allons vous dire la manière dont
les savans doivent s'organiser, et la direction

qu'ils doivent donner à leurs travaux pour employer de la manière la plus utile aux industriels l'existence qu'ils reçoivent d'eux.

Les savans les plus capables doivent se séparer en deux classes, c'est-à-dire, former deux académies séparées; une de ces académies doit se proposer pour but général dans ses travaux de faire le meilleur code des intérêts, et l'autre celui de perfectionner le code des sentimens dont le célèbre Platon a établi les principes qui ont été appliqués et développés par les pères de l'église.

Louis XIV a fondé une de ces académies, celle des sciences physiques et mathématiques; cette académie a déjà beaucoup contribué au perfectionnement des observations et des raisonnemens; quelques légères additions suffiraient pour mettre cette académie en mesure d'établir le code des intérêts (1).

L'autre académie, celle dont les travaux doivent avoir pour but le perfectionnement du code des sentimens, a eu pendant quelque temps un léger commencement d'existence sous le titre de classe des sciences morales et politiques.

---

(1) L'addition la plus importante à faire à l'Académie des sciences serait celle d'une classe de savans en économie politique.

L'établissement de cette académie serait tout aussi utile que l'a été celui de l'académie des sciences; il serait même plus utile dans les circonstances actuelles, attendu que depuis douze cents ans, époque à laquelle les Arabes ont commencé à cultiver les sciences d'observations ainsi que les mathématiques, l'étude de la morale a été de plus en plus négligée, et que cette branche de nos connaissances se trouve aujourd'hui très en arrière de celle relative aux différentes parties de la physique et des mathématiques (1).

L'académie des sciences morales doit se composer de moralistes, de théologiens, de légistes (2), des poëtes, des peintres, des sculpteurs et des musiciens les plus distingués.

---

(1) La société sent tellement le besoin qu'elle a de l'établissement d'une académie de morale, que le gouvernement ne s'occupant point de satisfaire ses désirs raisonnables à cet égard, elle s'efforce de les satisfaire elle-même autant qu'il lui est possible. C'est ce sentiment qui a déterminé la formation de la société libre de la morale chrétienne en France, celle de la société biblique en Angleterre, et celle d'une multitude de sociétés philanthropiques chez toutes les nations européennes.

(2) Il doit être établi aussi une classe de légistes dans l'Académie des sciences; car la société a besoin d'être soumise à des règles fixes pour les rapports d'intérêt entre ses

Il ne sera pas plus extraordinaire de voir des
musiciens, des peintres et des sculpteurs dans
l'académie destinée à perfectionner les sentimens, qu'il ne l'est aujourd'hui de voir des
opticiens, des horlogers et des fabricans d'instrumens dans l'académie des sciences physiques
et mathématiques. Les faiseurs de théories ne
doivent point être séparés de ceux qui se dis-
tinguent dans les principales applications. Nous
aurons occasion de prouver plus tard que l'académie des sciences devrait appeler dans son sein
un beaucoup plus grand nombre de mécaniciens
pratiques.

D. *Par qui l'académie des sentimens sera-
t-elle nommée?*

R. La première nomination doit être faite par
le Roi, et le remplacement des membres après
la première formation doit être proposé à Sa
Majesté par l'académie des sentimens, ainsi que
cela se fait aujourd'hui pour l'académie des
sciences.

---

membres, de même que pour ceux de leurs sentimens réciproques; et il faut une capacité et des études particulières
pour faire de bons règlemens dans l'une et l'autre partie:
ainsi ce sont les légistes qui, ayant reçu une éducation
spéciale à cet égard, se trouvent les plus capables de faire
dans toutes les directions la partie réglémentaire du travail.

D. L'établissement de ces deux académies indépendantes l'une de l'autre, et mises sur le même pied d'importance politique, nous paraît bon et utile. Il est certain que la société a également besoin que ses sentimens et que ses idées soient bien coordonnés et qu'ils soient soumis à de bons règlemens généraux, c'est-à-dire à de bonnes lois ; mais ces deux académies seront rivales, et il résulte de la nature des choses que celle chargée de perfectionner le code des sentimens travaillera à soumettre le code des intérêts à celui des sentimens, et vice versa. Qui est-ce qui maintiendra la balance entre ces deux académies? La formation d'une institution scientifique suprême n'est-elle pas nécessaire pour atteindre à ce but?

R. Certainement l'établissement d'un collége scientifique royal ou suprême est indispensablement nécessaire ; les fonctions de ce collége consisteront à coordonner les travaux de l'académie des sentimens et ceux de l'académie des raisonnemens. Ce collége s'occupera à fondre, dans une même doctrine, les principes et les règlemens produits par les deux académies ; il s'occupera à former d'abord et à perfectionner ensuite la doctrine générale qui servira de base à l'instruction publique de toutes les classes de la société, depuis celle des individus les plus complètement prolétaires jusqu'à celle des citoyens les plus riches (1) ; il s'occupera également à former le code des lois générales qui seront les plus avantageuses à la majorité.

Le collége scientifique royal sera certainement la plus importante de toutes les institutions sociales, puisque c'est ce collége qui dirigera d'une manière suprême l'action générale de la société ; il semblerait donc que l'établissement de ce collége devrait précéder celui de toutes les autres institutions ; mais il résulte de la nature des choses que la formation de l'académie des sentimens et celle de l'académie des raisonnemens doivent précéder celle du collége scientifique suprême, par la raison que les hommes les plus capables en élaboration des sentimens ou en coordination des raisonnemens sont les seuls en état de bien juger quels sont les savans qui réunissent au plus haut degré ces deux genres de

------

(1) Les riches jouiront toujours de l'avantage sur les pauvres de pouvoir consacrer plus de temps à leur instruction ; ainsi la doctrine générale leur sera enseignée avec plus de développement qu'aux pauvres. Mais l'instruction de la classe la plus pauvre sera poussée assez loin pour que les riches ne puissent pas abuser à leur égard de la supériorité de leurs connaissances.

17

capacités, et la conséquence de ce résultat est évidemment que les membres du collége suprême ne peuvent être bien choisis que par l'académie des sentimens et par celle des raisonnemens, réunies en une seule assemblée pour effectuer cette nomination.

Les savans, nommés par l'académie des sentimens et par celle des raisonnemens pour composer le collége scientifique suprême, s'adjoindront les légistes les plus capables, et ils leur confieront le soin d'imprimer à la doctrine générale qu'ils produiront le caractère réglementaire; ils s'adjoindront aussi les politiques pratiques qu'ils jugeront capables de leur donner des avis utiles, et ils en choisiront dans toutes les branches de l'administration publique, afin de pouvoir être éclairés sur tous les points et de pouvoir se procurer des renseignemens de tous les genres; ainsi ils en prendront dans le département de l'intérieur, dans ceux des relations extérieures, de la guerre, de la marine, des finances, de la police, etc.

Quand les industriels auront obtenu du Roi, d'abord qu'il veuille bien confier aux plus importans d'entre eux le soin de faire le projet du budget; quand ils auront obtenu ensuite de S. M. qu'elle ordonne l'établissement des trois colléges scientifiques dont nous venons de parler, la société se trouvera organisée d'une manière proportionnée à l'état présent de ses lumières et de sa civilisation; elle se trouvera organisée aussi bien que l'espèce humaine puisse l'être pour satisfaire tous ses besoins moraux et physiques; car ces quatre institutions composent les dispositions fondamentales de l'ordre social le plus favorable à la production et à la coordination de ce qui peut être le plus utile aux hommes sous tous les rapports moraux ou physiques.

Enfin, quand cette organisation sociale sera établie en France, la célèbre prédiction faite par les pères de l'église ne tardera pas à se réaliser; une même doctrine sociale deviendra commune à toute l'espèce humaine, on verra tous les peuples adopter successivement les principes que les Français auront proclamés et mis en pratique.

Les idées que nous venons de présenter étonneront d'abord, elles ne seront pas adoptées immédiatement; mais les bons esprits ne tarderont pas à reconnaître que notre projet d'organisation sociale est déduit immédiatement de la marche de l'esprit humain, et que son adoption est une conséquence forcée des précédens politiques de la société européenne.

Jusqu'à ce jour la sainte-alliance, les gouvernemens de France, d'Angleterre et d'Amérique,

les partis politiques qui se sont formés depuis
le commencement de la révolution, ainsi que
les publicistes qui ont émis leurs opinions depuis
cette époque, n'ont discuté que des questions
d'une importance secondaire ; ils ne se sont fortement occupés que des événemens du jour;
aucun d'eux ne s'est placé à un point de vue assez
élevé pour saisir l'ensemble des choses. Le premier travail à faire pour sortir du labyrinthe
dans lequel sont entrés tous les hommes qui
s'occupent de haute politique par profession ou
par attrait, consiste à résoudre les trois questions suivantes d'une manière telle que tout
homme, possédant une instruction ordinaire,
puisse en apprécier la solution.

Voici ces trois questions :

1°. Quel est le moyen de terminer complètement la crise actuelle ? Quels sont les principes
d'organisation sociale qui conviennent à l'état
présent des lumières et de la civilisation ?

2°. Quelle est la véritable cause, c'est-à-dire,
la cause la plus générale de la crise qui agite,
depuis plus de cinquante ans, les Européens qui
habitent l'Europe, ainsi que ceux qui sont passés en Amérique ?

3°. Quelles sont les mesures qui ont été prises
depuis la guerre qui a eu pour résultat l'indé-
pendance des colonies anglaises de l'Amérique

septentrionale, qui ont facilité les moyens de terminer la crise qui agite les Européens depuis plus d'un demi-siècle? Quelles sont celles qui ont rendu cette terminaison plus difficile?

D. Allez au fait, mettez toute critique de côté ; ce qui nous intéresse, ce que nous désirons savoir, c'est, si vous êtes parvenu à faire le travail qui a été jusqu'à ce jour inutilement entrepris par la sainte-alliance, par les gouvernemens de France, d'Angleterre et d'Amérique, par tous les partis politiques qui se sont formés depuis le commencement de la révolution, et par tous les publicistes qui ont émis leurs opinions depuis cette époque. Nous allons vous interroger sur les trois questions que vous avez posées.

Nous vous demanderons d'abord, non pas de nous dire quelles sont les institutions qui doivent servir de base à la nouvelle organisation sociale, puisque vous venez de nous exposer vos principes à cet égard ; mais nous vous prierons de résumer ce que vous venez de nous dire, afin de nous mettre en état de saisir d'un coup d'œil l'ensemble de votre système.

R. Voici notre réponse à votre première interrogation ; elle mérite de fixer toute votre attention, car elle est un résumé relatif à la question la plus importante que vous puissiez nous adresser.

« La royauté héréditaire dans l'ordre de primogéniture est l'institution fondamentale des grandes sociétés politiques actuelles.

» Le collége scientifique suprême, composé de la manière que nous avons indiquée ci-dessus, forme le conseil initiatif de S. M.

» Les projets arrêtés dans le conseil initiatif sont envoyés à l'examen de l'académie des sentimens et de l'académie des raisonnemens.

» Ces projets, après avoir été examinés par l'académie des raisonnemens et par celle des sentimens, sont présentés, avec les observations faites par ces deux académies, au conseil administratif suprême.

» Le conseil administratif suprême se compose des industriels les plus importans. Ce conseil est composé des industriels : d'abord, parce qu'ils sont, de tous les Français, ceux qui ont fait preuve de la plus grande capacité en administration; ensuite, parce qu'ils sont les représentans naturels de la classe industrielle qui forme l'immense majorité de la nation.

» Ce conseil est chargé de faire tous les ans le projet de budget, et de vérifier si les ministres ont employé convenablement les sommes qui leur ont été accordées par le budget précédent.

» Ce conseil alloue dans son travail sur le
» budget, les sommes qui lui paraissent conve-
» nables pour l'exécution des projets qui ont été
» soumis à son jugement, et dont la réalisation
» lui paraît utile.

» Le projet de budget ainsi élaboré, est remis
» au conseil des ministres, qui, d'après les
» ordres du Roi, le présente aux chambres et en
» poursuit l'exécution dans tous les détails. »

D. *Ce résumé est très-clair ; toute personne qui prendra la peine de le lire comprendra très-facilement votre système ; mais il ne suffit pas que votre système soit compris, il faudrait qu'il fût approuvé et adopté : or, pour atteindre à ce but, il est nécessaire que vous prouviez ce que vous avez annoncé quelques lignes plus haut ; il est nécessaire que vous fassiez voir que ce système se déduit directe- ment de la marche de l'esprit humain, et que son adoption est une conséquence forcée des précédens de la société européenne.*

R. L'école de Socrate a senti plusieurs vérités très-importantes.

Elle a senti que l'homme possédait deux ca- pacités bien distinctes, quoiqu'elles fussent inti- mément liées entre elles, savoir : d'une part la capacité d'éprouver, de produire, d'élaborer et de coordonner des sentimens ; de l'autre celle

de concevoir, de produire, d'élaborer et de coordonner des idées. Elle a senti que le développe-
pement de ces deux capacités exigeait des travaux distincts, et qu'ils devaient être l'objet des
occupations de deux écoles séparées ; enfin
elle a reconnu que le développement des sentimens devait s'opérer d'abord avec plus de rapidité que celui des idées, en conséquence, cette
école s'est principalement occupée de l'établissement des principes de la morale.

Socrate s'est aperçu que les principes de la
morale devaient être présentés aux hommes
avec l'appui de l'autorité divine ; il s'est aperçu
que la croyance à plusieurs dieux était très-
favorable au développement des passions de tous
les genres, mais qu'elle s'opposait à la subalter-
nisation de toutes les passions à l'égard de celle
du bien public ; en conséquence, Socrate a proclamé l'unité de Dieu.

L'école de Socrate a reconnu aussi, d'une part,
que la philosophie ne pourrait être cultivée
d'une manière régulière et continue qu'à l'époque où l'école sentimentale et où celle des raisonnemens auraient faits de grands progrès, et
lui auraient fournis des matériaux assez abon-
dans pour lui procurer un grand nombre de
comparaisons et de combinaisons à exécuter ;
elle a reconnu d'une autre part, que les hommes

ne pourraient établir une organisation sociale directement avantageuse à la majorité, qu'au moment où les lumières répandues par l'école des sentimens et par celle des idées seraient suffisamment parvenues dans les dernières classes, pour que l'esclavage pût être sans inconvénient complètement anéanti.

Nous ne commencerons pas l'histoire des précédens de la société européenne avant Socrate, parce que c'est seulement depuis cette époque que les progrès de la civilisation se sont suivis sans interruption, parce que Socrate est le premier qui ait lancé l'esprit humain vers un but tel que le résultat des travaux commencés par ce philosophe, dût être nécessairement l'établissement de l'organisation sociale la plus directement avantageuse à la classe industrielle, qui est la plus utile et qui forme l'immense majorité de la société.

D. *Socrate est mort depuis vingt-quatre siècles, l'histoire des progrès de l'esprit humain depuis l'apparition de ce grand homme jusqu'à ce jour, est une base d'observation suffisamment large pour servir d'appui aux raisonnemens que vous voudrez établir ; ne craignez donc pas de reproches relativement à la brièveté de cette série, rendez ses principaux termes bien saillans, et si vous parvenez ensuite à déduire d'une manière claire, simple et naturelle les dispositions fondamentales de la nouvelle organisation sociale que vous venez de nous présenter, vous trouverez tous les hommes de bien, dans quelque position que le hasard de la naissance les ait placés, disposés à adopter votre opinion, c'est-à-dire votre système.*

R. Nous partagerons l'histoire de la civilisation, depuis Socrate jusqu'à nos jours, en deux parties égales : chacune d'elles comprendra douze siècles. La première commencera à Socrate, et se terminera à l'époque où les Arabes, après avoir traduit les ouvrages d'Aristote, et après les avoir remis en honneur, se sont livrés à l'étude des sciences physiques et mathématiques. La seconde renfermera ce qui s'est passé de plus important en civilisation depuis Haroun-Haralchid et Almamoun jusqu'à ce jour.

D. Donnez-nous la première partie de cette histoire, c'est-à-dire, rappelez-nous ce qui mérite le plus d'être remarqué dans la marche de la civilisation depuis Socrate jusqu'au règne d'Almamoun et de Charlemagne.

R. Avant d'entrer en matière, nous devons vous présenter quelques observations ayant pour objet de vous faire connaître le caractère particulier de chacune des deux parties de

l'histoire de la civilisation depuis l'apparition
de Socrate. Ces considérations préliminaires
faciliteront infiniment l'intelligence du grand
fait que nous allons constater ; fait qui est aussi
important en politique que celui de la gravitation universelle en astronomie ; fait qui n'a point
encore été directement observé : fait enfin qui
servira plus tard de base à toutes les combinaisons politiques, de même que celui de la gravitation universelle sert d'appui à tous les calculs
astronomiques.

L'école de Socrate s'est trouvée complètement
anéantie sous le rapport des travaux de philosophie générale au moment même de la mort de
son fondateur ; et, chose très-remarquable, il
n'a point paru depuis cette époque de véritable
philosophie ; il n'a point existé d'école vraiment
philosophique ; c'est-à-dire, aucun homme, aucune école, ne s'est livré en même temps à l'étude
de l'homme physique et de l'homme moral, en
accordant une égale attention à l'une et à l'autre
de ces études. Mais peu d'années après la mort
de Socrate, son école a été remplacée, sous le
rapport scientifique, par deux sous-écoles, dont
l'une s'est essentiellement occupée de l'homme
moral, tandis que l'autre s'est particulièrement
attachée à l'étude de l'homme physique. La
première a principalement travaillé à perfec-

tionner les relations sentimentales ; la seconde s'est particulièrement livrée à des observations de physique, à la coordination et à la systématisation de ces faits. Platon s'est placé à la tête de la première, qui a pris le nom d'académie. Aristote a été le fondateur de la seconde, qui s'assemblait sous le portique, et dont les élèves ont pris le nom de péripatéticiens.

Or le grand fait historique que nous désirons énoncer, avant de commencer la récapitulation des progrès de la civilisation depuis Socrate jusqu'à ce jour, est que, pendant les douze premiers siècles, ce sont les *platoniciens* qui ont le plus contribué aux progrès de la civilisation, et que, pendant les douze derniers siècles, ce sont les *aristoticiens* qui ont joué le rôle le plus important dans l'histoire des découvertes de l'esprit humain ; d'où il résulte que les savans ont été principalement spiritualistes pendant la première partie de la grande période philosophique que nous allons récapituler, et matérialistes pendant la seconde moitié de cette époque; d'où nous concluons que la capacité de l'esprit humain en spiritualisme et en matérialisme (1) est

_____

(1) Par l'expression *spiritualisme*, nous avons l'intention de désigner l'étude de l'homme moral, ainsi que la tendance des moralistes à subalterniser l'homme physique

égale, qu'il y a des découvertes également importantes à faire dans l'une et l'autre de ces directions, que le développement de ces deux capacités contribue également aux progrès de la
civilisation, et que la véritable philosophie consiste à faire concourir dans une égale proportion
les connaissances sur l'homme moral et celles
sur l'homme physique à la combinaison d'une
bonne organisation sociale.

à l'homme moral, et nous ne voulons pas désigner autre
chose.

Par l'expression *matérialisme*, nous entendons désigner
l'étude de l'homme physique, ainsi que la tendance des
physiciens à subalterniser l'homme moral, et nous ne
voulons pas désigner autre chose.

Cette déclaration nous a paru nécessaire pour nous mettre
à l'abri de tout soupçon d'avoir eu l'intention de parler avec
éloge de la métaphysique, en la désignant par l'expression
de *spiritualisme*. Notre opinion à cet égard est que cette
branche de nos connaissances n'a jamais eu qu'une utilité
provisoire; que c'est aujourd'hui une direction bâtarde,
fausse, absurde, puisqu'elle tend à faire jouer un rôle
plus important aux idées conjecturales et même entièrement vagues qu'aux idées les plus positives; que par conséquent la philosophie positive doit combattre la métaphysique et la discréditer autant que possible.

Platon, et même Aristote, ont mêlé beaucoup de travaux sur la métaphysique à leurs travaux d'une utilité
positive; mais ils étaient excusables, attendu le peu de
connaissances positives qui existaient encore à cette époque.

*D. Cessez de nous occuper d'idées prélimi-
naires ; entrez en matière ; récapitulez les
progrès faits par l'esprit humain en morale
pendant les douze premiers siècles qui se sont
écoulés depuis la mort de Socrate, et prouvez-
nous que, pendant cette première partie de la
grande période philosophique, l'école sentimentale ou platonicienne a plus contribué
aux progrès de la civilisation que celle des*
péripatéticiens, *qui était essentiellement occu-*

Aujourd'hui les physiciens ont épuré leurs travaux et les
ont entièrement débarrassés des considérations métaphysiques, ce qui leur donne un très-grand avantage sur les
moralistes qui, en général, noient leurs idées dans un
fatras de considérations vagues.

Les moralistes ont incontestablement le droit de se placer
sur le pied d'égalité fondamentale à l'égard des physiciens ;
ils peuvent même jouer, dans les circonstances actuelles,
un rôle plus important qu'eux, attendu que l'étude de la
morale a été négligée depuis douze siècles ; ce qui rend
les découvertes plus faciles dans cette direction que dans
celle de la physique ; mais c'est à la condition qu'ils présentent leurs observations sur les effets produits par les
sentimens généraux ou particuliers, tant sur la société que
sur les individus, avec une grande clarté et entièrement
dégagées de toute métaphysique.

Dans la seconde partie de ce cahier nous ferons nos
efforts pour indiquer aux moralistes la manière dont ils
doivent exposer leurs idées pour reprendre dans le corps
des savans la place qu'ils ont droit d'y occuper.

pée de l'étude des lois qui régissent l'univers physique.

R. Platon fait dans la direction morale et sentimentale un pas capital en avant de son maître ; il agrandit la base de la doctrine socratique. Socrate avait proclamé l'unité de Dieu ; Platon s'aperçoit que, pour faciliter les combinaisons des moralistes, ainsi que l'exposition de leurs doctrines, il est nécessaire de diviser l'unité divine ; en conséquence il proclame l'existence de la Trinité.

Après la mort de Platon, l'école sentimentale dont il était le directeur, se divise en plusieurs écoles qui s'attachent toutes à combattre la croyance au polythéisme, et à former un code de morale fondé sur la croyance en un seul Dieu divisé en plusieurs personnes, ou plutôt consi-déré sous les rapports de ses différens attributs.

Quand les Romains eurent fait la conquête de la Grèce, les *platoniciens* se réfugièrent à Alexandrie. Arrivés à Alexandrie, ils se combinent avec les juifs qu'ils y rencontrent, et ils fondent l'école chrétienne.

Dans le christianisme, à la formation duquel les *platoniciens* et les Juifs concoururent, le culte des Juifs et la doctrine des platoniciens furent amalgamés, et c'est à cet amalgame qu'on a donné le nom de christianisme.

L'exaltation sentimentale fut poussée au plus haut degré par les fondateurs de l'école chrétienne ; leur zèle, leur amour pour le bien public furent plus dominans chez eux que dans aucune corporation dont l'histoire ait fait mention. Il s'établit dans l'école une division de travaux ; les uns eurent pour objet de classer toutes les actions que les hommes pouvaient commettre, en bonnes ou mauvaises, en utiles ou nuisibles à leurs auteurs et à la société, en agréables ou désagréables à Dieu. Les autres travaux consistèrent à propager la morale chrétienne ainsi que le culte auquel elle était liée. Ceux qui s'adonnèrent à la première classe de ces travaux s'enfoncèrent dans les déserts de la Thébaïde pour se trouver à l'abri de toute distraction dans leurs travaux pour le perfectionnement de la morale chrétienne, et pour la partie réglementaire ou législative de cette morale. Le plus grand nombre des premiers docteurs de la chrétienneté se livrèrent à la propagation de la religion chrétienne, religion admirable, qui a prouvé sa supériorité sur toutes les autres, et même sa supériorité absolue, puisque les peuples qui l'ont adoptée sont les seuls dont le sort se soit continuellement amélioré, les seuls chez lesquels l'esclavage se soit successivement adouci et ait fini par s'anéantir.